李伯元说清朝人物

[清] 李伯元 著

团结出版社
UNITY PRESS

图书在版编目（ＣＩＰ）数据

李伯元说清朝人物 ／（清）李伯元著． -- 北京：团
结出版社，2021.9
ISBN 978-7-5126-8957-2

Ⅰ．①李… Ⅱ．①李… Ⅲ．①笔记小说－小说集－中
国－清代 Ⅳ．①I242.1

中国版本图书馆 CIP 数据核字(2021)第 116520 号

出　　版：团结出版社
　　　　　（北京市东城区东皇城根南街 84 号　邮编：100006）
电　　话：（010）65228880　65244790　（出版社）
　　　　　（010）65238766　85113874　65133603（发行部）
　　　　　（010）65133603（邮购）
网　　址：http://www.tjpress.com
E-mail：zb65244790@vip.163.com
　　　　　tjcbsfxb@163.com（发行部邮购）
经　　销：全国新华书店
印　　装：天津盛辉印刷有限公司

开　　本：170mm×240mm　　16 开
印　　张：19.25
字　　数：250 千字
版　　次：2021 年 9 月　　第 1 版
印　　次：2021 年 9 月　　第 1 次印刷

书　　号：978-7-5126-8957-2
定　　价：58.00 元

序：嬉笑怒骂，庄谐并包

中国古代典籍中，笔记体裁作品由来已久。如晋朝崔豹《古今注》、南朝刘义庆《世说新语》、唐朝刘肃《大唐新语》、宋朝洪迈《容斋随笔》等，都是各朝代表性作品。明清以后，各类笔记小说更是趋于鼎盛，尤其在清末民初时堪称高峰。

在此时期的笔记小说中，李伯元《南亭笔记》（即本书）的知名度较高，引用较广。李伯元原名宝楷，后改名宝嘉，伯元是其字，后又有南亭亭长、游戏主人等别名。李原籍江苏武进（常州），后因避太平军之乱，其父携全家往山东依附在鲁为官的堂兄李翼清。同治六年（1867）四月，李伯元生于山东济南。六岁时，因父亲去世，李伯元改由堂伯父李翼清教养，并随之前往所任的州县府治，对地方吏治民情有所了解。这些经历，也为他后来写作《官场现形记》等小说打下了基础。二十六岁时，李伯元随堂伯父回武进原籍，并考中秀才。

光绪二十二年（1896），李伯元来到上海滩后，因办报而声名鹊起。最初，他先入《指南报》为编辑，后于1897年6月创办《游戏报》，是为中国近代文艺小报鼻祖。1901年，李伯元将《游戏报》盘售他人，又于当年4月创办《世界繁华报》，其一生中最为重要的作品《官场现形记》即首先在该报连载。商务印书馆创办《绣像小说》后，李伯元为其中重要作者，并发表了《文明小史》《活地狱》等小说。

十里洋场，光怪陆离，李伯元幸逢其时而得逞其才，但各种娱场妓乐，酒色征逐，加上编报、创作等高负荷活动，也同样令其不堪重负，元气大伤。1906 年 4 月 9 日，李伯元因肺结核病去世，时年未满四十。

据同时期的报业人士包天笑说：李伯元在租界应酬太多，堪称花界提调；其友欧阳巨源在李伯元《游戏报》下任职，为之代笔不少，如《文明小史》必有欧阳笔墨，其他尚不得知。据学者魏绍昌考证，李伯元随笔集中有些记述系 1906 年后之事，或因图书编排过程中掺杂了编者陈琰及别人的作品所致。

明末学者叶向高曾在《说类》中说："稗官家言，自三代时已有，而后莫盛于唐宋，学者多弃而不道。然其间纪事，固有足补正史之所未及，而格言眇论，微辞警语，读之往往令人心开目明，手舞足蹈，如披沙得金，食稻粱者忽啖酥酪，不觉其适口也。"

总体而言，李伯元的《南亭笔记》虽多系抄缀而成，但立论相对中平；臧否人物，亦无特别戾气，可补史乘之阙。当然，其中也有少数记述明显悖于史实，如称高士奇与乾隆"同立于偏殿之中"，实则高士奇卒于康熙四十二年（1703），而乾隆出生于康熙五十年（1711）。再如称骆秉章将石达开幼子养于官署，待其及冠后杀之，实则石达开死于同治二年（1863），而骆秉章于同治六年（1867）死于官署，石之幼子如要及冠起码需要十年，骆秉章又如何等得及？

此外，笔记中有些可能是道听途说而未加审视，或者辗转误抄也有可能。如说康熙秋狩木兰时，有人奏吴三桂反叛，康熙听后十分不悦，曰："此所谓'虎兕出于柙，龟玉毁于椟中'。"左右皆不解所谓，窃窃私语。一侍卫曰："佛爷说的是典守者不得辞其责也。"康熙大喜，乃谓曰："汝能读《四书注》，甚佳。"遂厚赏之。按陈康祺《郎潜纪闻初笔》，此处乃是乾隆与和珅早年的对话，似乎更加合理。

再如说雍正与御史争某优伶，其批示曰："狗食骨，人夺之，岂不恨？"此事在张祖翼《清代野史》中，则记为咸丰之事。从通常记述看，咸丰对戏曲颇为精通，而雍正并无好戏之名，反而有杖杀优伶记录。昭梿在《啸亭杂录》中云："世宗万几之暇，罕御声色。偶观杂剧，有演《绣襦》院本《郑儋打子》之剧，曲伎俱佳，上喜赐食。其伶偶问：'今常州守为谁者（戏中郑儋乃常州刺史）？'上勃然大怒曰：'汝优伶贱辈，何可擅问官守？

其风实不可长。'因将其立毙杖下，其严明也若此。"这段记载，也同样出现在《南亭笔记》中。

　　作为晚清末世的未仕文人，李伯元虽富有才华而科举不第，耻于趋附而志不得伸，最终混迹上海租界，"以痛哭流涕之笔，写嬉笑怒骂之文"。然其随笔，并非只为滑稽引人发噱，而是提倡"庄谐并包"，寓庄于谐，亦庄亦谐。所谓"滑稽中杂有哭音，诙谐中带有苦涩"，所言皆有所寄，似不可尽以野史轻之。

金满楼于 2021 年 5 月

第一卷

　　满清起于长白，多尔衮进关，扫除李闯，夺取明室，据有中国。自顺治时，殷鉴前代宦官之祸，乃立铁牌于交泰殿，以示内官不许干预政事。乾隆朝待之尤严，稍有不法，必加箠楚。又命内务府大臣监摄其事，以法周官冢宰之制。有内监高云从，稍泄机务，帝闻之大怒，将高立置磔刑。其严厉如此。

　　康熙秋狩木兰，方极风毛雨血之乐，有人奏吴三桂叛，帝闻之不怿。已而叹曰："此所谓虎兕出于柙，龟玉毁于椟中。"左右皆不解所谓，窃窃私语。一侍卫曰："佛爷说的是典守者不得辞其责也。"康熙大喜，乃谓曰："汝能读《四书注》，甚佳。"遂厚赉之。

康熙四十岁坐像

康熙暮年，牙齿尽脱。尝在池上，率嫔妃钓鱼取乐。偶举竿得一鳖，旋脱去。一妃曰："亡八挠了（北京谓走曰挠）。"皇后在左曰："光景是没有门牙了，所以衔不住钩子。"妃斜视康熙，而笑不止。康熙怒，以为言者无意，笑者有心，因贬妃终身不使近御。

康熙南巡时，銮辂所经，督抚派员除道。左右为夹道，听官民往来，御道居中，禁人行走。某典史巡视某处，圣驾未临。有太监戴孔雀翎，彪彪然直驰御道，典史阻之。太监叱曰："若何人斯，敢阻咱老子耶！"典史命拖下马，械至官棚，坐堂执法。旧例刑太监不褫下体衣，如存妇人颜面也。典史不知，扯裤杖责。太监叩头乞哀乃罢。督抚闻而让之。典史曰："卑职典守御道，只知有圣驾，不知所谓太监也。"督抚诣行在具奏，自请处分。帝问典史何在，奏曰："待罪宫门。"帝曰："其人有此胆量，不宜辱以典史。"召见，甚宠异之，以四品官用，旋擢是省巡抚。

雍正事必躬亲，不遑暇食，万几之暇，手批臣下奏札，无不洞中隐微。南府传戏，御史某力谏其事，具疏三次。雍正乃批云："尔欲沽名，三折足矣。若再琐渎，必杀尔。"又批云："狗食骨，人夺之，岂不恨？"盖御史某尝昵一优，优被南府选入当差，故御史某假公以济私也。其知人隐微如此。

雍正万几之暇，罕御声色。偶观杂剧，有演《绣襦记》院本，郑檐打子之剧，曲伎俱佳，大喜，赐食。其伶人某，偶问今常州守为谁（戏中郑但，乃常州刺史）。帝勃然大怒曰："汝优伶贱辈，何可擅问官守？其风实不可长。"因立毙杖下。

康熙诞生皇嗣甚多，故当雍正在外邸时，恒与商贾杂处，以深自韬晦。江湖间奇材异能之士，皆阴蓄之，以备他日之用。及登大宝，各省皆置秘密侦探队，吏民一举动必以闻。吏则溺职有诛，民则偶语有罚，朝野肃然，不敢相欺诈，盖皆得力于此辈之飞檐走壁，故使在下无遁情也。新简某省

雍正蒙古装束图

巡抚某中丞，颇有政声，暮夜视事已毕；在上房与夫人辈斗小牌为戏，即俗所谓接龙者。未及数次，忽失去幺六牌一张，遍觅不得，亦遂听之。无何，廷寄至，着来京，毋庸开缺。中丞即入都陛见，召对一次，略无所问，着回任供职，殊不解被召之由。及陛辞，叩头而出，雍正特意呼之使返。徐探怀出一物予之曰："几乎忘却，此卿家物也，可携去。"视之，幺六牌一张也。大惊失色，流汗沾衣，趋出。由是衾影必慎，卒以功名终。

乾隆于勤政殿扆间御书《无逸》一篇，以之自警。凡别宫离馆，其听政处皆颜"勤政"，以见虽燕宴游览，无不以莅政为要。后暮年少寝，乃默诵《无逸》七《呜呼》以静心焉。

乾隆初年，例每月朝孝圣宪皇后于畅春园者九，因于讨源书室听政。乙巳（1785）秋，天气肃爽，帝乃习射门侧，发二十矢，中者十九。侍班诸臣，无不悦服。齐侍郎召南以诗纪之，帝赐和其韵，即命镌诸壁上，以示武焉。

洋画家笔下的乾隆

　　乾隆初，有小内侍夜于御湖泛舟，见神光烛天，自湖中出。因网罗之，得蚌径尺。中有明珠寸余二颗，相连如葫芦形。内监不敢匿，因以进。乾隆嵌于朝珠，晶莹异常。夫御湖非孕珠之地，而获此奇宝，异矣。

　　乾隆南幸，乘舆出国门才里许，乡人某荷锸迎观。侍卫出刀于鞬，斥去之。乡人倔强不少却。一尉持梃挞其颅，乡人负痛而号奔。乾隆惊询何事，以刺客对。大怒，命缚交顺天府尹，严鞫论拟。府尹某，廉得其情，知乡人实非刺客，且恐兴大狱也，即具折覆奏，略谓："乡人某，素患疯疾，有邻右切结可证，罪疑惟轻，且无例可援。乡人某某，着永远监禁，遇赦不赦；地方官疏于防范，着交部议处。是否有当，伏乞圣鉴训示。"云云。疏上，称旨。即奉批答："着照所奏，妥为办理。钦此。"故至今论者题之，谓能顾全民命。不独乡人感德，即失事之地方官，亦在斡旋之中矣。

乾隆南巡，驻跸苏州灵岩。灵岩有古梅，大逾合抱。时正繁花如雪，乾隆时摩挲爱惜之。内大臣察尔奔泰忽拔佩刀作欲斫状，乾隆大惊，止之曰："汝何恨？"察伏地奏曰："恨其不生于京师圆明园，致圣主有跋涉江湖之险也！"乾隆闻奏默然。于是察尔奔泰善谏之名，乃大著于世。

乾隆尝试诸翰林，题为《污卮赋》。诸翰林不得其解，有误"污"为"窊"者。一翰林知，为拟傅咸《污卮赋》。缴卷后，以为必得高等矣。揭榜，名次甚后。乾隆帝因语近臣曰："殿廷之上，接膝而坐，苟以语众，未必失仪。此人秘而不宣，乃刻技小人也。尚望前茅哉？"诸翰林闻之，相与叹服不已。

乾隆时，张文敏（张照）献松苓酒。此酒制法，于山中觅古松，伐其

张照

本根，将酒瓮开坛埋其下，使松之精液吸入酒中。逾年后掘之，其色如琥珀，名曰"松苓酒"，帝喜饮之。说者谓此酒能延寿云。

乾隆庚寅（1770），举行六十万寿礼。钱文端公（钱陈群）献竹根如意。帝批札云："未颁僧绍之赐，恰致公远之贡。文而有理，把玩良怡。今赐卿木兰所获鹿，服食延年，以俟清晤。"其风趣如此。

钱陈群

淮扬道章攀桂，以吏员起家，素工献纳。乾隆南巡，章司行宫陈设，欲媚上欢，以镂丝造吐盂，设坐侧。帝见之，瞿然曰："此与七宝溺器何异？"心甚恶之。终其身不迁其官。

　　和珅与朝贵偶语，必盛称太上皇。嘉庆密侦得之，怒詈曰："和珅奴才，可恨蔑视朕躬，不给他一个信，他还做梦哩！"翌日，召见便殿，低声语和曰："太上皇待你好么？"和顿首答曰："太上皇恩典，天高地厚，奴才虽死不忘。"嘉庆又问曰："然则朕待你如何？"和又顿首答曰："陛下待奴才恩典虽异于太上皇，奴才誓以死报。"嘉庆又曰："好个誓以死报！"又问："太上皇与朕孰贤？"和顿首谢曰："奴才不敢说。"强之，乃曰："太上皇有知人之明，陛下有容人之量。"嘉庆笑曰："好个容人之量，你候着罢！"和战栗辞归，汗流浃背，重棉为湿。

　　乾隆登遐，嘉庆秘丧不发，密遣内竖矫太上皇旨，召和相入宫。使者去，嘉庆迟和于便殿。和入见嘉庆，俯伏行君臣礼。嘉庆色甚霁，赐箭衣一袭。衣制短后，两袖亦窄甚。嘉庆促和衣之。和无奈，脱旧衣，更新衣，袖窄格不得入。强纳之，必敝，恐滋咎戾，遂不复御。内竖抗声诘之，以

和　珅

嘉 庆

袖小对。嘉庆笑曰："袖是不曾小，你的拳（权）太大了。"和知有变，请见太上皇。嘉庆偕之入寝宫，知已崩逝，始大哭。嘉庆亦哭。既而语和曰："皇考待汝如何？"和呜咽曰："先帝恩典，天高地厚，奴才没齿不忘。"嘉庆曰："皇考弃天下时，遗诏以汝为殉。汝前云'誓以死报'朕躬，犹忆之否？皇考待汝不薄，死以身殉，义不容辞。汝今日之死，不过略报涓埃，苟得其所死，可无憾。"因出遗诏示之。和大骇，泪坠如断缏，跪奏："家有老母，奴才死，母无生理。奴才死不足惜，如老母何？"嘉庆笑曰："言犹在耳，忠岂忘心？汝今日云云，负皇考甚矣。"言已，纵之使去。和危疑惨怛，遂成心疾。

道光才艺超迈，而尤娴骑射。所御弹弓，能于百步外瞄准击飞鸟，百不失一二。天理教徒之变，宫门戒严，乱匪已定期围宫。是夜，适大雷电，道光亲挟弹弓，巡行各处。见匪已越登宫墙，急发弹击之，无不应弦而倒。回至乾清宫，忽见有一人立殿脊上，手挥令旗，号召匪党。欲击，则弹已告罄。即于御袍上啮下金钮扣，连珠发去，击中其目，立即颠堕，破脑而死。未几，即大雨如注，匪遂不得逞。论者谓是役也，固赖道光英勇，而匪之所在，电光辄屡照之，俾帝得展其长，是亦清运之尚未尽耶（按：此当是仁宗年间帝为阿哥时之事）？

咸丰初亲政，躬行节俭，上书房门坏其枢，左右请易门，咸丰不许，命修之。照例下工部招商承办。修讫，报销银五千两。咸丰大怒，将问有司罪。有司惧，谓系五十两之误。遂罚厂商，以寝其事。既而咸丰新御一杭纱套裤，偶失检，致烧伤成窟窿，约蚕豆瓣许大。左右请弃置弗用，咸丰再三惋惜曰："物力艰难，弃之可惜，宜酌量补缀之。"左右皆称颂古贤君衣有经三浣者，主子俭德，殆犹过之。咸丰亦遂置不问。

及明年，尚衣又以此进御。咸丰视之，虽完好如初，然补缀痕可数也。问之，始知系由内务府发交苏织造承办。然补此区区一窟窿，报销银已数百两有奇。咸丰乃慨然叹曰："为人君者，俭犹不可，而况奢乎？"由是不

咸　丰

敢复以意旨喻近臣，盖恐益增烦费也。

　　某某年，道光御便殿，召见最亲幸之某旗员。时长昼如年，道光倦甚，因问有何消遣之良法。某对曰："臣以为读书最佳。"道光曰："读书固佳，然书贵新奇，耐人寻味。内府群书，朕已遍览，不识外间有何妙书，足供寓目否？"某率尔对曰："妙书甚多，即如奴才所见之《金瓶梅》《红楼梦》《肉蒲团》《品花宝鉴》等，均可读之以消遣。"道光闻而茫然，略记其名，颔首称善。

道　光

　　明日于军机处见潘文恭公，笑问曰："闻卿家藏书甚富，如某某等书，谅必购置。"公大惊，伏地叩头不起。道光曰："第欲问卿借书，何遽至此？"公乃婉奏："此皆淫书，非臣家所敢蓄，不识圣聪何以闻之。"道光默悟，即降手谕，将某严行申斥。

　　成亲王（永瑆）以善书著名，所谓诒晋斋主人是也。一日趋朝，有侍

永瑆墨迹

卫以一笔相求，王命仆从收之。顾而微哂，诒旦还其笔，侍卫喜逾望，展视，则横书三字曰："你也配？"

王有洁癖，居恒明窗净几，不染纤尘。其作书也，根王蒂赵，卓然自成一家。雅喜临池，若宿墨劣缣，避之若浼。一时海内风行，有必欲得之心，有必不可得之势。盖实有不可与寻常书家同年语，其矜贵有如此者。

豪　格

　　王丰裁峻朗，所御袍褂极旧，然熨贴整削，远望之，恍如玉树临风。
尝奉朝命致祭某陵，当恪恭将事之时，围而观者如堵墙。尔时京华风尚，
不着新衣，实王有以启其渐也。

　　乾隆时，满洲蒙古王大臣，由干隆命之名科尔沁王丰绅济伦。"丰绅"
二字，乾隆所加（丰绅，清语有福泽也）。御前行走科尔沁王"鄂勒哲依忒
木尔额尔克巴拜"，亦乾隆命之名。鄂勒哲依，蒙古语有福；"哲依"二字
急读；忒木尔，有寿；额尔克，铁也；巴拜，宝也。王为大长公主所钟爱
者，帝幼时期其有福有寿，结实如铁，而又珍奇若宝也，故以是名之。一
名至十二字，实为历来所未有。

　　礼亲王（昭梿）号"啸亭外史"，生而好学，虽造次颠沛，必手一编，

尤深于许慎之学。十三龄，得《说文解字》，篝灯夜读，时值严寒，围炉竟夕。火发延及床帐，几兆焚如。包衣辈瞭见红光，咸携水具集寝宫，王犹未释卷也。

肃武亲王名豪格（满洲风俗，生子皆呼为格。格者，哥音之转也。小说《儿女英雄传》安公子小名玉格，即其类也），张献忠殪于其手。相传张献忠曾于塔中拆出一碑，文曰："造者余化龙，拆者张献忠。吹箫不用竹，一箭贯当胸。"献忠一日骑马巡行，肃武亲王望见之，援弧一发，献忠应声而落。将士亟奔救，则死矣。人始悟所谓"吹箫不用竹"者，盖肃武亲王之"肃"也。

肃亲王善耆，工于八法，然以日不暇给，往往命人代笔以节其劳。所印图章，亲书者为"松壶"二字，其余则为"烟云过眼"，识者以此辨之。王礼贤下士，颇有握发吐哺之风，颜世清观察尤为器重。一日，袁项城乘颐和园跪安之便，至邸第，投官衔帖。延入厅事间沦茗清谈。忽阍者告颜

善　耆

奕 䜣

至，仅持一片。王欣然曰："请！"袁大为惊异。既退，遂委观察以洋务局员差。大学堂胡焕，亦王上客。胡尝致书座下，字大于拳，通篇狂草。王曰："我可不论这个，但是我从来没有看见这们大的字。"

肃王工嘔喥，与客闲谈，提及《在野迻言》故事，肃邸笑曰："照这样说起来，我的名字叫'善耆'，不是可以对'恶少'吗？"闻者叹为工绝。肃王人极开通，或与之谈天下事，慷慨而言曰："只要你们汉人弄得好，咱们旗人滚蛋都行。"尝办崇文门税务，守正不阿，外人皆爱敬之，愿与结纳。西太后尝顾荣文忠曰："善耆认得的鬼子很多啊！"

恭忠亲王（奕䜣）嗜酒，喜唱昆腔，即侍者亦皆熟精此道。每小饮微醺后，即倚节而歌。未竟，顾侍者曰："你来罢！"侍者连缀而下。王乐，则挹杯赏之。

王尝召优演剧，上武戏。忽曰："你们到台下来打。"台下，即丹墀也，俱铺锦石，一翻筋斗，则腰骨受伤。类皆踌躇不决。王促之甚力，并命取银为赏。孙菊仙在其侧，戏曰："你们好好儿的打，打完了，王爷非但赏你们每人一个锞子，并且赏你们每人一帖膏药。"王始大笑而罢。

醇王（奕譞）春容大雅，实为懿亲贵族中出色人才。考试经济特科时，奉廷谕监场。某君携荷兰水入，去塞时，砰然激射，中王面颊。某君惧为呵叱。王略以手巾拂拭，词色未尝少变。人因服其涵养之深。

奕譞（右）与左宗棠

清朝以异姓封王者，三藩而后，福康安一人而已。福为傅文忠（傅恒）第三子，初生时，文忠入告，上（乾隆）大喜，即赏散秩大臣。及岁，在御前行走。既长，沉毅勇敢，迥异常人。定回疆，平台湾，剿川陕两湖教匪，功高天下。然生平未见敌人一骑，盖声威所播，足以寒其胆也。

福文襄（福康安）官侍卫时，随军进征，中暑仆地，其侪无过问者。四川营兵王庆，独奇其貌，觅凉水饮之，负行百余里，始达大营。未几督蜀，忽忆其人，令于行伍物色之。旋知为重庆马兵，年六十余，已退伍家居。亟飞檄招致，其人惶恐诣辕。福迎谒维谨，呼曰"恩人"，为具盛馔，并述往事。其人恍然知为十年前被救之中暑侍卫。顾老无宦情，濒去，赆以千金。驰檄川东地方官，为置腴田三百亩、旷屋一廛报之。

福率兵西征，过一村落，日已曛黑，遂就僧庵止宿。蛙鸣聒耳，不能成梦。怒极，命材官捕之。材官获一枚以献。王见其青翠可爱，戏以硃笔点其额，复投之池。自是，此池之蛙额上灼然皆有硃点。有蓄一枚于家者，可被火灾，居民呼为"福蛙"。

福康安

　　福过粤省，供张甚奢。时方溽暑，醉后忽索凉冰。粤中素无是物，大吏惶惧无措。一候补邑佐，自称能办。命取大磁盆，盆以大块水晶置其中，沃以井水进之。醉中不辨真伪，但觉凉气袭人，大喜而去。大吏深德其人，不数年，洊擢知府，满载而归。

　　福享用豪奢，大军所过，地方官供给动逾数万。福既至，则笙歌一片，彻旦通宵。福喜御茶色衣，善歌昆曲。每驻节，辄手操鼓板，引吭高唱。虽前敌开仗，血肉交飞，而袅袅之声犹未绝。

　　征川陕教匪时，女酋杨一妹者，有邪术，能剪纸作刃，遥掷之，取敌人首于百步之外。练劲旅二，曰"红鸾""绿凤"，十五六尖发女也。貌皆娆嫚妖冶，壮夫当之，辄披靡，后改名"长胜军"。福行军所向无敌，至是亦败，大患苦之，按兵不动者七昼夜。谍往返三四，廉得其实。因选军士之少艾白晳者、美丰姿者若干人，适符敌人之数。亦为二队，曰"颠鸾"，曰"倒凤"。饷以春酒（即媚药），衣者裸之，出其势翘然。令宣战，而以奇兵殿其后。敌人整旅而出，见之大骇，掩面欲走。福驱兵袭杀，数千人无一存者。一妹援绝，亦被掳。

　　福生长华胐，而娴习韬略，能利用士卒，与之同眠食，共甘苦。攘臂一呼，懦顽皆奋。川陕教匪之乱，蔓延豫楚，京师戒严。福以独力刘大难，策殊勋，识者伟焉。然恃功而骄，往往擅窃威柄。大军所至，勒令地方官盛饰供张。偶不当意，必取马棰击之，若挞羊豕。一令独强项，且黠甚。福至，循例郊迎，劳军之典殊简略。福盛气诘责，令不答，笑以鼻。福愈怒，欲以军法从事。令抗声曰："县令虽小，亦朝廷命官。只以民贫地瘠，不胜供应之苦，致开罪从者。若因此断首，冤矣！必先斩香儿，正其鼓声不扬之罪，卑职虽死无憾。"福大骇，笑谢之。香儿者，福之姬侍，易弁从戎者也。先是，香儿挟瑟邯郸，与令有旧。未几，归福。擅专房宠。令传见时，香儿支颐炫服，立福侧，目眈眈注视。故以言动之，不料其果是也。

海兰察以侍卫告奋勇，屡赞福文襄军务。短小精悍，战必前驱，单骑所至，千人披靡。打尖，辄食蛇、蝎、蜈蚣、蜘蛛之类。办差者，预盛一盒。海得之，笑谈咀嚼，须臾立尽。观者咸为咋舌。

年大将军羹尧，受雍正帝知遇，以平青海功，封一等公，金黄服饰，三眼花翎，四团龙补。其子年富，封一等男。其奴魏之耀，赏四品顶戴。年既承宠眷，浸骄纵。入京，公卿跪接于广宁门外。年策马过，毫不动容。王公有下马问候者，年颔之而已。至御前，昂首箕踞，无人臣礼。上决意诛之。籍没日，其家蓄妇女旧包头数箧，云欲作绵甲。又有刀剑无算。命其交将印于岳威信时，迟三日始付出。或云幕友有劝其叛，年夜观天象，叹曰："事不谐矣！"始改号臣节，其降为杭州驻防。防御时，日坐涌金门

海兰察

侧，时往来者皆不敢出其门，曰："年大将军在也！"其余威尚如此，实清代勋臣所未有。

方年镇西安时，广求天下才士，厚养幕中。有蒋孝廉衡，应聘往。年甚爱其才，曰："下科状头当属君。"盖年声势赫，擢试官皆不敢违故也。蒋见其威福自用，骄奢已极，告同舍生曰："年德不胜威，祸必至，吾侪不可久居此。"友不听。蒋为作疾发，辞归。年赆以千金，蒋辞不受，百金乃受。归未逾时，年以事诛，幕中皆罹其难。年素侈用，不及五百者，不登簿。蒋故辞千金而受百。

年惑于功过之说，粒米寸缕，爱护周至，而自奉甚侈，日费万钱所不惜也。军行，谕爨卒："浙米不去谷者，杀无赦；匿勿告者，罪亦如之。"一日，有客造访。客，年同乡也。坚留午餐。餐竟，遗二谷。侍者对之蹙额，客不觉也。年以目视司马，司马诺而去，须臾以函贮人首入。年见人首，谈笑自若。既而指所遗谷谓客曰："杀人者，公也。"客大骇，出询军司马，始知颠末，因呼年为"不谷将军"。

年好驰马，而苦无骏足。有客牵瘦马诣年求售，年哂之。客曰："公何哂也？"因以钱置马腹下，令年俯身就拾之，而马不惊。年奇马，酬以重金。客不受，曰："此马助公立殊勋，非阿堵物所能致也。望善视之，马不死，公不败。"语毕，飘然径去。后年转战数省，皆赖此马。征藏日，为藏人所暗杀，一恸几绝，未几竟被逮。先是，年得此马，喜甚，因名之曰"连钱"。其实古所谓连钱马者，固别有一种类也。

年家赀巨万，父某长于心计，持筹握算，纤屑靡遗，年颇不是喜也。十二岁时，自塾中翘课归，散步郊原，见一老媪倚树根坐而哭，目尽肿。年询所苦，媪自陈所苦：离年家仅十数武，老而寡。有子四人，皆浮薄，不治家人生产，日与里中无赖博。博屡负，鬻所居屋偿之，已署券矣，屋主促让屋无宁晷。让屋不难，如无家何？年亦恻然。问屋主为谁，则即

年羹尧

年父也。年大喜曰："姥无虑，屋主即我父。容归谋之，必有以处也。"因挟姬归，白于父，请返其券。父有难色。年向母索得券出，取火焚之，令姬跪谢父讫，即挥之去，父竟无如何也。

年用兵之际，声威赫然，而所至殊贪黩。一日，有一叟跪献一玉盆，命启视，内藏枯骨一片，形凹而中空，众莫之识。诘之，叟叩首进言曰："此至宝也。请置骨于天平之左，而右置黄金十镒，必骨重金轻。"试之，果然。命加金，则金更加而骨愈重。愕然问故。叟以黄土一撮布其上，骨顿轻而金顿重。因问究是何物。叟曰："此贪夫之目眶骨也。故金愈多，其眼愈贪，不知餍足，不见土不休。凡人堆金积玉，迨其死后，亦作如是观。"将军默然。

年征青海时，一夜阖营安寝，已三更矣。忽出帐传令，分兵数队，离营十里埋伏。派帐前将弁，带兵接应。并云："四更时，有贼兵劫寨。"众咸茫然，以军令素严，姑遵令埋伏。四更后，贼果大至。突起邀截，贼出不意，大败奔回，斩馘无算。明日，众将入贺，参赞某进曰："我等同在营中，杳无所闻，不审将军何以预知贼至？"年笑曰："有送信者，汝等自不觉耳。"众愈不解。年曰："昨夜在帐中，闻群雁飞过，嘹唳有声。今夜月黑，雁已就宿，必有人惊之始飞。雁宿必依水泊，其地离营百余里，为贼人来往必经之地。雁飞较捷，雁以三更过，贼必四更至矣。"众始佩服。年后骄恣日甚，伏法。道光年间，岳兴阿官内阁侍读，曾于册库内检出封套一件，大书"谕内阁"，中加硃勒，字大二寸许，一面书"大将军封"。其悖妄如此。

年死后，侍妾数百人，一时星散。一妾李姓，嫁某学究。旋以李夤缘，夤缘为某学训导。纸阁芦帘，饱尝苜蓿。一日，学究问李曰："闻大将军生前，后陈数百人，有司衣者，有司膳者。卿侍大将军，司衣乎？司膳乎？抑别有所司乎？"李曰："大将军生平最研究的是穿衣吃饭。一人只司一衣或一菜，必须斟酌尽善。每晚选二妾侍寝。譬如大将军吃某人的菜，穿某人的衣，是晚即令该二人当夕。数百人轮流荐枕，周而复始。一岁之中，其最擅宠者，亦不过一二次。我是将军司膳妾，专制一菜，是炒肉丝。"学究曰："炒肉丝乃寻常食品，大将军舍熊蹯凤髓不食而嗜此，庸有说乎？"李曰："是不然，大将军之炒肉丝迥非贫家可比，甘美异常。"学究闻之，不觉涎垂其踵。他日值丁祭，宰豕甚伙，恳李试为之。李不得已，如法炮制。啖之，味果隽永。乐甚，且啖且饮，不觉沉醉。夜半行礼，学究为分献官，扶醉登殿，首触殿柱，血出无算。狂呼："子路，夫子饶命！"竟以失仪镌职。尝谓人曰："毕竟年大将军是上天福星。鄙人才尝一脔，便丢官去，再吃一次，恐连性命都不保了！"言竟，复叹息不置。

鳌拜在清世祖时即入枢垣，有膂力，尝挽强弓，以铁矢贯正阳门上，侍卫十余人拔之不能出，亦可知其大概矣。康熙帝初膺大宝，鳌恃其荣宠，

鳌　拜

尝呼为"小孩子"。鳌时掌握兵权,诸朝贵半属门生故吏。惧其有他志,因加意防之。密选健童百十,在宫中习拳棒,及逾年,无不一能当十者。康熙喜,而诛鳌拜之心遂决。诛鳌日,康熙帝在南书房,召鳌进讲。鳌入,内侍以椅之折足者令其坐,而以一内侍持其后。命赐茗。先以碗煮于水,令极热,持之炙手,砰然坠地。持椅之内侍乘其势而推之,乃仆于地。康熙帝呼曰:"鳌拜大不敬!"健童悉起擒之,交部论如律。

按:此事与说部中所载《打严嵩》大同小异。《啸亭杂录》言之凿凿,谅非臆造。

　　纳兰明珠为太傅，穷奢极欲。大兴土木，建一园林，风廊水榭间，纯以白玉凿为花，贴于四壁。有池宽十亩，每交冬令，则以五彩剪成花叶，浮于水面，以为荷芰。复以各色杂毛，缀为鸟雁，亦可见其大概矣。今说部《红楼梦》，所谓大观园者，盖指此。袁简斋牵合随园，犹是掠名之意也。

　　明珠家，僮仆盈千，每月优给工赀。其年长者，偶之以婢，且有指分田产者。明珠败，一家星散。僮仆纷纷觅主人，辄拒之曰："汝自明太傅家出，我处何能过活？"多有糜之使夫者。

　　夫人某氏，亦蒙古籍，终年佞佛，一龛香火，有若优婆尼。然御下綦严，婢妪有一蹈淫邪事者，鞭之立毙。此即说部《红楼梦》中之所谓王夫人。

　　明珠以奉乾隆帝登极，因而固宠。其全盛时，仕宦之奔走于其门者，累累如狗。后皆反颜相向，且有上疏弹之者，可谓极人情之变矣。乾隆间，尝用膳，啖鱼羹而美，遣中使持往赐明珠。其遭际之隆如此。

　　成容若（纳兰性德），为太傅明珠之子，即小说《红楼梦》之贾宝玉也。十七为诸生，十八举乡试，十九成进士，二十二授侍卫。天姿英绝，萧然若寒素。拥书万卷，弹琴歌曲，评书画以自娱，不知其出宰相家也。字学褚河南，善骑射。入禁掖，日事演习，发无不中，扈跸时，雕弓牙箭，列于纛帐。以意制器，多巧匠所不能到。尝读赵松雪自写照诗有感，绘小影仿其装束。座客期许太过，皆不应。徐东海曰："尔何酷似王逸少。"乃大喜。

　　有中表戚，备宫闱之选，无从会晤。适某后崩，乃扮作喇嘛僧，得窥一面，卒以不能通言而罢，此《石头记》贾宝玉梦见潇湘妃子之所由作也。

纳兰性德

此事为钟子勤所述。钟撰《穀梁补注》，硁硁然一守经之士，当不致造作虚言。容若喜古籍，家藏宋元本甚富。徐东海为之校刊，《通志堂古经解》刊刻甚精。并著有《纳兰性德词》二卷。

阿相国尔萨，以胥吏起家，屡任封疆。不喜科目，尝谓傅文忠曰："朝廷奚必置棘闱？三载间取若干无用人，以为殃民误国之员。"经傅呵斥。然居官清介，籍没时，其家黄连数十斤，当票数纸而已。

乾嘉时，京师盛行青种羊翻毛褂。戊午（1858）科场案发，正总裁柏俊，身罹大辟。行刑日，柏衣青种羊翻毛褂，押赴市曹，自是无有衣青种羊翻毛褂者。有衣者，则目为杀头打扮。近时之喜穿此服者，不可不知。

柏俊因科场案发，内阁某臣拟旨，中有曰："法无可恕，情有可原。"

意盖欲脱其罪也。既上，肃慎颠倒其词曰："情有可原，法无可恕。"遂论弃市。此种舞文手笔，闻之令人咋舌。

　　勒襄勤（勒保）督四川时，待下属以礼。即不歉意者，亦未尝不饮人以和也。尝告陈梅亭方伯曰："我始由笔帖式，官成都府通判，不得上官欢，时遭呵谴。同官承风旨，置之不齿。每衙参时，无与立谈者，抑郁殊甚。又以贫故，不能投劾去，含忍而已。会闻新任总督某来，十年前故交也，心窃喜而不敢告人。总督将至，身先郊迎，辞不见，惝矣。抵城外，上谒，又不见，更惝甚。乃随至行辕，大小各官，纷纷晋谒，皆荷延接，而我独不见。手版未下，又不敢径去。时天气盛暑，衣冠鹄待，汗流浃背，中心忿恨欲死。正踌躇间，忽闻传呼'请勒三爷'，不称其官，而称行辈，具见旧时交谊。此一呼也，恍如羁囚忽闻恩赦。爰整衣冠，捧履历，疾趋而入。则见总督科头披衣，立于檐下，指令代解衣冠，曰：'为勒三爷剥去狗皮，至后院乘凉饮酒去。'我于此时，越闻骂，越欢喜。比至院中，把盏话旧，则此身飘飘然若登仙境，较今日封侯拜相，无此乐也。时司道众官，犹未散，闻之皆惊。我饮至三鼓归，首府县官尚伺我于署中，执手问总督意旨。从此遇衙参时，逢迎欢笑，有进而与右师言者，有就右师之位而与右师言者矣，而勒三爷之为勒二爷如故也。官场炎凉之态，言之可叹。故于今日，待属官有加礼，以此不肯轻意折辱属官，亦以此也。"
　　方伯时举以告人，自谓一生历官，不敢慢易忽略人者，勒侯之教也。

第二卷

长牧庵相国（长麟）抚苏时，访闻长洲县贪利虐民，勒捐各铺户，以饱其私囊。且每夜出外游行，闻市中有偶语者，谓其诽谤官府，立饬差役带回县衙敲打，必令其家以银钱买通，方肯释回。民间畏官如虎，畏吏如狼，相戒不敢妄语。

一日长公便服出外私访，遇县官乘轿而来，乃出轿跪长公前，问："大人何故微服夜行？"长公以查夜为辞。转问县官何往，则亦以查夜对。长公谓县官曰："查夜何必带许多仆从？"均遣散回去，令县官更易便服，携手步行。

至一酒肆，强拉入内饮酒。对面而坐，长公招酒保问之曰："我乃远方客人，不知本地风俗，前因追讨旧账，欠主不肯还钱，只得在长洲县涉讼，未知县官声名如何，果能代我伸理否？"酒保亦爱多言，并劝客人宜在他处衙门控告。长公问其故，酒保即将县官劣迹和盘托出，无少隐讳。

其时长洲县如坐针毡，恨酒保入骨髓，思必有以报之。长公亦明知其意，当即算付酒资，长出告别。长公谓县官曰："此等无知小民，妄言诬官，不必与之计较。"

长公俟县官去远，复回酒肆中借宿，肆主以非客寓不准。长公告诉肆主曰："汝酒保闯下祸来，我特在此保汝。适才与我同饮者，乃长洲县太爷也。"肆主战吓，面色如土。长公慰之口："有我在，无妨。"

须臾，有县中差役数人，手持锁链，将肆主酒保与长公均锁赴县衙。见县官高坐堂皇，怒气勃勃，喝令带来人一齐跪下。长公以毡帽蒙头，独不肯跪。县官疑之，亲自下坐，揭帽一看，见长公项垂铁链，即忙跪下碰头，口称："卑职该死！"长公即坐县官公案上，谓县官曰："我久闻汝许多劣迹，尚恐不足凭信，今日亲耳所闻，亲眼所见，尚有何辞抵赖？汝可趁早回家，听候参办，免致为地方之害。"遂将县官印携去，即日奏参革职。嗣后，大小官员知此项消息，都勉为廉能，无敢有丝毫放纵，深恐长公之暗地察出者。至今苏人犹称颂之不衰。可见属员之贪利营私，妄作威福，皆由该管上司不能认真访察。若能如长公之细心办事，惩一儆百，何至有贪官污吏贻害百姓乎！

　　宝文靖（宝鋆）解蜀督之任，回京，泛舟溯岷江归。夜中时闻篷背有飞鸟声，不之异也。

　　抵京后，寓内城。值天寒，方拥炉坐，窗自启，一短衣人篌然入。宝叱之。短衣人半跪请曰："某由蜀护公至京，道路至舄远，费且不赀。今岁暮不能活，乞公赏某五千金。"宝见其所挟刃，铦利如霜雪，嗫不敢复语。良久，其人请如前。旋指一箧曰："此中贮金叶可二百两，乞赏某。"宝额之。其人启箧得金叶去。濒行回视案上玉烟壶曰："乞一闻。"宝曰："尔亦知烟乎？"其人曰："略知。"顷少许嗅之。曰："亦佳。某有少烟欲献公，而苦无壶。愿假此壶去，明日并烟还公，何如？"宝额之。既至庭外，复

宝　鋆

返身曰："某李姓，无名。生平喜着靴，故人呼靴子李。"言已，耸身去。

宝始号警夜者纷集，环视无迹。

明日，谕官缉贼。期三日务以此人至，否则皆获严谴。

至第三日，吏见一人饮于市楼，貌似李，密告司官某，某曰："是可以智取，不可以力擒也。"诣酒楼长跪哀之。李曰："迟汝久矣。否则尚有人能踪迹我耶？"言已，与并骑，出诣刑部。官鞫之，曰："银系中堂赏小人者，非小人劫中堂者。"官曰："汝未持刀威吓乎？"曰："未。"曰："烟壶亦赏汝者乎？"曰："烟壶系借自中堂者，今将还之。"官命系诸狱，将请宝示办法。

宝是夜即获烟壶，中贮烟极佳，又不审所从来，骇甚。

明日临审，命严诘之。官如语。将下堂，李忽顾刑部临而叹曰："似此不蔽风雨，即系一偷儿亦不可得，况飞行绝迹如我者乎？"因探于腰橐出银票一纸，授吏曰："此五千金，中堂所赏者。吾于某铺兑之，吾不需此，可以充修监费。"吏方怡愕间，而李已越屋遁矣。

其行如风，官大骇，以实告宝，其事遂寝。

某侍郎尝贺相国宝鋆之寿，登堂四顾，客皆赫赫簪缨。入席，酒三巡，群起更衣。侍郎服紫貂马褂，宝见而大骇。招侍郎至密室，谓之曰："老弟呀，你可知道紫貂马褂只有一个人可以穿吗？你快快的脱下罢，省得人家笑你不开眼。"言已，呼从人以倭刀者进，侍郎乃易之而出。盖紫貂马褂专为清帝打围时所御之衣，虽亲王阁部大臣等，亦不能僭越。

满洲宗室禄康，为诚毅贝勒之裔，于宗室中属长行，嘉庆间位至相国。一日，某亲王趋朝之际，与禄相遇。言中盛述其祖德，欲以博禄欢悦。讵禄反赧然曰："先世身遭刑戮，安敢计功？"某王大为骇异，因告之曰："令祖诚毅贝勒，为显祖幼子，开创时勋称最高，以病薨于邸，经太祖亲临哭奠，立碑旌功，何言身遭刑戮也？"禄无辞以对。久之，某王恍然笑曰："公盖误以褚贝勒事归之令祖矣。贝勒因事赐死，然太祖长子也，乌得数典忘祖！"禄闻言更茫然，不知所对。后以故纵舆夫聚赌，降为副都统。复以失察曹僚事，遣戍辽东。

巴延三制军，初任军机司员，龌龊无他能，人多鄙薄之。当值宿时，西域用兵，夜有飞报至，大臣俱散出。乾隆帝问值宿者，则以巴对。上呼至窗下，立降机宜，凡数百语。巴以小臣初觐天颜，战栗应命。出宫后，一字不复记忆。时有上亲侍小内臣鄂罗里，人素聪黠，颇解上意，遂代其起草，上阅之，称嘉者再。因问其名，默志之。数日，语傅文忠曰："汝军机有若等良材，奚不早登荐牍？"因立放潼商道，不数载，遂至两广总督。

世之以情死者，大抵男女相悦，未有男遇男、女遇女而以情死者也。桐子霱太守泽，满洲人，守常州几十年。太守有女公子，美而慧，太守极爱之。初莅苏任，女结一女友，极相得，形影不离。及太守之常州任，去苏二百里，二女相别，泣不可仰。既别，系念綦切。越数月，非桐女至苏，即彼女至常。然终嫌不便，不能往来，其女友竟以相思成疾而死。太守得其家函，秘不告女。女以久不得函也，亦疑之。坚请至苏省视，太守许之。既至，知女友已死，一恸而绝。兹二女者，可谓痴于情矣。

桐和易可亲，无暴戾睢盱气。官苏守，叶润斋与之积不相能。一猛一宽，自宜冰炭也。顾叶尝忤之，而桐无忤色。叶轮课平江书院，排律诗题曰：《藭桐为圭》，颇扬扬得意。或叩其寓意，则侈然曰："圭与龟音相近，我之报之也，不可谓不虐矣。"闻者嗤之以鼻。

贻谷子钟仑，为吏部曹掾，善为章奏，叙事尤简要名贵。方贻奉诏系狱时，即自请开缺，又求入监侍养。禀略谓："职遭际圣明，厚席先荫。年少学浅，罔知忧患。一旦遘变，手足无措。重念职父，生平谨慎，横被非辜。秋风圜室，孤灯夜寒。愁猿唳雁，百般肠断。职闻卫成侯之被执，宁俞为纳橐饘；缇萦以父获罪，上书愿为官婢。今职以老父在系，比宁俞而更亲；觍然七尺，较缇萦而已长。苟遂忘亲保躯，坐视急难，惭负古人，不可为子。伏见职父，少官禁近，读书中秘。自莅绥远，前后七载。周巡边徼，亲加抚绥。蒙众梗命，则寝食皆废。章奏秉笔，则心血为枯；家无廉俸之积，身无侍妾之奉。臣心如水，而人不知；视民如伤，而世不谅。明珠苡薏，生祸不测；职父循省，不自知罪。朝右士夫，咸称其冤。职满洲臣仆，遵奉法律，不敢以登闻讼冤之心，陈冒昧请代之表。屏气悚息，静候宸断。惟是诏狱森严，铃柝哀厉。冤气郁结，忧能伤人。非得亲子旦夕将护，残年扶病，岂能自全？夫收孥连坐之律，诚圣朝所无；而天理人情之至，皆王法所许。况职不才，兼系独子，固未忍自处安乐，亦何心再玷冠裳？"云云。禀上法部，部尚葛宝华笑谓僚佐曰："干曹瞒之蛊，陈思乃擅文章。以犁牛之恶，其子亦登郊祀。"盖深许之也。自此语宣布，而钟仑之禀，乃传诵众口矣。

咸丰初年，肃顺与端华方官户部郎中，好为狎邪游，惟酒食鹰犬之是务。五年，始入内廷供奉，尤善迎合咸丰意。咸丰稍与论天下事，其权始张。后与端华、载垣表里为奸，朝士皆侧目而视。未几伏法，天下快之。

周文勤公祖培，以户部尚书协办大学士。时肃顺亦为户部尚书，同坐堂皇判牍。一日，周相已画诺矣，肃顺佯问曰："是谁之诺？"司员答曰："周中堂之诺也。"肃顺骂曰："若辈愦愦者流，但能多食长安米耳，乌知公事！"因将司员拟稿，尽加红勒帛焉，并加红勒帛于周相画诺之上。累次如此，周相默然忍受，弗敢校也。

鸦片战争时代，洋兵侵扰粤海江浙沿岸。耆英在粤，闻洋兵占夺城池，奔

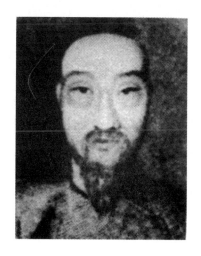

耆　英

往万寿宫，抱龙牌而痛哭流涕。盖当时承平日久，不习见兵燹，殆以为必致国破家亡矣。事后粤中传为笑柄，梨园中有演《中堂痛哭龙牌》一出者。

官文恭督两湖时，军书旁午。文恭设军务处，与胡文忠（胡林翼）各司其事，藩臬司道参知焉。文恭间日一临，文忠则自朝至暮于斯寝馈。文恭多内嬖，在节署，每夜必张灯奏乐，文恭引羊脂玉巨碗，偎红倚翠，借以消遣闲情。军报至，文恭辄曰："回胡大人就是了。"厥后论功行赏，褒然居首。其休休有容之度，实足多焉。

已革吏部尚书，后用都察院左都御史怀塔布，其住宅在菊儿胡同，与荣文忠一墙之隔耳。亭台楼阁，高下参差。十年前京师之有电汽灯、自来水也，颐和园外，当以怀为始。庚子（1900）义和团起事，乱兵随之劫掠。怀恐为所获，穴垣成窦，率家人蛇行出走。怀方脱险，忽闻其后有呼救声，则第九妾已为若辈倒曳横拖去矣。怀谋至其馆师廉泉家暂避。第三日，忽有乱兵排闼执廉泉，向索银钱。廉泉翻囊以示，乱兵乃以枪刺贯其颊，血液模糊。怀骇甚，瑟缩东厢内。时怀方衣大布长衫，须发苍然。乱兵大噪曰："此必当家者。"复向索银钱，不得。乱兵怒，率众殴之。至气丝不属，始行散去。廉泉通知怀之家属，舁归医治，未半途已毙。

宗室竹坡学士宝廷，某科简放福建正考官。覆命时，驰驿照例经过浙东一带。地方官备封江山船，送至杭州。此船有桐严妹，年十八，美而慧。宝悦之，夜置千金于船中，挈伎而遁。鸨追至清江，具呈漕督。时漕督某，设席宴宝，乘间以呈纸出示。宝曰："此事无须老兄费心，由弟自行拜折，借用尊印可也。"未几，奉旨革职，从此芒鞋竹杖，策蹇游西山，日以吟咏消遣。其咏此事结句云："只爱红颜不爱官。"亦可见其风流自赏矣。

光绪初年，山西开办荒赈，当事者一再迟延，民之死者，不可胜数。

时宝廷官国子司业，奏曰："山西请拨漕粮，迫不可待。再经陈情，始得允行。饥民望赈，急于望雨。前拨山东漕粮，今已数月，何以尚未解齐？古之民死于虐政，今之民死于仁政。古之事误于新进纷更，今之事误于老成持重。"云云。此奏出，见者皆目为朝阳鸣凤。

奎制军峻，为中丞时，喜奢侈。适太夫人迎养在署，春秋佳日，尝陪侍太夫人至天平、支硎等处作清游。该处距城甚鸢远，制军必备齐卤簿，前呼后拥而出。或有以"松阴喝道，亦大煞风景之一"讽之者，制军漠然。舆台仆隶，疲于奔命。尝一日至上白云，汲泉煮茗。亲随中有后至，遽在范文正公祠内，呼杖挞之。呼痛之声，与山半梵音相答。自是遂多有以俗物目之者。

乌尔泰巡抚浙江，敷文书院开课，亲临扃试。生童听点，不按名次，纷纷索卷。乌大声曰："肄业生重，静候点名，毋得喧哗。"（"生重"者，"生童"之误也。）儇薄者，应声曰："乌大人吩咐，敢不听命？"乌乃翻绎出身，识字不多，人呼为翻绎进士。

浙抚聂缉规解任后，由某留守兼署其缺。乃某年值万寿圣节，留守率其僚拜牌时，竟换白袖头。此事在汉人固不足责，而出诸素讲仪注之满洲人，则诚可异矣。

安维峻在都中，有殿上苍鹰之目，列款纠参李傅相（李鸿章），虽留中不发，而傅相已为之胆裂。傅相久居外任，未尝一识安面。陛见时，在朝房闲话，适安从容入。傅相私问苏拉："此何人？"安闻之，遽曰："你不认得我吗？我就是参你二十款的安维峻。"傅相竦然毛戴，唯唯而已。

安有陈奏，折皆封口。旧例，凡封口折，即军机大臣亦不得私窥一字。安偶捧章匆匆入，为徐用仪所见。徐诘之曰："你今天又是封口折，要参

安维峻

谁？"安厉声曰："你不用问，总有你在内！"未几，徐奉旨出军机矣，乃知安前日固非虚语。

德晓峰中丞馨任浙藩时，议者多谓其簠簋不饬。然甲申年（1884），富商胡雪岩所开阜康银号，骤然倒闭，德与胡素相得，密遣心腹于库中提银二万赴阜康，凡存款不及千者悉付之。或曰："是库银也，焉得如是？"德曰："无妨也，吾尚欠伊银二万两，以此相抵可也。"更遣心腹语胡曰："更深后，予自来。"届时，德果微服而至，与之作长夜谈。翌晨，将胡所有契据合同，满贮四大箧，舁回署内，而使幕友代为勾稽。后所还公私各款，皆出于是，人始服德之用心。后德谓人曰："余岂不知向胡追迫，倘胡情急自尽，则二百余万之巨款将何所取偿乎？我非袒胡，实为大局起见也。"左文襄西征之役赖胡筹饷，得不支绌，亦与胡最契。以德调处胡事甚善，密保之，擢至江西巡抚。后以演剧，为南皮所劾，遂罢官归。

崧中丞骏青之抚吴也，喜亲风雅士，栽培寒畯，无微不至。中丞嗜学，而尤善作擘窠书。以缣素乞写者，踵相接也。时某侍郎，适以出洋大臣，三年任满，便道归家。于私宅内，大兴土木。浚池叠石，构一园林。中有戏台一所，丐中丞题额，中丞为书"美媲东山"四字。悬匾日，侍郎翘首而观，忽讶曰："如何是'山东媲美'？山东区区弹丸地，岂能及美利坚十分之一乎？"盖侍郎从西文倒读之误也，一时传为笑柄。

外务部，即前之总理衙门。戊戌（1898）后，逢迎旧党者皆恶此衙门，故当差者，无一飞黄腾达，而被害者，则不绝于闻。庚子（1900）后，某大军机有总理衙门即外国衙门之说，例不能简放优缺。瑞良，旗籍也，乃得由此直授藩司，实绝后空前之举也。

溥良之任江苏学政也，实奥援之力，欲借此以偿其清苦也。溥本不解此道，而忌讳尤深。诗中有犯"翠珠"等字样者，虽佳文不录也，必加勒帛。初不知其开罪之端，嗣闻其仆人言及"翠珠"乃溥爱妾之名，故禁人引用，然蒙冤者已不少矣。幕中怜多士之无辜被累也，试帖题或采语录，或用经书，则不避而自避矣。

溥良坐堂阅卷，必先翻排律诗，颠头播脑，备诸丑态，其余则非所知矣。按翰林院有四大不通之目：曰萨廉，曰绍昌，曰裕德，曰溥良，而裕德。溥良尤多忌讳。以上二者，尚不过寄其耳目于人耳，无他病也。

桂祥粗鄙无文，由都统改官工部侍郎后，例须画稿。一日书"开"字，将一横忘去，变成"閞"字。端方闻而笑曰："他是叫我们到他门儿里去造二十。"（按：二十者，极卑贱之土窑名目也。）

檀玑放福建学差时，贿赂公行，卒为言官所劾。李盛铎告人曰："我在日本钦差任上，就知道斗生这回事，也可以算得名扬海外了。"

德中丞寿之抚江苏也，疲玩性成，无所建树，固不如赵舒翘在任，尚能使盐枭敛迹也。或言德年少，以卖皮荷包为业，其后不次超擢，出为封疆大吏，不可谓非异数。贩缯屠狗，自古不讳。德则多所顾忌，下属之佩对子荷包者，德皆疑其有意侮己，往往藉他故中伤之。行之既久，佩对子荷包之风遂绝。德去始一仍其旧。

德寿之巡抚广东也，人目为大皮夹，以广纳苞苴也。某中丞有过之无不及，差缺之肥瘠，以出价之高低为率。公平交易，童叟无欺，群目为某记银行。掌柜者系某别驾，诸凡面议既妥，互相签字，别驾并盖用私印，为"瀛洲玉雨"四字。

德夫人甚妒，德谋充下陈之选，夫人坚不许。德乃改用羁縻之术，事事必取悦于夫人，其后果收成效。又某年秋祭，外人有入而观者，德设座并备酒点，款待殷勤。时人为之语曰："出而媚外，入而媚内。"闻者以为定评。未曾出缺之前，署内有棺材一副，百年物也，隶役等传为灵异，因悬一"十问九中"小额于旁。德复悬一额曰"聪明正直"，更具衣冠拜祷。如此举动，真不愧为迷信神教之人也。

裕德向多忌讳，见"崇论"二字，必怒目横眉。充某科会试总裁时，房官荐卷，批语偶用"崇论宏议"，裕拍案大呼："混帐！"摈而不阅。此房官无心之误，而与应试者不相干涉也，然已断送功名矣。

裕见"户"字，亦复恨之刺骨。补户部尚书命下，蹙眉曰："这个字，总得改他一改。"幕友调之曰："此非出奏不为功。"裕始废然而止。裕之所以忌"户"字者，其中有一原因。裕居与户部某君对门，其父与某君曾构大隙，裕每乘车出入，必掩面以避之。若不知而用入卷中，触起旧恨，则此卷不可问矣。

裕所居之室，有门环二。裕出入振其左，他人出入振其右，不相紊杂。

有误右为左者，裕必呼水至濯之不已。裕会客，谈次有触其忌讳者。客去，裕口中喃喃祷祝，手卷素纸燃之，遍照阶沿上下，名为禳解。

裕见卷中有用"崇论"字样者，或肃然起立，用手捧过，口中念念有词，一如巫觋祝祷，而此卷即不敢以正眼相觑也。以上忌讳，徐花农知之最详，每告门生，不可大意。某年殿试阅卷，有因此大受其累者。后届会试，则各举子皆欲研究此问题矣。

裕所居签押房，极其洁净，每出必肩门。一日其女乘虚而入，裕知之大怒，立呼仆从用水将地板全行洗过。自是既下钥，复贴封条焉。

裕用过之饭碗茶杯，洗时必用舌舐其内外，然后置诸原处。他人手触，必遭呵斥，有时且以鞭笞从事。故仆从咸相戒语，即积灰盈寸，亦不敢偶然拂拭也。

德静山中丞抚某省，办差者于署中建溷楼一所，四周围以玻璃窗，光明洞澈，略无纤翳，外加管钥，唯中丞得如厕，不许他人阑入。幕中数友皆选事人。一日，公题一额悬其上曰：实为德便。

萨廉为四大不通之一。偶阅国子监录科卷，有用二千石者，萨加批于上曰："当是二十名之误。"见者哗然。萨工唱戏，拉胡琴，圆转如环，虽南北驰名之梅大锁不能逮也。萨为穆彰阿相国柯庭之子，德珺如是其胞侄，想见一门鼎盛之风。萨为人极慈善，诨名菩萨。仆从中有骄横恣肆者，萨劝诫之，至于泪下，而不忍以疾言厉色加之。《汉书》所谓"妇人之仁"是已。

江宁藩司恩寿，莅任后颇以风厉著；僚属有戒心焉。一日，筹防局行文恩，略谓：本局将颁告示，请列台衔，会同办理，云云。恩阅讫大怒，谓："如此，尔以会办待我矣。"将文斥回。

恩　寿

　　江宁牙厘局本系藩司兼摄，某督到任后，改委道员某某总办其事。某尝禀告某督曰："伏查牙厘局本与藩司会办。前藩司某，精明强干，有作有为。今藩司某，情形亦熟，仍请札饬会办。"云云。恩笑曰："年终大计，首道尚须我亲填考语，然后出详督抚两院。今彼一候补道，乃欲填我考语耶？抑何荒谬。"嗣后江宁一省，遂以此为笑柄云。

　　恩寿未放山西巡抚之前，有旧属某，解饷入京，特往谒之。恩接见甚欢。濒行时，恩曰："你回去对老胡说，我快出来了，咱们又有碰头的日子了。"言已狂笑。某归举以告人，以为谰言也。未几果有后命，则恩已预闻消息矣。

　　恩任江苏巡抚数年，人言所获财赂，不下三十万金，故有银行老板之目。入京后，设典肆两号，估衣铺两处，而恩谓人曰："尚须在上海开一专办五金杂货行。"多财善贾，此之谓也。青浦令田春霆以醉蟹八瓮为馈，恩不拒，外间因以瓜子金故事相疑。一日，恩传见首府及三县至，乃移醉蟹置诸大堂上，使亲兵持棍连坛击碎，以表无他，而于是乎恩之廉名大著。

长笒臣廉访为东臬时，丁文诚令办郓城河工。民间有窃物件者，诛之则不胜诛，且以法重情轻，何忍使罹大辟？一日，忽接各路钉封文牍，所有应决人犯，悉令解赴工次，长公一一斩之，揭首于竿。或大书"私窃物料"，或大书"玩视河工"。克期合龙，无有敢犯法者。

铨龄，奎俊子。蔡钧使日，以乃父力获充参赞。尝乘马车游五都市，见当垆女，悦其美，奋然起立，为轮所震，突然倒地，昏瞀不知人事。御者乃缚其手足，载之返署，医半月而痊。某言官撼其事，指为躁妄，竭力弹参，未几撤之回国。

象贤亦蔡钧参赞，在都时，与荫昌称莫逆。每深夜，一灯前导，出作狭邪游，虽风雨未尝阻。然当折冲樽俎，晋接冠裳，则禁龄不能声，唯唯而已。在日本酣歌恒舞，荒嬉无度，以致累累债负，虽典裘货马，不得东归。（按：蔡钧有此二人为之参赞，复得张赓三作横滨领事，可谓五百里内，贤人聚矣，安得不为中国之光？）

特旨道庆宽前在上海，资斧告乏，因向票号暂假二万金，书券为凭。越一年，而票号向庆索款，庆勃然变色曰："我叫赵庆宽，这字儿上单写庆宽，我知道是那一个庆宽？"掷其券于地，匆匆入内。谑者曰："此数语若加小注，必曰先儒以为癫也。"庆钻营某关道缺，政府业经首肯。某观察携银二十万入京打点。庆闻而冷笑曰："他别在那里做梦，不要说是二十万，就是再加上一倍，到底看给谁？"闻者叹曰："此之谓有恃而不恐。"

庆宽一名赵小山，工画。尝作颐和园全图一幅，由醇贤亲王进献，西太后阅之喜，赏二品顶戴以酬之。其后投旗，司柴炭库。故事，每交冬令，内监俱须向郎中索柴炭，以御严寒。庆宽不予，群谮之于光绪帝之前，又授意某御史列款纠参。庆宽惧，挽人说项，内监必欲银三十万。庆宽无策，已自分入囹圄矣。世续知其隐，言于光绪帝，谓庆宽为醇贤亲王赏识之人，父功之，子罪之，未免贻人口实（按：光绪帝为醇贤亲王所出）。帝悟，置诸不问，庆宽遂免于危。

大学堂满管学大臣荣庆，白面乌须，飘飘然有凌云之气。惟其人糊涂特甚，遇事唯唯诺诺，故一切仍归汉管学张冶秋尚书决断，荣惟领俸银食月米而已。陆凤石总宪尝以吴语七字品评之曰："聪明面孔笨肚肠。"荣服御之精，荣文忠后一人而已。尝夏日出门谒客，接连三天，而纱袍褂颜色花纹无一天同者，即所佩荷包扇袋亦皆更换。

荣 庆

　　大学堂遣派日本游学生，有往荣庆处辞行者。荣问："先往何处去？"学生对以秦皇岛。荣贸然曰："秦皇岛在日本何方耶？"学生乃掩口胡卢而出。说者谓俗传秦始皇命徐福以童男女至海上求仙，即日本立国之始，荣以为秦皇岛必属诸日本。此荣博雅处也，不得以疏于地学讥之。翰林院有戴太史者，一日得荣说帖，不得其解。就教于同馆诸公，同馆诸公反复观之，如读无字天书，类皆摇头而去。如荣庆者，殆能为刚毅、乌拉喜、崇阿之嗣响者欤！

　　彦咏之以笔帖式出身，于汉文盖模糊影响也。任镇江知府。府试日，预命幕友代拟诗文题，藏之靴页，封门后，出原纸嘱书吏誊之。诗题为"绿柳才黄半未匀"。书吏误"绿"为"缘"，彦亦不之识。迨悬牌出，诸童鼓噪，其势汹汹。彦出立滴水帘前，向空三揖曰："兄弟这几天有些家事，心里头闹得荒荒的，所以连写字多写不上了，叫这些混帐王八蛋弄弄，就弄糟了。诸位老兄别动气，兄弟责备他们就是了。"诸童始纷纷散。说者谓彦一生不畏强御，今卑躬屈节，恰出人意外。

　　五福知番禺县事，粤俗，凡新岁必贴"五福临门"四字于门。五福于舆中遥见之，以为慢己也，提其人至，笞之数百。自是阖县引以为戒，不敢复贴"五福临门"四字。满人可笑，多如此者。

　　某宗室素喜鼻烟，壶盖或珊瑚，或翡翠，灿然大备。宗室摩挲爱惜，较胜诸珍。宗室生四子，长子曰奕鼻，其二曰奕烟，其三曰奕壶，其四曰奕盖，合之则鼻烟壶盖也。

　　内务府大臣世续体痴肥，每入宫，小内监必以数人舁之起，游行各处，以为笑乐也。西太后每谕之曰："他年纪大了，你们招呼着，别叫他栽了交，那可不是顽儿的。"

　　世续精于鉴别，所蓄名磁古玉，不下十万余金。内监闻之，因向索小

世 续

件头之类，世续多以赝者应之。若辈有眼无珠，得之异常宝贵，而不知已受其绐矣。

世续尝逛东西两庙，坐红货摊儿上（红货摊为售卖珠宝之所），欷歔而言曰："庚子之后，我家里连草刺儿都没有了。"已而举其手曰："我这班指，是一万两银子买的，你们瞧瞧翠好不好。"

刚毅以翻绎秀才起家，致身枢府，其门对自书"奉诏驰丹陛"。"驰"字"马"旁，竟作"水"旁，刚亦不之觉也，其文理不通可想。尝见西官文牍，字字皆作蟹书，刚曰："这倒和咱们考翻绎的文章差不多，不过不是满洲字罢了。"

刚毅读书不多，大庭广座之中，多说讹字。如称虞舜为舜王，读皋陶之陶作如字，瘐死为瘦死；聊生为耶生之类，不一而足。都中某太史编成七律以嘲之云："帝降为王虞舜惊，皋陶掩耳怕闻名。荐贤曾举黄天霸，远佞思除翁叔平。一字谁能争瘦死，万民可惜不耶生。功名鼎盛黄巾起，师弟师兄保大清。"嗟呼！李林甫读弄璋为弄章，几误唐家中叶，不谓其后先济美若此，然则误国者固有衣钵耶！

刚毅初任山西巡抚，某太守上禀，条陈兴利除弊事宜。刚动笔加批，大为奖励，末句曰："此可以为民公祖矣。"盖由"民之父母"脱胎而出也。

刚补刑部尚书，一司官引例偶然舛误，照例略加呵斥。刚见此司官后，一言不发，惟以手划其面，羞之而已。司官大窘。

张百熙以保举康梁，奉严旨革职留任。刚往广东筹饷，适张督学其间。刚一见，即牵裾问曰："你与荣禄总有什么交情？你这个罪名，要在别人手里，断无如此从宽发落。"张猝不能答，唯唯而已。

曾署常熟县之朱镜清，充刚文案。刚曾具折密保，中有语曰："笔下一挥而就。"此种考语，真是千古奇闻。

刚毅前到江南时，有某观察求书扇，款系行二，刚书"某某两兄大人"。幕友见之以两字为误。其时有久居刚幕者，谓刚之学已大进，前数年为某书扇"两兄"尚写作"刃"。或询诸刚，刚掀髯曰："老夫巡抚江南时，见粮册上皆书刃字，岂不典耶？"问者默然。

草书两字和刃字

刚毅查办江南事件，是时，吴淞口医生验疫极为严密，即刚亦不能免。

回京后语人曰："我进上海吴淞口，就有俩人上来，把我乱摸乱揣了一阵子，别的倒还罢了，倒是身上怪痒痒儿的。"闻者大笑。

刚下江南筹饷时，候补道陶渠林观察前往禀谒。陶美须髯，素有"大胡子"之称。刚一见之下，遽谓之曰："像你这个样子，足当得一个汉奸。"陶无词以应。既退，事传于外，或询其此事真否，陶唯唯惶愧而已。

刚当权之日，尝拟上谕，有"毋蹈故习"四字，"蹈"字误作"跌"字。王文韶见之，乃取朱笔密点"跌"字四围，另书一"蹈"字于旁。刚毅以其恭顺也，大喜。自是与王交谊日笃，同列皆不及也。刚尝自书十二字，榜诸座右，见者惊之。其语曰："汉人强，旗人亡；旗人瘦，汉人肥。"刚盖满汉之见极深者。

刚任军机大臣之日，尝自署其门联曰："愿夫子明以教我；微斯人其谁与归。"见者均莫名其妙。

当刚极盛时，尝梦有人示以"子路闻过则喜"一章，醒而记之历历。及庚子年（1900），两宫西狩，刚扈跸随行，至闻喜县，卒于痢。前之所梦，盖妖谶也。

第三卷

洪文襄公承畴，《贰臣传》中第一流人物也。在明官太子太保，兵部尚书，总督蓟辽兵。顺治元年（1644），睿亲王定京师，承畴得以原衔入事顺治，佐理内院机务。其后下江南，平南王搜杀故明遗族，经略湖广、广东、广西、云南、贵州，穷追桂王于缅甸等，承畴之功最高。

其七十赐寿也，满朝勋贵，以至门生故吏，争献媚致祝。而诔寿文中，最难措词。盖其在明朝时之位望勋绩，及入清朝后之位望勋绩，皆赫赫在人耳目，而此间转掇一二语，虽善于舞文者，无能为力也。

洪承畴

时则有一落魄书生，为献一文，中有数语云："公以为杀吾君者吾仇也，杀吾仇者吾君也。"云云。承畴大赏之。时有黠者某，批其后曰："然则有烈妇人，其夫被害，而曰：'杀吾夫者吾仇也，杀吾仇者吾夫也。'可乎？抑有为子者，其父被害，而曰：'杀吾父者吾仇也，杀吾仇者吾父也。'可乎？"事闻，承畴大恚，竟以他事陷其人于法。

洪承畴入相后，洪以南安籍，只认福建泉州会馆同乡，而漳馆人不与焉。彼时泉馆人，无论内外官，所求辄应。

一日，馆中五六辈，相与私议曰："洪阁老虽不我顾，究是同乡，我辈一概不往修贺，似嫌过甚。今泉馆人有怂恿我辈先施者，姑尽吾礼可乎？"众以为然，遂于次日率众往谒。阍人传命曰："就系同乡，亟应请见，但公事实难摆脱，稍暇即当出城谢步。"

越日，即有军官来报曰："中堂准于明日出城，到漳馆天后座拈香。"于是五六辈者，饬馆役粪除一切，具茶以俟。届时又有军官飞报曰："中堂已出前门矣。"漳馆时在水窖胡同，距大街不远，于是五六辈皆具衣冠，步出大街肃迎。各于车前一揖，洪在舆中一拱，而舆已飞过。人马喧腾之际，五六辈竭蹶步随。甫入馆门，见洪拈香已毕，请登堂相见，则已张灯悬彩，铺陈一新，皆为耳目所未经。洪寒暄毕，即起登舆。五六辈又急出街口肃送毕，徐步归馆，则向所见者，已无踪迹。惟神座前两支绛蜡，一炷藏香而已。于是同人皆惘惘相对曰："莫非梦乎？"呼馆役询之，亦曰："我亦不知何以前后之改观也。"既各归房解衣，则各卧床，皆安设元宝库银一锭，始知为洪所贻。

清初，尚可喜封王之后，一日宴诸文士，令以己名为对。诸文士皆沉

尚可喜

吟未就，一童突出席间曰："可对汉之直不疑。"尚大悦，重赏之，并免其役，令掌文牍。迨尚败，而童已致富矣。

洪昉思（洪昇）著《长生殿传奇》既就，乃授内聚班，使之演唱。康熙览而称善焉，赐优人白金念两，且向亲王阁部大臣等一一言之，自是内聚班之名大起。公私宴会，必歌是剧，缠头之数，悉如御赐，先后所得数千金。优人告于洪曰："赖君所制，使吾辈大获盈余，愧无以报，请寿君以

洪 昇

酒，而歌是剧娱宾。"乃择日治具于生公园内。簪缨满座，而独遗常熟赵星瞻征君。时赵馆于王给谏，乃促给谏言之，谓忌辰听戏，实为不敬。

洪下狱，士大夫因而株累者，更仆难终。海宁查嗣琏，益都赵执信，是其表亲。后查以改名登第，赵遂废弃终身。

潘梅溪为苏州巨富，与之相埒者，惟枫桥汪姓而已。尝谒汪，服貂耳

茸外裰。汪不之识，问潘。潘告之而面有得色。汪大恚，潘去，乃令其仆遍向旧家搜寻此服。并悬重价，每一袭偿金八百两，一夕而得八袭。诘朝，折柬招潘饮。潘至，则八仆立于大门之左，所服与潘无异，潘惭而去。

按：俗以潘梅溪与查三爷斗胜，编为京剧。其实潘后查七八十年，并非同时人物。又，左公平西，以曹克忠为主脑，其实甲午之岁，曹尚任某处总镇，捻匪之役，盖与曹绝不相干也。

黄叶道人潘班以书画著，见纪文达《阅微草堂笔记》。相传潘睥睨冠盖，放浪烟霞，一时有高士之称。有与之戏者，曰："公名可对《聊斋志》目。"潘问之，乃"紫花和尚"也。

胡恪靖公宝瑔，世居徽州。父官松江府教授，遂家焉。生公之夕，教授公寓居王文成公祠，梦文成手一金轴曰："五十年后，烦送吾乡。"乾隆十六年（1751），恭扈圣驾南巡，至会稽，御祭王文成，命公赍金轴读祝堂下，方知前梦之征也。公未遇时，赴礼部试，有友人托其代赍文书投部者，为奴误事，致愆期，其人不得与试。公知之，曰："吾累吾友不得入闱，吾安忍独试！"遂不入闱。寻考授中书，历官巡抚。

江阴是镜，号明我，即小说《儒林外史》中之权勿用。其人胸无点墨，好自矜夸。海宁陈相国、高东轩相国，为其所惑，信之至笃。尹健余督学江苏，因二公故，造庐请谒，结布衣交。镜遂辟书院，集生徒，与当时守令互相来往，冠盖络绎于门。常州府黄静山永年，亦过从之。后缘嘱托公事，黄为绝足。镜在私室中，供陈、高、尹、黄木主，俗谓之长生禄位。辛未（1751），雷翠庭祭酒承尹健余之乏，广文致意。雷招以书，欲觇其学，镜请援尹例。雷笑曰："吾知贤士不可召见，但吾往后，恐四公木主外，又添一人耳！"一日，镜为乡人告发，亡命不知去向。

镜居村去市有里余之远，有小径逾沟而过，可省行数武。镜平生必由正路，自谓澹台灭明复见。某日，归途遇雨，至沟旁四顾无人，跃之而过。

有童子匿于桥下，惊曰："是先生跳沟耶？"镜饵以一钱，嘱勿传宣。俄童子泄言于外，声名大损。

顺治年间，大学士宁完我劾大学士陈名夏曰："名夏曾谓臣曰：'要天下太平，只依我一两件事，就太平了。'臣问：'何事？'名夏推帽摸头云：'只是留了头发，复了衣冠，天下就太平了。'臣笑曰：'天下太平不太平，不专在剃头。崇祯年间，曾剃头来？为甚把天下失了？只在法度严明，使官吏有廉耻，乡绅不害人，兵马众强，民心悦服，天下方可太平。'名夏曰：'此言虽然，只留头发，复衣冠，是第一要紧事。'臣与名夏遇事辩论，已灼见其隐衷矣。"云云。名夏因是卒遭严谴。

陈名夏

金圣叹先生名采，字若采，吴县诸生。为人倜傥高奇，俯视一切。好饮酒，善衡文。评书议论，皆发前人所未发。时有以讲学闻者，先生辄起直排之。于所居贯华堂，设高座，召徒讲经。经名《圣自觉三昧》，稿本自携自阅，秘不示人。每升座开讲，声音宏亮，顾盼伟然。凡一切经史子集，笺疏训诂，与夫释道内外诸典，以及稗官野史，九彝八蛮之所记载，无不供其齿颊，纵横颠倒，一以贯之，毫无剩义。座下缁白四众，摩顶膜拜，叹未曾有。先生则抚掌自豪，虽向时讲学者闻之，攒眉浩叹，不顾也。

生平与王斫山交最善。斫山固侠者流，一日，以三千金与先生，曰："君以此权子母，母后仍归我，子则为君助灯火可乎？"先生应诺。甫越月，已挥霍殆尽。乃语斫山曰："此物在君，适增守财奴名，吾已为君遣之矣。"斫山一笑置之。

鼎革后，绝意仕进，更名人瑞，字圣叹。除朋友谈笑外，惟兀坐贯华堂中，读书著述为务。或问："圣叹二字何义？"先生曰：《论语》有两'喟然叹曰'，在颜渊为'叹圣'，在与点则为'圣叹'，予其为点之流亚欤？"所评《离骚》《南华》《史记》《杜诗》《西厢》《水浒》，以次序定为六才子书，别出手眼。尤喜讲《易》乾坤两卦，多至十万余言。其余评论尚多，兹行世者，独《西厢》《水浒》、唐诗、制义、《唱经堂杂评》诸刻本。传先生解杜诗时，自言有人从梦中语云："诸诗皆可说，惟不可说《古诗十九首》。"先生遂以为戒。后因醉，纵谈《青青河畔草》一章，未几遂罹祸。临刑叹曰："斫头是苦事，不意于无意中得之！"

先生没，效先生所评书，如长洲毛序始、徐而庵、武进吴见思、许庶庵，为最著，至今学者称焉。

庚午（疑辛丑之误，1661）哭庙大狱，吴下名士骈首就戮者一十八人。曰金人瑞，曰倪用宾，曰沈琅，曰顾伟业，曰张韩，曰来献琪，曰丁观生，曰朱时若，曰朱章培，曰周江，曰姚刚，曰徐玠，曰叶琪，曰薛尔张，曰丁子伟，曰王仲儒，曰唐尧治，曰冯郅，家族财产籍没入官。同时株连军流禁锢者无算。

初，明之亡也，吴下讲学立社之风犹盛，各立门户，互相推排。金圣叹以惊才艳藻，交游其间，调和之力惟多，其名尤著，所至倾倒一时。遇贵人嬉笑怒骂以为快，故及于祸。当是狱初起也，若某某大臣故假哭庙事剪除之，以为悖逆，莫大于此。骈而戮之，人当无异言。

先是，各省抚按，率官绅设位哭临，市禁婚乐，妇孺屏息，爵愈崇者，尤必备极其哀，诚重之也。苏亦举行哭临大典，当事战兢惕厉，礼有弗备，明法随之。然当此所谓人神乏主，亿兆靡依之际，亦罔敢颠越弗恭者。而圣叹即以是时，率诸生抢入进揭帖，继至者千余人，群声雷动。盖以吴县非刑，预征课税，鸣于抚臣，因民忿也。哭临者大骇，命械之，众议哗然。金于狱中，上书千余言，为民请命，说多指斥一切。抚臣朱某，密疏具奏，有敢于哀诏初临之下，集众千万，上惊先帝之灵，似此目无法纪，恐摇动人心等说。命大臣讯狱于江苏，诸人不分首从，凌迟处死，没其家孥财产。一时气夺，吴下讲学立社之风，于是乎绝。

先生又名喟，旧姓张名采。为文偶傥有奇气，少补博士弟子员。后应岁试，学使视其文，不能句读，以为诡众，褫之。来年冒金氏子名科试，一变为委靡庸腐趋时之调，学使大悦，拔冠童军，遂再入邑庠，而金人瑞之名，仍而不易矣。盖圣叹愤时傲世，意以天下事无不可以戏出之，不独于其名其文变动不居也。尝大言曰："天下为才子书六，而世人不知。所谓六者，一庄，二骚，三马史，四杜律，五施水浒，六王西厢也。"其放诞如此。然遇理所不可事，则又慷慨激昂，不计利害，直前蹈之，似非全无心肝者，以是而得杀身之祸，亦可哀已。

圣叹之狱，具见无名氏所撰《辛丑纪闻》，顺治十八年（1661）之事。惟其临危，寄家书，有云："杀头，痛也；籍没，至惨也！而圣叹以无意得之，不亦异乎？"寥寥数语，悲抑之情，见于言外。论者谓圣叹以公愤讼贪吏任维初，词连抚臣朱国治，以是而死。死出于义，又复何憾？所可惜者，以卓荦不群之士，竟死于昏庸冗蹋之夫。即谓天不忌才，安可得耶？生平遗稿散佚，仅存者，若制举文，及《西厢》《水浒》批本，已盛行于世。其余庄、骚、马、杜等集，犹未卒业也。

今人鲜不阅《三国演义》《西厢记》《水浒传》，即无不知有金圣叹其人者，而皆不能道其详。王东溆《柳南随笔》云：金人瑞，字若采，圣叹其法号也。少年以诸生为游戏，具得而旋弃，弃而旋得，性故颖敏绝世，而用心虚明，魔来附之。某宗伯作《天台泐法师灵异记》，所谓慈月宫陈夫人者，以天启丁卯（1627）五月，降于金氏之乩者，即指圣叹也。圣叹自为乩所凭。下笔益机辨澜翻，常有神助。然多不轨于正，好批解稗官词曲，手眼独出。初批《水浒传》，归元恭庄见之曰："此倡乱之书也！"继又批《西厢记》，元恭见之，又曰："此诲淫之书也！"顾一时学者，爱读圣叹书，几于家置一编。而圣叹亦自负其才，益肆言无忌，遂陷于难。初，顺治遗诏至江苏，巡抚以下，大临府治。于是诸生被系者五人，翌日诸生群哭于文庙，复逮系十三人，俱劾大不敬，而圣叹与焉。当是时，海寇入犯江南，衣冠陷贼者坐反叛，兴大狱，廷议，遣大臣即讯，并治诸生。及狱具，圣叹与十七人俱傅会逆案坐斩。闻圣叹将死，大叹诧曰："断头，至痛也，而圣叹以无意得之，大奇！"于是一笑受刑云。

太仓顾麟士先生，为人清介。东阳张国维巡抚吴中，延先生傅其子。笔砚外绝不干以私情。有富人犯法者，其罪当诛，乃以黄金百镒谒先生，俾言于张公求免。先生谢去，而心辄怜之，自是为损一饭焉。张公察其意若有甚戚者，因婉转请其故，先生乃具言之，公即为之末减。

顾麟士作品

顾耿光字介明者，副宪江玉柱子也。尝伫立城隅，一夫突至，三批其颊，遂驰去。公怡然袖手。或问："君何以能堪？"公曰："非意相干，方寸乱矣，岂宜与校？"不三日，其人暴卒。两公之雅量如此，皆非世俗中所有者也。

清初有阳山朱鸣虞，富甲全吴。所居左邻，为吴三桂侍卫赵姓，诨名赵虾子，豪横无比，常与朱斗富。凡优伶之游朱门者，赵必罗致之。时届端阳，若辈诣赵贺节，饮酒皆留量。赵以银杯自小至大，罗列于前。曰："诸君将往朱氏，吾不强留。请各自取杯一饮而去，何如？"诸人各取小者立饮，赵令人暗记。笑曰："此酒是连杯偕送者。"其播弄人如此。朱又于元宵，挂珠灯数十盏于门。赵见之，愧无以匹，命家人碎之。朱不敢与较也。今苏州申衙前，尚有阳山朱弄之名，而所谓朱鸣虞、赵虾子之号，则鲜有知之者矣。

朱太史竹垞（朱彝尊）为两孙析产券云："竹垞老人虽曾通籍，父子止

朱彝尊

知读书，不治生产，因而家计萧然。但有瘠田荒地八十四亩有零。今年已衰迈，会同亲戚分拨，付桂孙、稻孙分管，办粮收息。至于文恪公祭田，原系公产下，徐荡续置荡七亩，并荒地三分，均存老人处办粮，分给管坟人饭米，孙等需要安贫守分。回忆老人析箸时，田无半亩，屋无寸椽。今存产虽薄，若能勤俭，亦可少供馆粥，勿以祖父无所遗，致生怨尤。倘老人余年，再有所置，另行续析。此照。康熙四十一年四月日，竹坨老人书。稻孙田地数：吴江县田一十八亩五分，冯家村田十一亩四分五厘，娄家桥田三亩七分，又史地五分，冯子加地六分五厘，娄家桥坟地三亩六分，屋基池地四亩四分五厘，通共四十一亩八分五厘。"前辈风流如是。今此券为李晴澜所藏，吴江郭频迦辈均有题咏。

康熙初，神京丰稔，极歌筵妓席之盛，贵游盛行一品会，席无兼味，而穷极奢巧。适王相国香庭熙当会，出一大冰盘，满盛豆腐。公举手曰："家无长物，煮一来其相款，幸勿姗笑。"既举箸，则珍错毕具，举坐莫名其妙。递至徐健庵尚书，隔年预取江南燕笋，负士捆载北上。花时值会，乃为煨笋饷客，中实珍馐，客欣然称饱。咸谓一笋一腐，可补《食经》之遗。

孙西川艾，尝至金陵冶游，挥霍甚豪，遍访教坊季女，共得七人，人持千金纳采。即京城，卜居七所。每所器皿毕具。选日结婚，将御一如常仪。争妍竞宠，备极宴尔之趣，冗费可二万金，兴尽而返，绝不留盼，其豪迈如此。厥后，百万之产，取次荡尽，但剩一廛以居。虽膏腴轻售，终不言益价。一人忽款门自陈，愿输粟五百斛。公辞曰："噫，吾安得空室贮之哉？"

固与之，乃弗却。

先是，虞山西麓，埋一异石，公遂捐此米，铲剔之。石既露矣，乃悬崖置屋，

名之曰大石山房。公尝从沈启南游，得其点染法，而其迹世罕有传者。蒋相国曾于大内见其尺幅，所画为粪壤，颇极工妙，后以子贵受封矣。

一日，步游金阊，有贾人忽把其袖，且笞且詈，几至折颐。公乘问进曰："余常熟孙氏，非君所愤某人也，貌或相似耳。"郡守与其子同榜，家僮且欲赴诉，贾人惕息。公笑曰："负恩如某，笞之最是，偶误何伤！"怡然引酒，酣畅而别。

雍正中，满洲副都御史缺出，上命九卿密保人才。鄂文端公（鄂宝）奏许公希孔忠直可任。上曰："奈彼汉人，碍于资格，何也？"文端曰："风宪衙门，为百僚丰采。臣为朝廷得人计，不暇分满汉矣。"上可其言。逾年始调汉缺。

秀水顾退飞列星，贫贱能骄。会寒甚，犯雪诣友，得羊裘之赠。御以入市，过旧书肆，见阮亭诗梓行本，悦之，脱裘换书而去。路人围观，共

鄂　宝

笑其迂。退飞且行且吟，若不知有饥寒者。今日沪上名士，殆无此风趣。

白泰官自恃其技，屡挫江湖之客。一日，行至一处，有一干人阻路，谓白曰:“奉我师命，特请相会。”白不得已随之行，至则兄妹二人，在空场跑马。兄于马上放箭，妹于马上接之，十不一失。少顷，下马相见，请白试技。白知有异，不敢应。妹谓兄曰:“我侪抛砖引玉，何如?”随令从者取黄豆升许，竹箸二对，兄妹对立，相离数丈，兄以箸挟豆掷去，妹以箸挟豆接回。升中豆尽，无一坠地者。谓白曰:“小技儿戏，幸勿见哂。”白目呆神痴，伫立移时引去。

甘凤池以拳术名，俗传乾隆南幸时，微服护跸者也。尝误入盗船，佯醉偃卧。盗投诸水，缘漂木而登。拾道旁巨石遥拟，中桅覆舟，盗众尽歼。甘妾固卖獬者。先是，老翁携一幼女至，请与角技，胜即留女为媵。女双趾纤小，鞋尖缀铁叶，蹑之迅走如飞。甘与搏良久，四手相持之际，女翘右足起，几中甘目，亟承以口，便蹴其左趾，女笑仆地，遂留不去。后有山东镖客，途遇一僧，相持竟日不决。镖客以飞锤掷之，僧接锤遽起，即呼师兄，始知皆甘弟子也。甘年七十余，因多啖羊肉，中饱而卒。

洪孟昭，太仓人，江宁甘凤池高弟也。闻昆山有李公子，武艺绝伦，叩门请见。公子喜，更衣冠迎接，揖让升堂。一恭之后，公子入内不出。洪问侍童何故，传语曰:“我行礼时，一足跨其头，客竟不知，客之能可想矣。”洪曰:“我以两指掐其袴，今二碎帛尚在，可持示之。”公子大惊。目视其袴，已有两小破眼。于是重整衣冠出见，订交而去。

恽寿平，字正叔。有监司某，延之作画，恽拒之甚峻。监司怒，拘之至，系于厅事间。遣一急足赴娄，乞援于太原相国。时已黄昏，相国大惊曰:“事急矣，非快马疾驰不可。”乃以竹竿挑灯一盏，缚于仆背，五鼓达苏州，城犹未启。有顷，直入监司署，力争而释。

恽寿平

　　杭州张兰渚中丞获真虢叔鼎一具，后传于其子仲甫先生。时刘燕庭为浙江藩司，酷嗜金石。将行，张托人以鼎售之，得千金，已而顿悔。刘行已二日矣，乃使人持千金，轻舸追回之。胡书农学士尝作长歌嘲之，略谓："家有宝鼎，譬诸名姝，岂可割让？若既与人，岂可索还？今此之为，有若以爱妾侍他人寝，忽又促之归也。"词颇俊妙，惜乎不存。

　　杭州吴殿撰鸿，浙之仁和人。未大魁时，与同邑韩湘南齐名。某年应乡试，两人俱以抡元自命，然以文章论之，吴之于韩，略逊一筹也。既入闱，题为"子张学干禄全章"，吴极力构思，至漏下二鼓，方成二比。及成，吴拍案曰："元在是矣，湘南必不能出我前也。"榜发，果抡元。

　　先时，两主试校卷时，吴卷为正主试所得，韩卷为副主试所得。副主试欲以韩卷定魁，正试曰："韩文才气虽奔放，而微嫌薄。吴之文浑厚朴实，精神不露，其福泽可知，我必以吴为魁。"副曰："然则此卷，我亦不中，但其才非元莫可当位置者，留待后科可也。"遂弃之。榜发，韩竟落第。闻其故，懊恼忿丧不已，呕血而亡。明年，吴竟联捷成大魁。

仁和龚定盦（龚自珍），尝述渠游某地，一友拉饮，柬曰"赏松会"。私念松何言赏。至则园植一松树，高可四五尺，置酒其间。主人问客："贵乡曾有此奇卉否？"笑曰："敝地乃日以为薪。"主人疑其诞己，且藐视园中名植，色殊不怿。一客解曰："龚君甚言其地之多产，理或不诬，非藐视君嘉树也。"主人始色定，云云。

少所见而多所怪，世态比比然也，然岂有若"赏松会"之甚者，意者其寓言欤！

又，一人在京都，一客出宝玩相视，且云："得自重价。"裹以绣袱，开视则一方水晶也，其人都不一顾。徐语"以吾乡广有，价可数百文耳"，客终不谓其然。二事殊相类，俱堪捧腹。宋人藏石，又何怪乎者？

和珅当国，恃宠而骄。尝赐食大内，御前设榻坐之，尽巨觥无算，未几洪醉，上亦微醺。时广西将军某，赍表献珠串至，珠巨如菽，凡一百有余粒，皆精圆腴润，不差毫厘。上命和珅试佩，珅碰头称死罪，强而后可。上曰："朕弃天下，当以此串畀若。"珅曰："串，王章也，未有代德，而有二王，亦主所恶也。"上笑曰："若又安知朕不为唐虞之揖让？"珅即抗声顾谓内竖曰："天子无戏言，若曹志之，他日食言，若曹皆证人也。"内竖均失色，上独微哂不怿。和归私第，悬赏潜购珠串，重值不惜。未逾月，某省抚臣，因事罢官，所藏宝珠献珅，多寡大小轻重，与大内物无异，谓是及身有天下之兆。及晚，屏去姬侍，取串饰项际，临镜顾影自笑。益阴蓄死士，潜谋不轨，卒以此串构籍没祸云。

吴三桂盛时，颇留意声伎，蓄歌童自教之，中六人最胜，称六燕班，因六人皆以燕名也。尝微服漫游江淮，与六燕俱。嶯贾某亦嗜声伎，值家

吴三桂

宴演剧，吴具伪姓名致赂为寿，贾人而觞之。未几乐作，列坐少长，奖借不遗余力，吴惟嘿坐瞑目摇首而已。主人怒目吴曰："若村老，亦谙此耶？"吴曰："不敢！但嗜此已数十年矣。"主人愈不怿。客有黠者请吴奏技，否则因而折辱之。吴欲自炫，不复辞谢，欣然为演《寄柬》，声容台步，动中肯綮，座客相顾愕眙。少焉乐阕，下场一笑，连称"献丑"而去。

纪晓岚之外舅曰姚安公，两目夜视，能见鬼物。纪方壮盛，颇不是善。会夏夜纳凉围坐，纪潜墨两颊，披发及地，口芦管有声呜呜然，立暗陬而咻之，婢媪皆逃，渐及姚前。姚笑曰："尔非鬼，乃鬼伥也。眈眈瞰尔后者，是真鬼，曷睨之？"纪不信，试回顾，则一面窄且长，色白如绽之屏鬼，蹑足尾其后，渐小渐没，始骇异求教。姚曰："螳螂捕蝉，黄雀随之。此一理也。械心即鬼，以鬼召鬼，俨然声应气求。此又一理也。"纪闻言，恍然觉悟。嗣后著书，虽怪力乱神，而侃侃说理，必轨于正，蔚然成一家言，盖其得力于理想者甚深也。

第四卷

方苞，号灵皋，初为文字之狱，牵入逆案，隶旗籍十年。康熙癸巳（1713）召试，撰湖南洞苗归化碑文，被命为蒙养斋校对官。雍正元年（1723），出旗归籍。乾隆七年（1742），以侍讲休致。先是，戴名世狱，部议戴姓期服之亲皆缘坐。方孝标族，无论服未尽已尽皆斩。词既具，于辛卯（1711）冬，五上五驳。癸巳春，章始下，悉免死，隶于汉军。灵皋作《两朝圣恩记》，以志其事。

姜宸英，为清朝大古文家，因观书籍，遂就纳兰明珠之馆。曹雪芹所撰《石头记》谓妙玉以诵经而为贾府栊翠庵庵主，即所以影射姜者。姜后以科场案瘐死园扉，犹妙玉以清净女儿身而遭盗劫，作者其有余痛存乎？

姜宸英

某年，姜与李某同典顺天乡试，榜放后，落第者造为蜚语，传播宫闱。顺治闻之大怒，下姜于狱。当时所传诵者，只一联云："老姜全无辣气；小李大有甜头。"十二字置姜死地。则洪思昉之"可怜一夜《长生殿》，断送功名到白头"，以此较之，尚云幸事。

康熙间，词臣进表，有用"岂弟君子，属之臣"者。康熙摘其讹，将加谴责。时韩慕庐为学士，奏曰："属之臣固误，然古人断章取义，亦有君臣两属者。如《礼经》所云：'岂弟君子，求福不回，其舜、禹、文王、周公之谓与？'是也。"按：洪武郊祀文，有"予我"字，上怒，将罪命笔之人。四明桂彦良，时为正字。奏曰："汤祀天曰，予小子履'武'祭天曰'我将我享'，儒生泥古，致循此弊。"上始无言而罢，颇与此事大同小异。为人臣者，诚不可不通经也。

秦大士魁天下，衣锦谒祖日，音樽燕客，邑宰在座。优人演唱《辨忠佞》一套，盖主人翁之所点也。优人本其平日所串，演出岳少保冤沉三字狱时事，秦氏怒，命收场，拟将优人交官禁押。邑宰以下流无知，不必深责，佯曰："向者吾未谛视，吾不信此下流人，能酷似相国规模也。令其傅粉墨再演，如不逼真，罪不容贷。"优人登舞台，加倍精神，极力摹写。邑宰诈怒曰："吾向不信其有此手段，由今观之，不啻令太祖复生矣。速令牵下，在祠前枷号示众。"秦氏不之觉，及见观者如堵，相与哗然，主人乃知邑宰之戏己也，坚请释之，然已无从挽救矣。

戴醇士侍郎熙，致仕回籍，洪杨之役，赴水以死，清廷予谥文节。至今其画，寸缣尺素，价值巨金。孙名以恒，亦善画。尝画一小照征诗，画中一裸体妇人，左手持剑，右手提人头。所提人头，即以恒之肖像也。问其故，曰："此水精也。"其命意，实不可解。吾更不知题诗者，将如何着笔也。

戴　熙

　　无锡秦文定，某科充总裁时，有不逞者，造为蜚语曰："道是无情却有情，今科也中十三名。"御史即据此弹参，乾隆赫然震怒，除夙负声华之五人外，其八人临轩面试。八人惧，贿于内监，求为设法，内监有难色。求之再四，乃于拟题时，往门隙窥之，第见第一字一圈，第三字两笔，第四字三笔。八人揣摩用意，乃悟为"周有八士"。竭一昼夜之力，构成之。届期果合，八人无恙，且有入词林者，亦可谓因祸得福矣。

　　雍正间，俞鸿图督学闽中，关防颇严，操守亦慎。每局试之日，戒其仆从，分值内外，毋得擅自出入，将以绝传递之弊。乃其仆作奸犯科，每传递之文，即贴在俞背后补褂之上。仆役轻往揭取，授之试士，而俞不觉也。久之，考取益滥，远近大哗，为言路所弹劾。廷命侍讲学士邹升恒往代其任，并令将俞腰斩。邹即监斩官。而邹与俞本儿女姻亲，以慑于天威，不敢漏泄。俞仓猝受刑，及赴市，方知之。刽子手于腰斩之犯，向索规费，得费则可令其速死，不得则故令其迟死。俞既斩为两段，在地乱滚，且以手自染其血，连书七"惨"字。其宛转求死之状，令人目不忍睹。邹据实奏陈，上亦为之恻然，遂命封刀。自此除腰斩之刑，盖自俞始也。

俞既死，其宅鬻于他人。居之者多不利，至今已七八易主矣。某年宅主某，正在浴室，忽见半段血人滚出，一惊而绝。

夫以失察而罹惨刑，其冤痛为已甚，其厉气安得不为祟耶？中国之刑律如此，此所以召野蛮之诮也。

刘文恪诞生，时值午夜，村人见灯火烛路，运酒者络绎于道，俱入刘宅。迹而觇之，厅事满矣，咸错愕不解。比明，传刘氏生男矣。或登堂贺，询运酒事，家人不知也。文恪幼即好饮，其饮最豪，能三四昼夜不辍杯。与之角饮，有一日半日遁去者，文恪呼之谓"吃短命酒"。

刘石庵相国墉，书法出入颜柳，为清朝第一名家。然跅弛放诞，不斤斤边幅，衣服垢敝，露肘决踵，泰然也。一日召对，有虱缘衣领而上，蠕行须际，乾隆帝匿笑，而相国不知也。退食归第，为仆人瞥见，请为拂去之。相国至是始悟帝对之笑者，盖为虱故。因效王荆公语，谓仆人曰："勿杀此虱，此虱屡缘相须，曾经御览，福分大佳，尔勿如也。"其冲淡如此。

刘持躬清介，居官数十年，依然门可罗雀。同时则有满相某（和珅），专权恣肆，富敌万乘。其司阍某，亦积得暮夜金百余万，在京师设典肆十余所。刘恒以朝服向之质钱，而阍不知也。会元旦朝贺，同官皆狐裘貂套，刘独衣敝缊，状殊瑟缩。帝以为伪，颇不怪。翌日问之曰："刘墉，你为什么有了衣服不穿，装成这穷样子？"刘叩首对曰："臣一应衣服，俱在某人处（指满相的家人处）。"帝召满相某问之，殊茫然。刘出质契示某相曰："有凭据在，何得云无？"某相窘甚。乾隆谓某相曰："刘某人的衣服，你

刘　墉

还了他罢。你看他冻得怪可怜的。"刘出，满相咎之曰："石翁，你要钱用，尽可向兄弟说，何苦弄这狡狯呢？"刘曰："上问得凶，一时找不出话说，才拿老兄来推托的，莫怪！莫怪！"某相亦无如何也。

山西乔御史，名廷栋。起家进士，积资十年，其丰采议论不可知。但闻其居家，最可笑者，每晨起，具衣冠，升堂轩高坐，命仆隶呵唱开门，并搜索内室，喧叫而出，报曰："无弊。"然后家僮辈，以次伏谒，或诉争斗事，为剖决答断讫，然后如仪掩门，退入内室，每日皆然。

尝闻宦情浓者多矣，然未有如此公者。此公措施，可制一灯虎，射《六才》三字。或叩所谓，余曰："无他，'乔坐衙'耳！"

相传《图书集成》一书，成于陈省斋（陈梦雷）之手，然其实非省斋一人所成。康熙六十一年（1722）十一月，雍正谕："有陈梦雷，原系叛附耿精忠之人，蒙皇考宽仁免戮，发往关东。后东巡时，以其平日稍知学问，带回京师，交诚亲王处行走。累年以来，招摇无忌，不法甚多，京师断不可留，着将陈梦雷父子，发遣边外。或有陈梦雷之门生，平日在外生事者，亦即指名陈奏。杨文有乃耿逆伪相，一时漏网，公然潜匿京师，著书立说。今虽已服冥刑，如有子弟在京者，亦即奏明驱遣。尔等毋得稍徇私隐蔽。陈梦雷处所存《古今图书集成》一书，皆昔皇考指示训诲，钦定条例，费数十年圣心，故能贯穿古今，汇合经史，天文地理，皆有图记。下至山川草木，百工制造，海西秘法，靡不备具，洵为典籍之大观。此书工犹未竣，着九卿公举一二学问渊通之人，令其编辑竣事。原稿内有讹错未当者，即加润色增删。"等语。据此则《图书集成》之成帙，非省斋所能专其功，而省斋之才气跅弛，读此亦可概见矣。

周篔字青士，以诗鸣。尝游嘉善，邑绅柯氏家擅园林之胜，周喜其幽邃，襆被居焉。见月偶成佳句，恬吟密咏，彻夜无眠。郡丞李某，署与柯邻，以其扰人清梦，勃然大怒，诘旦遣吏逮之至，杖数十，逐之使去。

易名之典，或者谓数有前定，殆非偶然。商城周芝台相国，平时尝从容语门下士云："吾他日得谥文敏，则目瞑矣。"迨公薨，江蓉舫都转人镜，适官内阁汉侍读，例得拟谥。故事，臣工得谥文者，拟八字，不得谥文者，拟十六字。缮列两排，送堂官审定，然后进呈。大约朱笔圈出者，均系首排第一字。江故熟闻师门曩言者，遂以敏字首列。黄县贾相国，与商城本同列交契，忽执不可。江乃备言商城遗意，贾愈怒，竟将敏字抹去。奏上，乃圈出勤字。

周坦未第时，坐于观桥市肆，厉声诟仆。时有富春子孙君者，少病瞽，遇异人授以审音之术，其于万物始终盛衰，恒以音决之，闻其声往揖之曰：

"状元何来耶？"周以给己不答，后果擢进士第一。

周敬修大爵督楚时，嫉恶如仇，如吸洋烟者，剪唇，作讼师者，截指，行窃盗者，抉目。所创非刑，若逍遥桥、天平凳、安乐床、英雄架，及站笼、漆伽等具，皆出自心裁。因是，贪官污吏，皆为敛手。因其风厉，遂有挟威诈骗者。

某日，有官船舶小池口，幡书"湖广总督部堂"，称为五少爷，沿途告状者，公然受词。

夏憩亭中丞廷樾时宰梅，迎郊适馆，昂然不会。夏详请部堂，核实真伪，以备供应。批复云："无论真伪，锁解来省，按律治罪，该县毋得遽刑。"

复到，五少爷在庙观剧，面设公案，声厉气扬，辟易傍人。正作威福，忽来禁卒，混号王阴心者，突批其颊，并力一掌，而口鼻中血涔涔下矣。初叱"何暴戾乃尔"，继知败露而胆丧矣。夏命褫其衣拘系之，笞随丁一千。供称"在途遇五少爷"，属其服事，不知真伪等语。甫解省，即服毒死。

赵秋谷，青州益都人也。乾隆戊午（1738），北平黄昆圃先生任山东布政。黄素推崇秋谷，会益都令某前来晋谒，黄曰："赵秋谷先生在君治下，其诗文甚富。盍请于先生，持其草稿来，俾子寓目？"令归，即遣一隶，持牒催之。赵善骂，得牒大怒，诟令俗吏，并及于黄。黄亲谒见赵，述其故，赵恍然。

宝应王涛，五岁时，客命属对，曰："鲁男子。"即应声曰："徐夫人。"一座大惊。客难曰："能更对否？"曰："莽大夫。"客愈惊。师教之读神童诗，笑曰："吾能作也。"不读。请读九经，日记千言，二年而毕。年十九溺于水，其兄泓哭之恸。一日，检遗书，有《归涛赋》，中有曰："喜溢流之茫洋，悲康衢之陂陀。追伍公于胥江，招屈子于汨罗。署阳侯而击鼓，导洛女以放歌。路漫漫兮浩淼，天不旦兮奈何！"盖已为之谶矣。

陈中丞察之巡抚南赣也，日市一鸭卵，四分之，半以供子师馔，半以分啖父子。又有富人谭晓，每饭熟一卵，窍可容箸，藉而啖之，饭毕封其窍，留之。再饭、三饭乃尽。然陈公之俭，或出于矫。而谭则天性吝啬使然，又未可同日语也。

陈句山，八股名家也。在扬州日，尝以五字榜其门曰："授小儿秘诀。"翌晨起视，则已有人续书其下曰："医太仆官方。"陈大惭，急揭去之，然已喧传一郡矣。

王揆，太仓籍烟客先生次子也，中顺治己未科进士。馆选日，某公欲荐之居首。及闻胪唱，"揆"字与"魁"音相近，顺治曰："是负心王魁耶？"盖小说家有《王魁负桂英女》事。某公遂默然而止。

祁文端公（祁寯藻）当国时，有门下士名张穆者，老明经也。尝入北闱乡试，时搜检之例尚严，张以巨瓶满盛白酒，至龙门，番役欲留之，张不可，王大臣则睨之而笑。张即以酒酹地曰："吾奠公等也。"于是王大臣大怒，喝令严搜。而张竟未携片纸只字。后于卷袋中，搜得有购新笔试书《离骚》数语，竟以是交刑部。赖文端之力，设法拯救，始获无他。

康熙癸未年（1703），帝赐孙岳颁少宗伯水精眼镜。虞山蒋文肃，时以庶吉士供奉南斋，奏："臣母曹氏年老眼昏。"康熙亦赐之。当时以为殊宠，盖其制法尚未传于世也。文肃官庶常，即赐第西华门蚕池之侧，御题匾额曰"揖翠堂"。雍正戊申（1728）大拜，紫禁城骑马。己酉（1729）七月，赐新第于德胜门，子文恪赏举人。丁未（1727）赐各大臣福字。雍正以公母曹太夫人服未阕，特赐金笺福字。壬子（1732）赐人参十二斤。五月十五卒，年六十四。

子文恪，聘陈相国乾斋之女，定于庚戌（1730）完娶，而杜夫人逝，文恪居忧四月。公病，以中馈无人，且欲冢妇为之侍养，坚请于陈，行将

祁寯藻

迎妇，继遭大故，乃与陈议其所服。当时有引《礼经》"娶妇在途闻讣，女改服布深衣缟，总以趋丧"之例，持三年服。

　　癸酉（1753）顺天乡榜，磨勘之严，实发难于广东梁僧宝。十九名徐景春，第三场第一问，有"七十曰老，《公羊》所云"，于"公"字下加一读，梁为签出。梁系庚申（1740）进士，久官礼曹，于案例最熟，遂援楚字书为林廷之条议，罚停三科。座主潘文勤恶徐弆陋，必欲革斥。凡革举人，同考镌职，主考降调，不得通融。时文勤方署吏部侍郎，吏部司官以稿上，文勤大怒曰："宁有是？我知不过有人图谋全小汀之缺耳。"因掷其稿于地。时全文定为协办大学士，宝文靖为吏部尚书。文靖到署，见地上遗稿，问故，司官一一告之，文靖默然。案既上，文定果降二级调用，同考编修陆懋宗镌职。文靖乃入相。其实文靖并非排挤文定，而求代其位也。后文定以内阁侍读学士转升，将十年仍入相，寿且八十云。

骆文忠公秉章，粤之花县人。石达开就戮时，殷殷以幼子为托。文忠以与同乡许之，养其幼子于署。将冠矣，文忠一日试之曰："汝已成人矣，

骆秉章油画像

将以何者为自立计耶？"石子大言曰："我惟有为父报仇耳。"文忠大骇，阴使人鸩之。

呜呼！父子天性，乃一至于此哉！太平天王洪秀全及东王杨秀清，皆粤之花县人。先以他案为李公孟群所获，将置大辟。本管知府，吴人也，素柔脆，见二人戆辣状，意良不忍，遽释之。李公不悦，辞职而去。二人出，遂酿巨变。李公三河之败，死事甚惨者，朝廷优恤，并列祀典。

故老相传太守赴任之日，泊舟枭矶庙下，道士夜闻诸神会议曰："此人若令赴任，必贻东南数省之灾，不如风覆其舟，以绝后患。"孙夫人曰："是天意不可挽也。"已而寂然。道士明日举以告人，人嗤其妄。及洪杨难作，人始恍然。

秀水王仲瞿，尝从喇嘛学掌心雷，一举手砰訇作响。尝在会试场内小试其技，监临查悉其事，将照左道惑人例治罪，经座主某公解围始已。及填榜，卒抽其卷，仲瞿乃以孝廉终。

王为何爽清弟子，何与和珅极厚。和珅将败，何恐己之不能免也，一日，忽上疏荐举仲瞿能发掌心雷。乾隆大怒，何议革职。及和珅败，何已去官矣，得无恙。而王从此蹭蹬场屋者二十余年，后卒于虎丘之盈盈一小楼，论者惜之。

王可庄殿撰，工八法，盖直入欧阳率更、褚河南之堂奥者。某君谓，殿撰并能执针黹为平金堆花诸技，鲜明灿烂，前门外京货摊所售者，不能逮也。设为简斋先生所见，定当求一小荷囊，而不必向庆雨林苟求刻责矣。

曹文恪善啖，其腹有折纹十余道，以带束之，饱则以次放折。每赐食，王公大臣所得如牛羊之类，俱以遗文恪，至轿为满。文恪坐轿中，取置扶手上，以刀碎切恣啖。每及返私第，则轿中肉都尽矣。一时有"吃肉尚书"之目。

德州卢文肃，嘉庆庚辰（1820）元日朝回，以牙牌卜朝局，得一数云：

"拔毛连茹，承流当宁。其道大光，为霖为雨。"是年果道光御极，命以明年为道光元年。

尹文端公（尹继善），每趋朝，只食莲米一瓯，迨退直，则日亭午矣。万几综理，手不停披，无呼饥之日。同时有某公，必全肘二，鸡鹅称是，然后入军机办事，取较文端之量，盖藐乎小矣。

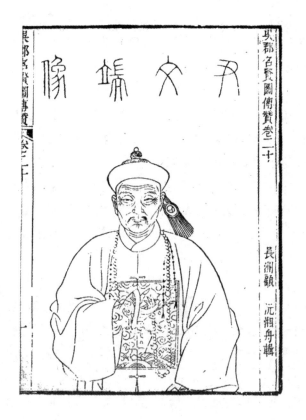

尹继善

蒋侍御式瑆，办事勤实，心地光明，为清代不多见之才。屡次揭参不法官吏，远近闻而生惧，因之最触时忌。侍御遂灰心辞官，携其梅鹤，不顾而去。

关镜轩侍郎槐，善六法，内廷绘事，尝与笔焉。乾隆宠赉甚优。时戴文端公以四品京堂，在军机大臣上行走。一日乾隆召见，语及绘事，文端以不知画对。诘之，则对曰："善画者，关槐也。"人始知关之叠受恩施，皆上之所以予戴也。

东莞彭中丞谊，身没后，其子孙以雍正所赐之剑，悬于祠内。剑有神，每铮铮作响，则其宗人之不肖者，辄自裁而死。后以剑瘗香炉下，鸣犹不绝。或谓灵如在，以其所受赐之剑用之于国，则乱臣贼子何难授首？惜其仅属家庭内也。

程学启幼沉毅有志，生平慕岳武穆之为人。初入洪杨党，以锥刺"尽忠报主"四字于股上，流血及踵。已而创甚，结痂。痂落，则依然完肤也。程自是遂有去志。比隶李文忠麾下，国士知己之感，程益奋发，又刺四字于股，结痂即显然。策名委身，盖有定也。

某年，苏省有翰林李梦莹来自湖南原籍，投刺遍谒当道，意在抽丰。时巡抚为赵舒翘，固中科举毒者。接谈后，属二首县为设法。时吴县为凌焯，以精明著，察其有异，发电至湖南密询得实，即率役至寓所捕之。李方拜客回，金顶朝珠，逮赴县署，围而观者如堵墙焉，与《儒林外史》万凤池赴官就鞫时，情状相似。得供后，以冒名撞骗罪下狱，而凌获卓异，保送赴都。

庄侍郎有恭，督学某省，场规严肃，镇日在堂监视。有一童戏谓一童曰："汝能直呼其名否？"童曰："能。"乃伪为出恭者，数至檐下，庄见而叱之，童高声答曰："童生不能无恭装有恭。"庄闻之，默然而已。

《盛世危言》一书，著者香山郑陶斋观察观应，寿州孙相国曾以之进呈，得邀赞赏。中国谈维新，言变法，此书盖鼻祖也。观察复好吟咏，有

郑观应

《罗浮偫鹤山人集》。平日所论时务，纵横精确，益发于诗，时人目之为诗中陈同甫。如《答菽园论公法》一诗，前四句已能包括无遗，具见卓识，兹录于下云："公法知难笔舌争，富均力敌始通行。只因律例分繁简，遂使中西失重轻。"他如《管子有感》云："非富不能强，非强不能富。富强互为根，当国宜兼顾。"《开矿谣》云："天惟养斯民，地不爱其宝。彭魄孕万物，坤灵名富媪。"《时文叹》云："束缚困英才，收摄戒放纵。譬之千里驹，垂耳受羁鞚。"《侠客行》云："街柝沉沉夜未央，高秋一叶从空坠。手提革囊掷我前，取出头颅血痕浣。"《赠日本小田切领事》云："俄与德法已合谋，俄法联盟尤诡谲。中土若分日岛危，俄权已伸英利绌。欲筹良策保太平，除却联盟鲜他术。英美亟宜合日中，同心拒俄讵分别。六国从成强秦孤，强秦衡成六国灭。"全球治乱，洞若观火，不愧一家经济言也。

李杰，黔人也，能诗善画，以征苗功，累擢至参将，非其所好，改就知州。王南卿与相识，谈次问曰："君貌徇徇，不类武士，何以得参戎？"李笑曰："此非吾功，吾妹之惠也。"异而诘之，李因言：父官提督，屡著战勋，母氏偕历戎行，亦具大力。继杰而生一妹，幼负异禀，玉立长身，力大尤罕其匹。出入好作男装，姻党间悉以公子呼之。年十四，从父杀贼，众莫能敌。驰马试剑，居然美少年，见者莫辨雌雄也。又十年，父母欲为择配，使还衣服，抑郁不乐而卒。相传妹初生时，邻近金刚寺灾，有火球出自大殿，飞入署中，红光烛天，远近救火者皆至。既入署，寂无所见。第闻夫人分娩，适举一女，众异之。其生平战功，皆让阿兄，故杰得备位行间云。

李既由长江东下，迂道游吴门。女妓姚修竹者，美姿容，善度曲，而性极恬静。纨袴子弟过访者，交口称赞，缠头甚丰。修竹落落然，无所许可。独见李，雅相属意。李亦极爱赏之，议以千金纳为妾，而先留玉珮一双为聘。订期二年，中改官江南娶焉。自是修竹独居楼上不见客，客有迫之见者，寻常问答数语外，翩然而返。已而逾期，李不至。候之数年，抑郁成疾。日弄李所赠珮，以寄思慕。又数月，病益剧。乃执其母手，诀曰："儿与李君诚前缘，然初意非特念李，实闻李妹为天下奇女子，故慕之，而及其兄耳。今病笃势不可活，愿母以双珮殉儿，寄棺尼寺中，勿钉勿葬，倘李君幸而来，犹得凭棺一恸。使知天下有奇人，亦有痴儿也。"语毕涕泣而逝。

钱东平，名江，浙之归安人，负才使气，跅弛不羁，有俯视一世之概，故无乡曲誉。薄游广东，亦落落寡所合。会林文忠（林则徐）禁烟，英人肇衅，江心愤其事，遂集众举义，与英人为难。所作檄文，多所指斥，大府恶之，坐以法遣戍新疆。

当江未遣戍之前，新疆诸人，固已闻其名矣。既抵戍所，自将军以下，皆折节与交。江口若悬河，议论激昂慷慨，同人皆推服之，尊为上客。

未几，遇赦归。归后，又游京师，出其纵横捭阖之说，遂名动公卿间。或劝之仕，江不应，颇以鲁仲连自命。

时粤寇陷金陵，江曰："此吾锥处囊中，脱颖而出之时也。"乘薄笨车出都，送者车数百辆。其时副都御史雷公以諴，办理粮台，开府邵伯埭。江怀刺上谒，雷公悦之，辟为幕府。当时江北屯兵数万，储胥甚急。雷公任转饷之职，而各省协饷不至。庚癸频呼，行有脱巾之变。江为之划策，疏请空白部照千余纸，以劝输军饷，随时随地，即行填给。与从前缴银累载，而奏奖不存者，迥然不同。富人朝输资财，夕膺章服。欢声载道，踊跃输将。不旬日，遂得饷十余万。

又创立抽厘法，于行商坐贾中，视其买卖之物，每百文抽取一文，而小本经纪者免。居者设局，行者设卡。月会其数，以济军需。所取甚廉，故商贾不病。所入甚巨，故军饷有资。源源而来，取不尽而用不竭。不数日，又得饷数十万。资用既裕，兵气遂扬。江上诸大师，倚雷公若长城，而公亦视江如左右手矣。

当是时，江之名闻天下。然江恃功而骄，使气益甚，玩同幕于股掌，视诸官如奴隶，咄嗟呼叱，无所顾忌。于是上下交恶，谮毁日至。雷公亦稍稍疏之，胶漆而冰炭矣。

一日，会饮行营，持议不合，两不相下。雷忿甚，声色渐厉。江怒掷杯起曰："即不然，能杀我耶？"雷亦拍案曰："即杀汝，敢有何言！"立叱左右，牵出斩之。监知事张翌国者，英年勇敢，素为江所轻侮，衔之，至是得雷公令，击剑而行。残酒未终，江头已献。乃以"恣肆跋扈，将谋不轨"入奏焉。

雷公既杀江，旋亦冤之。后雷以他事免官，寓居清江之普应寺，茹素讽经，藉资忏悔云。

咸丰八九年间，昆明何根云制军桂清，总督两江，王壮愍公有龄，素为所识拔，以一盐大使，不数年间，荐擢至江苏布政使。总督藩司，互相倚重，而巡抚累然不能问一事。王志得气盈，不以巡抚置意中，每诣院谒巡抚，仰面视天，言如泉涌，但自陈其所办之事，而不请示焉。赵静山中丞德辙，大不能堪，而无如之何，竟引疾以去。

归安徐庄愍公有壬，由湖南布政使升抚江苏，素闻王之专横也，思有以折之。王初次上谒，左右两俊仆，各执白铜烟筒，装送水烟。徐谓之曰："君仕至两司，尚未知官场通例乎？藩司谒巡抚，但许吸旱烟，不准吸水烟。君虽才略无双，定例其未可违也。"遽挥二俊仆使去。王愕然出不意，无可置辞，丧气而出，然于公事专擅如故。

未几，何制军力保王升任浙江巡抚，而徐为何制军所压，终不能收回巡抚之权，隐忍而已。

俄而制军失陷常州，徐殉节，遗疏劾之，何竟伏法。

张忠武公国梁，初名嘉祥，广东高要县人，美秀而文，恂恂如儒者。然喜任侠，放浪不羁。年十五之粤西，从其叔父学贾。顾心弗喜也，日与轻侠恶少年游。其党有为土豪所困者，公往助之。杀人犯法，官捕之急，遂投某山盗薮。盗魁奇其貌，以女妻之。

一日，山中粮匮，因往劫越南边境，名为借粮。越南人驱象阵来御，盗马皆奔。张使其党捕鼠数百头，明日复战，掷鼠于地，纵横跳踉，象见之皆慑伏不敢动，遂获全胜，大掠而归。

顷之，盗魁病死，群党推嘉祥为盗魁。既而官军讨之，山中仓猝无兵器，嘉祥使人揭一竹竿以御兵器，战益久则愈削锐，以刺人无不死且伤者。

及洪秀全起于金田，遣党招之，嘉祥拒不往，曰："吾之为盗，非得已也，岂从汝辈者哉？"

向忠武公荣，提军广西，使绅士朱琦为书招之。嘉祥约官军压其巢，出御而伪败。乃悉括山中财物，散遣其党，使归为良，而自降于布政使劳崇光军前，改名国梁，得旨赏千总衔，归向公差遣。由此战必为士卒先，威名闻天下。

盖公年十八而作盗魁，二十八而折节从军，出当大任，三十八而致命遂志。平生大小数千百战，善以寡击众，每出己意。坐作进止，率与古兵法暗合云。

第五卷

于清端公（于成龙）以直隶巡抚迁两江总督，抵任时，官吏惮公，远迎，而公日旰不至。方惊疑探刺，而知者报公早单车入府矣。群吏饬厨传不受，馈饩牵不受，一郡不知所为。

按察使某公，年家子也，从容言："公过清严，则上下之情不通。某意欲具一餐，为公寿。"公笑曰："以他物寿我，不如以鱼壳寿我。"盖鱼壳者，江宁巨盗也，拳捷枭雄，倚驻防都统为护符，有司莫能擒，故公及之。按察使喻意，出以千金为募。雷翠亭者，名捕也，出而受金。司府县握手嘱曰："我等颜面寄汝矣，勉之。"

翠亭质妻子于狱，侦知鱼方会群盗，张饮秦淮。乃伪乞者，跪席西，呢呢求食。鱼望见，款之。刃肉冲其口，雷仰而吞，神色不动。鱼咋曰：

于成龙

"子胡然？子非匄也。子为于青天来擒我耳。行矣，健儿肯汝累乎？"翠亭再拜，群役入跪而加锁，拥之赴狱，司府县贺于衢。

是夕，公秉烛坐，梁上窸然有声，一男子持匕首下。公叱："何人？"曰："鱼壳也。"公解冠几上，指其头曰："取！"鱼长跪笑曰："取公头，不待公命也。方下梁时，如有物击我，手不得动。方知公神人，某恶贯盈矣。"自反接衔匕首以献。公曰："国法有市曹在。"呼左右饮之酒，缚至射棚下，许免其妻子。

迟明，狱吏报失盗，人情汹汹，司府县趋辕，将跪谢告实。而公已命中军，将鱼壳斩于市矣。

升官发财，为前清官场中口头禅。然试问财何由发，实由于官。无怪彼处来一州县，铲地皮若干丈；此处来一州县，又铲地皮若干丈。亲友闻其赴任有期，额手庆曰："此行大可贺。"贺其宦囊涨，不复计地皮薄。

清初，于清端公成龙，以副贡知罗成县。临行与友书曰："某此行，绝不以温饱为念。所可自信者，天理良心四字而已。"故历任州县，循良卓著，政绩烂然，循至总制。康熙谕曰："原任总督于成龙，博采舆论，咸称为古今第一廉吏。"煌煌天语，荣逾华衮矣。

今之一般狂铲地皮者，或者其未读于公饯别书乎？倘能体认天理良心四字，不啻一于成龙也，岂独于成龙后，复真有于成龙哉！夫当时，两于成龙互相媲美，岂未来之于成龙不可媲美哉？特不为于成龙，必为虎为狼，铲尽地皮而去。寄语官场人，好自择之，则天理良心四字，受赐多矣。

光禄寺少卿杨馝静山，康熙朝循吏也。知固安，预修永定河。故事，秋汛毕，即兴工。时永定河道黄某，赋役钱不均，迟延及冬，朝涉者股为之战。公意怜之，许日出后下镶。黄巡工，迟民之来，欲笞之，公力争不得。乃直前牵马至冻处，曰："公能往，民亦能往。此时日高，公重裘尚瑟缩，乃责此赤胫者戴星来耶？"黄大恚，将缮牒劾。会巡抚李文贞过柳家口，闻其事，召谓曰："汝年少能是，果古之任延也。"劳以酒，解裘衣之，事得释。

调宛平，时康熙巡畿南，固安老幼争乞留之。康熙曰："别与汝固安一好官何如？"一女子对曰："何不别以好官与宛平县耶？"康熙大笑以为诚。许食州俸，仍令固安。

寻迁云南丽江府。丽江故苗地，新归版籍。公乃召土官为典史，诸里魁以头目充。令人树榆一本，亩蓄水一沟。建庙，订婚丧之制。期年岁熟，俗为一变。民饰庙以祀，号第一太守祠。

累迁至四川巡抚。乾隆初，缘言事罢。再起，以光少告归。公奉天人，隶正黄旗籍。

纪文达公（纪晓岚），相传为火精转世。火精，女也，见于后五代。每出则光焰熊熊。一妇人袒裼而前，风驰雨骤，必击铜器逐之始灭。某年见于河间府，市人哗噪，径入文达公家。奔视之，内报小公子生矣。幼时耳上有穿痕，至老犹存，宛施环镌。足白，一握纤纤，平日着靴，实之以絮，而其行迅速，人呼为神行太保。

纪晓岚

又传，公为猴精转世。几案上必杂陈榛栗枣梨之属，公恣情大嚼，未尝去口。又性殊跳荡，在家无片时安坐，人故作此议拟之辞。公未尝谷食，面则偶一为之。饭时煮肉一盘，熬茶一碗，别无他物。每宴客，肴馔亦殊精洁，主人惟在旁举箸而已。一日，偕人闲话，仆奉火腿数斤，公啖之立尽。其人出，言之历历。

公素机警，未第时，偕友往租考寓，及夜深，见后窗自启，一人持物入，则酒壶并食盒也。公惊之以嗽，其人舍物狂奔去。公乃拉友起。友见酒食，叩所从来，公笑而不答。饮啖讫，以包袱裹壶盒，酣然就寝。明日公携裹出，过僧寺，谓知客曰："吾两人有他事，此裹极累赘，寄存汝处何如？"后知所居处，盖其家少妇之房也。个中情事，可以不言而喻。

文达素喜诙谐，与王梦楼交尤莫逆。一日，退班独早，匆匆至王寓所，遣家丁寄语夫人曰："顷在南书房，奉旨封王文治妻为光华夫人，特来贺喜。"夫人疑信参半。梦楼归，夫人语以故。梦楼曰："若为晓岚所绐矣。"夫人诘其故，梦楼不语。

乾隆一日在亭中赏雨，已而渐猛，沟浍皆盈，坡间小草渐为所没。乾隆因戏制为谜语云："大了小了，小了大了，大了就没了。"令诸臣射之，诸臣无以应。已而叩诸内监，始知其故。

翌日，以雨中小草为对者，凡二十余人。乾隆大笑云："错了，错了。"诏纪文达曰："你总该知道。"文达奏云："皇上所说的，谅是小儿卤门。"乾隆称善。

乾隆南巡，驻跸金山寺，文达随焉。欲题一额，构思不属。因取笔伪为起稿于纸者，举示文达曰："你瞧瞧，行不行？"文达曰："好一个'江天一览'！"乾隆大悦，即书付之。

文达与卢雅雨为儿女姻亲，卢任两淮运使时，亏空库资无算，奉旨籍其家产，抵偿公款。时文达且曝直枢廷，呼其幼子之前，令舒掌书少字，诣卢示以掌中书，不交一语。卢虽老耄，亦解人也，知少加手为抄字，顿悟。事后文达竟以泄言获咎，谴戍军台。所著《阅微草堂笔记》，多言乌鲁木齐情景，盖皆目睹也。

文达好作楹联，同乡某父子二人同为戊子科举人，因有"父戊子，子戊子，父子戊子"之对，久思下联不得。或曰："纪某自称无不可对之联，盍以此难之？"时适有师生二人，同官户部者。纪侦得之，即谓或曰："师司徒，徒司徒，师徒司徒。"

文达有宠姬某氏，本河间士人女。幼慧识字，能读《水浒传》《三国演义》等书。父死家贫，遗命必以女归纪公。公稔知女美且慧，纳之，宠擅专房。退食之暇，授以唐宋人名作，令效为诗，日久竟能作绝句。一日，见小婢以旧葛补楦纱敝者，忽悟得一联曰："夏布糊窗，个个孔明诸葛亮。"公归，告之。公不觉称善。问："有下联否？"公思索良久曰："无。"姬笑曰："我今朝难倒纪晓岚矣。"

北京达官嗜淡巴菰者，十而八九，乾隆嗜此尤酷，至于寝馈不离。后无故患咳，太医曰："是病在肺，遘厉者淡巴菰也。"诏内侍不复进。未几，病良已，遂痛恶之，戒臣僚勿食，著为训。

文达深嗜之，时为翰林，独不奉诏。端居无俚，以大满斗贮烟丝，张口恣啖，不复顾恤。忽报上至，天威咫尺，急切不能掩，皇遽无所为计，匿烟斗靴页中。诸臣奏对，阅时且久，俄有烟缕缕然，自纪袍际出。异诘之，不敢答，惟攒眉蹙頞而已。帝疑有变，命内侍搜之，袍穷而烟斗见，去靴周视无他物，盖斗中余烬为灾也。帝笑曰："嗜好之于人，其害足以焚身剥肤，可惧哉！"命作文状罪以自赎。纪援笔立就，有"裤焚，帝退朝曰：伤胫乎？不问斗"之句。帝大笑，赐斗一枚，准其在馆吸食。诸臣皆呼万岁。纪自述头衔，有"钦赐翰林院吃烟"云云，当时传为佳话。

文达殚见洽闻，儒臣称首，又尝谪乌鲁木齐，语云"读万卷书，行万里路"，纪公有焉。其著作，类皆断以精理，而又深鄙宋学。《阅微草堂》

094

一书，其明征也。试为编检，则说鬼居大半数，其父兄叔侄戚友，下而奴婢细民，靡不叙名姓，详故实，举凡鬼情鬼形鬼言鬼貌，一一缕陈之。若与东坡相逢地下，不知若何谐谑，气杀阮瞻也。然使二公明诘阮瞻曰："君今又是何物？"则亦应胡卢绝倒。

文达最工雅谑，帝亦深知之。会公新丧其偶，一日召对之暇，问公曰："闻卿伉俪之情甚笃，际此悼亡，必有悱恻动人之作，可得闻乎？"公对曰："老年夫妇，一旦乖离，情乌能已？然欲为文祭之，又苦下笔难成只字。不得已，节《兰亭序》数行，聊以塞责。"因自诵："夫人之相与一世，或取诸怀抱，晤言一室之内，或因寄所托，放浪形骸之外。当其欣于所遇，暂得于己，快然自足，曾不知老之将至。及其所之既倦，情随事迁，感慨系之矣。向之所欣，俯仰之间，已为陈迹，犹不能不以之兴怀。古人云，死生亦大矣，岂不痛哉？"谓自此而止。帝不解，公笑曰："夫字不圈声，请帝再诵之，可会臣意。"帝如其言，果再诵之，不数语，即发为狂笑。

纪晓岚戏馆对最多，其尤脍炙人口者云："尧舜生，汤武净，五霸七雄丑脚耳，汉祖唐宗，也算一时名角，其余拜将封侯，不过掮旗打伞跑龙套；四书白，五经引，诸子百家杂曲也，杜甫李白，能唱几句乱弹，此外咬文嚼字，都是求钱乞食耍猴儿。"

按：此联世传为晓岚先生之作，上下古今，包括一切，其手笔之大，眼界之宽，洵有非先生不办者。或曰跑龙套之名词不典，且不知起于何时，恐系近人伪托。然先生性喜诙谐，往往涉笔成趣。今以"跑龙套"对"耍猴儿"，亦适见其新巧，又何必疑其伪托而聚议纷纭也？

阮文达（阮元）督云南时，原籍购致一妾，殊色也。夜分方就枕，忽材官告急，则车里土司刁绳祖拥兵入内地薄城矣。闻已无语，仍入妾室。翌晨司道群集，公次第接见。语笑良久，终未及刁事。抚军徐某，相国门下士也，诣辕私叩方略，相国笑曰："不须半月，便了却小丑。"徐私讶其谬，唯唯而退。届期果得捷报，绳祖成擒矣。各官相继贺，公笑语曰："前

阮　元

此公等得勿疑我甚乎？然刁绳祖发难，公等以何日何时知之？必自告急之日始矣。果尔诚足戒严，我则逆料其必畔。上年已简二将，分道驻兵以伺，俟其人犯，一捣其巢穴，一扼其归路。计往返时日，不及半月耳。"众始大服。

　　阮之在扬州也，搜罗金石，旁及钟鼎彝器，一一考订，自夸老眼无花。一日，有以折足铛求售者，太傅再三审视，铛容升许，洗之色绿如瓜皮。太傅大喜，以为此必秦汉物也，以善价得之。偶宴客，以之盛鸭，藉代陶器。座客摩挲叹赏，太傅意甚得也。俄而铛忽匊然有声，土崩瓦解，沸汁横流。太傅恚甚，密拘其人至，键之室，命每岁手制赝鼎若干，优其工价。后太傅赠人，此物遂无一真者。

阮文达视学浙江时，尝与吴江郭频伽在西湖上款段游春。文达忽忆明太祖语曰"风吹马尾千条线"，使频伽对之。频伽应声曰："月点波心一颗珠。"文达叹服。

毕秋帆沅，寒微时，馆于白下。岁终，主人享以酒馔，并致送修金，

毕　沅

毕扶醉而归。值其友导作狎邪游，谈笑间，闻隔户有殷殷啜泣声。询之，则妓之不能偿宿负者。毕命之入，问共若干银。曰："六十。"毕解囊予以修金，适符其数。妓极感，坚留之宿。毕不顾，拂衣径去。既而不能卒岁，室人交谪，毕无纤毫介意，人皆服其雅度。

毕开府秦中，好宾客，广交游，幕中容数百人，经学词章，金石书画，以及各家方技，靡不灿然大备。每开燕，则骈长几，灯红酒绿，达旦通宵。时陕中教匪，蔓延湖广，军书傍午，毕委之抚军，未尝过问。抚军某，乃好大喜功之辈，遇事生风，当时有"抚台碌乱毕不管"之谣。

毕总督两湖之日，定期大阅。先一日，命中军传令曰："明日乌黑龙龙下校场。"乌黑龙龙者，吴语东方未明之谓也。令出，将士不知何解，仓皇无措，问诸其仆。其仆狡狯多智，乃咋舌曰："乌黑龙龙者，言多杀人也。"将士惧，求其设策。仆曰："此事须贿其姨太太，方能邀免。"咸曰诺，凑银千两。仆怀之而入，出谓众曰："姨太太已为说项矣，但尔辈各宜早到，毋得迟来，致撄大人之怒。"众如其教。操罢，一无诛戮，佥谓此姨太太之功也，不知已受仆之绐矣。

毕抚陕时，值六旬初度，预禁属吏馈送。一令独馈古砖二十事，年号题识，皆秦汉物也。毕大喜，召其家丁面谕云："寿礼我概不收，汝主人之物，深合我意，姑留此把玩。"家丁跪禀曰："主人因大人华诞，唤集工匠，在署制造，主人亲自监视，挑取极品者，敬献辕下。"毕一笑而罢。

毕于木渎筑灵岩山馆，云阶月地，幽邃宜人，其实毕未尝一寄身其地也。查抄前数日，忽中夜重门自辟，有声甚厉。事后始悟其为预兆。嗣毕遣戍，遂郁郁而终。

毕少年时，梦至一庙，有王者冕旒上坐，予以镜，使自照。则前生为一士人，私邻女，始乱之，终弃之，致邻女羞忿而殁。今得请于王者，拟图报复。王者谓报复之道有二：一减寿十岁，一损毁名誉。问毕何所适从。毕愿损毁名誉。王者颔首，一惊而寤。其后出为陕甘总督，幕府中有蒋心馀之子，约其妾逋。初思派兵追杀，忽憬然悟曰："此即所谓损毁名誉乎？"使人厚赆之行。毕败，奉查抄之旨时，蒋心馀之子，官太仓直隶州，率役入灵岩山馆，别置重器数件，曰："此皆假诸某某者，非其物也。"其实阴为毕之后人地步也。

会稽金煜，字子藏，一目有重瞳子，其母工于词曲。一日，母弟马玉超挟一乩客来见煜，惊曰："此南唐后主后身也。后主见马太君词而善之，故愿为之儿。然此子他日遭逢，得乎戌，失乎戌，当与后主无异，识之！识之！"因起命缚乩，赠以一词而去。煜祖时在座，笑曰："彼知后主亦名煜，故妄言耳。"及阅陆游《南唐书》，始知煜一目重瞳，乃大惊。

后煜年十九，中顺治戊戌（1658）进士，授郯城知县，康熙庚戌（1670）罢官，甲戌（1694）死。考后主于南唐建宁三年壬戌（962）即位，至开宝七年甲戌（974）而国亡身殒。乩客其果有神术耶？何其言之不谬也？

施纯，顺天乐安人，由庶常编修为给事中，选鸿胪少卿。时雍正因患口吃，每奏答之际，以舌本出"是"字甚艰，纯乃密奏请改用"照例"二字，上允之。玉音遂琅然，大喜，立擢侍郎，以至礼部尚书，太子少保，离登第仅十年也。时人呼为"照例尚书"，且为之语曰："何用万年书？两字做尚书。"

过可学，常州无锡人，由进士官布政使，罢官归。且十年，以赂遗辅臣，荐其有奇药。上立赐金帛，即其家召之至京师。

可学无他方技，惟能炼童男女溲液为秋石，谓服之可以长生。雍正饵之而验，进秩至礼部尚书，加太子太保。至命撰《进士题名记》，用辅臣恩例也。吴中人呼之为"炼尿尚书"，且为之语曰："千场万场尿，换得一尚书。"盖吴人呼"尿""书"二字同一音也。

严永思衍，辑《通鉴补》数百卷，目营手弹，虽溽暑祁寒无少辍。薄暮，则与比邻江季梁，出杖头钱七，以四市浊醪，以三市菽乳，相与较论得失，上下古今，夜深始罢。

严相国养斋为诸生时，与瞿昆湖诸公联十杰会。尝会文于李文安公祠中，出入致揖，于公惟谨。一夕，梦公谓曰："承君隆礼，愧无以报，今以予骨赠君。"寤后忽发寒热，逾时乃止。人谓文安实为之换骨云。

严太守天池，相国文靖公子也。将赴邵武任，与郡邑城隍约曰："某必不携邵武一钱归，神其鉴诸！"既抵任，苞苴尽绝，惟有茶果银一项，士民为官长称觥敬者，其俗相沿已久，于是争致。诸公复苦劝受之，以供薪水，辞不获已，积之共若干金。迨致仕归，舟次吴门，以原银付家人曰："吾前与城隍神约，不携邵武一钱归。此银何所用？其以为修治桥梁费乎！"于是择日鸠工，是郡之齐门外至邑之南门，凡桥梁之倾圮者，悉修治焉，行人称便。

堵文忠公永锡，少失怙恃，其祖亲教之，言动之间，俱有成法。一日，公戏累象棋子，祖坐观之，曰："不能成。"累之果倾，公意似沮丧。祖曰："试再为之。"公因屏息以累，祖曰："可矣。"果成。祖曰："试毁之再累。"公如言为之。祖曰："不能成。"果又倾。公问故，祖曰："汝初不知为之之法，吾是以知其无成也。后见汝其难其慎，吾是以知其必成也。最后汝有骄心矣，凡骄者必败，吾是以知其不复能成也。吾且问汝，何以上倒而下不动？"公对："不知。"祖曰："居上者危，居下者安。"公敬受教。盖公之学问事业，得力于祖训者多矣。

汤文正斌抚吴时，有司报湖荡莲芡，公驳还。吏固以例请。曰："例自人作，宽一分则民受一分之赐。且莲芡或不岁岁熟，一报部即为永额，欲去之得乎？"

常熟县奴讦告其主父清初时得隆武伪剳，迫主远遁，欲据有主妇。公曰："国家屡更大赦，此草昧事何足问，而逆奴以胁其主乎？"追剳燔之，毙奴杖下。

常州守祖进朝，有惠政，落职，公奏留之。祖制衣靴欲奉公，久之不敢言，乃自着之。

人谓公之廉直似海忠介，而去其烦苛；精敏似周文襄，而行以方正。若其学术纯粹，又非二公之所得而比矣。

萧山汤文端未第时，为人课徒。端午日，遇旧邻哭桥下，自言：弱息为舅所鬻，今在都中和珅处，如海侯门，是以悲耳。文端泫然，解囊尽出馆修赠之，令附粮艘入都。时和方柄用，其人伛儴诣和，便问阍者："此是和珅家否？"阍者怒，欲攒驱。有怜之者，宛转得其乡阀。众骇曰："中堂新得宠姬，闻亦浙人。"为白于和，即命进见，优礼有加，旋以文端赠银事告和。时方乡试，和亲写文端姓名，飞骑致主考。文端已中三名，遂置榜首。

明年入都，主试令亟谒和，三元可得。文端雇车出都，自言："和珅在朝，今生不复入都矣。"及和败，始成进士，入翰林。

一代名臣，其致身不苟如此。

余尝考西国课蒙，罕用鞭挞，即就日用嬉戏间教之，童蒙乐从，自足收效，诚善法也。顷翻旧帙，见吾古人，有与此暗合者，特志之。

清朝赣南邓慕濂先生，自少痛绝举子业，以读书教人为事。有田在城南，秋熟视获，挟小学书坐城隅，见贫人子拾秉穗者累累，先生辄招之曰："来，吾教汝读书。能背诵书，吾与汝谷。"群儿争昵趋之。始导以识字，即使讽章句，又以俚语譬晓之。群儿咸踊跃称善。既卒获，群儿语曰："先生归矣，奈何？"有泣下者。

自是每秋获，则群儿亲学焉。此方之人，无不称之曰邓先生。见有衣冠问邓先生者，则曰："是我邓先生客耶？"争挽留进食。市井间见邓至，必肃立端拱，俟过乃敢坐。

孙星衍

噫，此殆所谓有一份力量，即尽一份责任者欤？

阳湖孙星衍，工六书篆籀之学，其为诗似青莲、昌谷，亦足绝人。然性情甚僻。曾客陕西巡抚毕公使（毕沅）署也，尝眷优伶郭芍药者，固留之宿。至夜半，伶忽啼泣求归。时戟辕已锁，孙不得计，接以梯百尺，由高垣度过。出为逻者所获，白于节使。节使询知其故，急命释之去，惟恐孙之知也。后微闻凌肆益甚，同幕者不胜其忿，为公檄逐之。檄中有"目无前辈，凌轹同人"诸语。节使见而手裂之，更延孙别馆，有加礼焉。

程编修晋芳，以贫病乞假，诣西安。节使虚上室迎之。未数日即病，节使率姬侍为料理汤药，不归寝者旬日。及卒，凡附身附棺之具，节使皆躬亲之，不假手仆隶也。一日两举哀，官吏来吊者，竟忘程为客死矣。梓归日，复以三千金恤其遗孤。时言舍人朝标《投节使》一诗曰："任昉全家欣有托，祢衡一个尽容狂。"洵实录也。

程晋芳

许瑶光以拔贡入左文襄（左宗棠）幕，由军功保举为知府。攻嘉兴日，堕马下，贼斫其颅。昏瞀中，一缝工负至其家，敷以金创药，得更生。城破，文襄奏补为嘉兴府。

人极风雅，书学黄山谷，所过留题，道路倾其风采。

一日，有细民某，密谓许曰："园中旷地，伪天王埋黄白物若干数，某能识其处。"许怦然心动，雇工发掘，即派细民某督视锹锄。时九月，旷地栽菊花几遍，根株悉尽。甫深一尺，有酒瓮存焉，启其缄皆残骨。细民某曰："此伪天王以之镇风水者，窖即在其旁。某请持此瓮，迁诸城外何如？"许允之。细民某匆匆去，其后大索不得，始知受绐，乃废然而罢。

或曰："此细民某父母遗骸也，缘丛葬署中，不能出，故施诡计以遂其首邱之志，然而狡矣。"

许后人名宦祠中。

戴熙貌莹洁，官京师日，有过其私第者，戴方昼寝，卧碧纱橱内，肌肤玉映，惊为内室，逡巡不入。及搴帏，始知其故，一时有戴美人之目。

性疏惰，不治家人生产。夫人归宁后，不举火，终日食馄饨。童仆辈咸至市廛果腹。

罢工部尚书职，住杭州。常戴睡帽，扶奚奴，至盐桥一带，临流踯躅，以为乐事。

太平破城后，具衣冠诣贼营请见。再三劝解，敌欲杀之，不忍，麾使去。捶胸大骂，因遭害。众搜其寓，得画若干幅，余无他物，怒，悉裂而为两，无一完全者。

朝议谥文节公，至今真迹流传，甚为珍异。

相传刘春霖未第时，薄游后家后妓寮，时方破晓，一短衣裤者贸然遮而语之曰："你可是念书人来赶考的么？"刘颔之，转叩姓氏，其人曰："小人的姓氏你也不必问了。小人昨晚酒醉，路遇仇家，不应持刀行凶，犯了弥天大罪。当往五圣庙祁梦，梦见一个箬笠盖着八只耗子。醒而不解所谓，再求神圣指示。神圣告我：'你不懂无妨，明日九点十分钟，在后家后妓寮门首，有个穿灰布袍子，带玳瑁眼镜子的念书人，他也要来祁梦。你劝他不必上这儿来，只要代你解了这梦兆，他便是个状元。切记！切记！'

刘春霖

因此小人在此相候，不料果然遇见。"刘闻言沉吟半晌，曰："蓑笠下藏耗
子八枚，耗子者鼠也，帽下八鼠，非窜字而何？"因促其速遁，其人拜谢
而去。

第六卷

　　道州何子贞（何绍基）太史，人极坦率，尝夏日投刺谒某中丞，某中丞雅重其名，盛服出迎。何徐徐自舆中出，葛衫蕉扇，赤足着芒鞋，与中丞携手偕行。其傲世不恭如此。

　　何所蓄童仆不给辛工，遇节则随意书楹联若干副予之。童仆持出售得数十金，所入反较他主为优，故无辞去者。

何绍基

　　何道州人，道州土产荷花，何每携其种分赠友人，或报之金则怒。某太守馈白银二百，惠泉水一瓮。何受其水而返其银，可谓狷洁自好。

　　何以狂著，某提台尝具百金赀，出精扇求书。何作四字还之曰"暴殄天物"，某提台不禁失色。

　　汪柳门侍郎与吴清卿（吴大澂）中丞为表兄弟。同治初，汪已弃儒就贾。一日，遇吴某处，互叩踪迹。汪谓明日奉访，吴曰："你不能来的，乃是知府衙门。"盖吴方为苏守吴公延之教读也。明日，汪待吴不及，诣其馆，与吴公之子广涵相值，彼此投契。广涵将应南宫试，吴汪附之去，下北闱焉。途遇张人骏、洪文卿，结伴偕行。既抵京，汪忽不知所往。越宿来取铺程，吴询其由。汪曰："我那里你也不能来的，乃是中堂住宅。"盖汪为彭相国允章所赏，命课其孙也。

　　后吴、洪缘汪而见彭，彭叹曰："诸君皆国器也。"悉为纳监，并各赠膏火数十金。迨揭晓，吴、洪获隽，而汪下第。时粤乱甫靖，浙省乡场推至十月，彭又为汪咨送回南，亦捷。明年会旁，洪大魁天下，汪、吴俱列编修。

　　洪文卿（洪钧）未第时，梦神告之曰："汝戊午第一人也。"甚喜，至

洪　钧

次年临场，又梦前神告曰："前言戏之耳。"洪愠，谓妖梦不践，神实颠倒我。及试，题为"子之武城全章"，有"前言戏之"之句，始悟曩梦之奇，榜发，果列魁首。

洪钧通籍后，请修墓假，在金阊微服作狭邪游。一日，昏然醉，夜四漏，踽踽归家。路遇巡逻者，诘其何故中宵踟躅。洪怒，掌其颊。巡逻者出绳缚之去。洪倒卧地甲家，黎明始醒。大骇，呼地甲至。地甲识为洪，叩头请罪。洪无言出，盖恐人之传播也。

林维源喜豢鹑，不下百十笼，皆俊物也。退食之暇，辄令婢仆列于两行，纵鹑斗之，以为笑乐。贾似道半闲堂斗蟋蟀，人曰："此岂平章军国事耶？"林维源可谓善学古人矣。

李子和廉访摄直隶藩司篆时，部章以仕途流品太杂，凡通同州县佐贰，概加考试。有某令试卷内用"雞鸣狗吠"，雞字多书四点，狗字多书草头。盖雞沿鷄之误，而狗沿苟之误也。廉访阅之，几于喷饭。一时遂有"雞穿钉鞋，狗戴草帽"之谣。

李紫璈孝廉自称陇西才子，作元和令，爱才若渴。某岁院试，有冒籍孔姓童者与试，攻之甚力，李斤斤争不已，大有保全之意。言于学宪，时学宪为杨蓉圃，憎李之多事也，置诸不理。李出，乃与劣廪王某奋殴不已。后幸强有力者抱之入轿，始悻悻呵殿而回。

郭嵩焘筠仙侍郎，文章学问，瑰伟奇特，震暴一时。使伦敦，所著《使西纪程日记》，于中外之风土人情，洪纤备举。其揄扬中外人士，联络中外深心，大为士论所不容，卒不安于位，至发愤昌言，贬薄迂儒，更为湘中顽固党诟病。当时明达如左文襄，亦不满意，于稠人广坐中尝丑诋其短，致曾纪泽书云："筠仙奉使回国后，心醉欧美政治，渠意诚有所难忍，而小不忍转足以招大辱。闻筠仙还乡时，由鄂乘白云轮船入境，官绅哄动

郭嵩焘

苦阻，集议于上林寺，几欲焚其寓室。"噫！士大夫不讲彼中富强之原因，倾心服善，而徒虚张此等士气，有何足贵耶？

　　吴县冯景亭先生桂芬，咸丰朝以编修入直南书房。一日，偶蒙咸丰垂问："尔散直后，常作何消遣？"对曰："臣暇则读书消遣耳。"帝颔首称善，且问近读何书，则以《汉书》对。时咸丰亦读《汉书》，适至《匡衡传》，闻对而喜，因问"说诗解颐"事，讵先生实未读，至是惶恐不能对。帝怒其欺，立命回籍读《汉书》三年再来供职。先生归，优游田里，期满入都，念万几丛脞，当久已忘怀矣。无何，被召见，犹忆前事，因问："尔非奉旨读《汉书》者乎？"先生已惶恐不自禁，强对曰："然。"帝曰："然则党锢之狱，能备举其人欤？"先生强对曰："臣所读者《前汉书》，此似在《后汉书》，固未暇读也。"由是益忤帝意，命依前限回籍读《后汉书》。先生遂下帷发愤，尽读两《汉书》，兼讲求经济之学。期满再入都，而文宗升遐矣，

冯桂芬

郁郁无以自见，每为同列所轻。官稍迁，即乞归，为正谊书院山长，以诱掖后进为己任。晚年书法卓然成家，且著《校邠庐抗议》而卒。

　　阳湖汪叔明大令，道光甲辰（1844）举人，大挑知县，赴挑时，本列二等，已出矣。某邸见某大臣手中书籍，因索观之，大为称赏。某大臣言作者即系顷挑二等之某人。某邸怃然曰："吾见其人，貌颇狞恶，以为作牧必喜虐民，今乃知风雅士也。"速呼归，改为一等。

　　咸丰七年（1857），叶名琛督粤，为英人所执。英人据守广东省城者数年，迨庚申（1860）和约既定，次年英人交还省城，督抚司道仍驻佛山，不敢入城。英人常目笑之，谓："两国既和，断不复存恶意，中国大员何怯也？"然是时，上下议论，皆谓一入省城，必受洋人挟制，将复如叶相之事。劳文毅公由桂抚调抚广东，兼署两广总督，乃内决于心，独备仪从，呵殿入城，城外万人夹观，将军都统司道府县皆从之。洋人既觉其无所惧，诸事稍稍就范，议者咸称文毅公之果毅云。

阎文介公敬铭长户部时，以综核著称，及入枢垣，首裁点心钱。故事，军机大臣退朝后，至直庐办事，茶房供点心两色。文介以为糜费，裁之。同列皆枵腹，文介则于袖中出油麻花、僵烧饼自啖，旁若无人云。

阎巡抚山东时，以俭约著。尝使其夫人纺绩于大堂之后，僚属诣谒者，惟闻暖阁旁机声轧轧而已。尝冬月衣一缊絮袍，出示僚属曰："此贱内手弹者也。"僚属无不叹服。

阎喜见人着练麻衣，有华服者必盛气叱之。承风希旨者，皆着练麻衣，官厅有若卑田院。复使人窃听其语，则皆相与言练麻衣之适体，甚于文绣多多矣。阎大喜。后阎调任，僚属华焕如初矣。

阎每饭极粗粝，尝招新任某学政饮。学政至，见所设皆草具之不堪下咽者。中一碟，则干烧饼也，阎擘而啖之，若有余味者。学政终席不下一箸，阎故强之，学政勉尽白饭半盂。归语人曰："何尝是请客？直截是祭鬼！"

阎在军机日，见内务府承办皮箱百口，每口开银六十两。召见时，力请节用，太后怪之，阎即引皮箱一事为证，谓："外间购买，每口至多不过六两，今已十倍矣，则内务府浮冒之弊，可想而知。"太后摇头曰："恐无此便宜也。"阎言之不已，太后曰："既如此，尔试代我购买百口。"并予以半月之限。阎出，持银至骡马市，则皮箱店均已关闭，询之，俱曰："顷有老公吩咐，半月内不准开张交易，如违必将货物打成齑粉。"阎无奈，只得函令天津当道，派人选觅，克日解京，已而寂然。及限，太后询之，阎惟崩角而已。迨回寓，始知其亲随某，已得内务府银一千两，将信搁起，人则逃遁无踪矣。

　　沈鹏以请除三凶获谴，奉旨交地方官监禁。逮捕时，挺身而出，及琅珰就道，仰天大笑。家人牵裾问故，沈曰："吾方厌城市嘈杂，若囹圄中，终年寂静，大可借此补读未完书也。"可谓想入非非。

　　徐建寅仲虎，在京师寓锡金会馆。携一童，有察之者，则婢也，特改装耳，于是阖馆大哗。崔凤楼时寓关菜园，崔他出，留仆守门。一贼乘虚入，仆起捕之。贼窘，出匕首刺之立毙。章回书目曰："锡金馆幼婢作娇童，关菜园豪奴逢恶贼。"

徐建寅

　　顺天府尹顾瑸，简放广东主考。其处盛行闱姓，有巨商以重金买四姓：二文二梅，欲主考头场题中宣示。是科二题为"衣锦尚䌹，恶其文之著也"，三题为"令闻广誉施于身，所以不愿人之膏粱文绣也"，二文字已昭然若揭。诗题为"雪树两折南枝花"，是二梅字也。事后内监试卢秉政，以开缺知府赴京引见。某学士觞之某处，谈及"广东乡试，颇多蜚语，究竟如何？"卢正色曰："不是谣言。"

潘蔚如中丞为下僚时，异常困顿。室有唐花已萎，潘醉后挹酒浇之，戏祝曰："吾他日倘得高牙建纛，则汝重荣。不然，无望矣。"未几，花果含苞吐蕊，见者奇之。

潘每衙参，有御车者向乘以往。一日，其容甚戚，潘问故，御车者曰："以妻患病耳。"潘曰："吾当为汝医之。"御车者喜，载潘径至其家。潘为斟酌一方而去。

迨授芦沟桥巡检时，督直隶者那文诚也。一日，忽奉五百里排单，札调潘巡检。潘皇骇不知何故。迨入省，则文诚之女方字恭王，婚有期矣，忽患病如御者之妻。御者适在那公署内，故以潘为荐也。已而果愈，恭王福晋感之甚。潘公之得膺疆寄者，以恭王福晋之力为多。

王廉生祭酒官翰林二十年，喜金石书画，一贫如洗，典衣绝粮不顾也。书法雄健，尽脱楷气。吴县潘文勤公极赏识之。王性耿介，好诙谐，动辄玩世，使酒骂座，同官均侧目，有"东怪"之称。至阖家殉国，人始叹为不可及。

潘文勤祖荫，酷嗜金石。修墓回籍，闻某处有某碑原石，文勤欣然往觅。至则石在某姓家子妇床后壁间，文勤持烛扪索之，良久，良久，飞尘满头不顾也。已而审为真本，立予五百金舁之去。

文勤秉吴人柔脆之遗，遇事和缓，与同列某满相并善诙词。时人为之联曰："者者者主子洪福；是是是皇上天恩。"

文勤在南书房日，恃宠而骄，一时以"潘三架子"呼之。尝在前门外，与一车相撞，车中人探头出望，则某亲王也。亲王乃曰："潘三小子你忙什

潘祖荫

么，不是赶天桥吗？"潘赧然而已。一时闻者为之拊掌称快。

文勤喜闻鼻烟，尝以银五百两，购得金花一罐。某邸取得少许，嗅之绝佳，而思以术取之。明日，扬言于众曰："潘三架子闻烟到底外行，他那个五百两头，并不好。"潘知之大恚，归而取烟赏其仆。仆密以献某邸，得善价焉。

文勤偶在朝房与众闲谈，提及某日陛见之某提督，谓此人真是忠肝义胆。李文田问曰："其战绩如何？"文勤曰："不甚清楚。"李曰："然则状貌如何？"文勤曰："没有会过。"李曰："然则中堂何所见而云然？"文勤曰："他送我的鼻烟很好，我就知道此人不错。"

某科考差，奉旨派潘文勤公拟题，文勤一时笔误，竟书同治年号，此纸已粘诸殿柱矣。监试者见而骇甚，潜往揭之，裁去"同治某年拟题"一行，而文勤卒获无事。可见当时尚有同寅协恭之谊。

某科会试，文勤充大总裁。有一卷荐而未售，评曰："欠沙石。"及辗转托人致问，文勤曰："其文日光玉洁，因恐风檐寸晷，未必有如此磨琢工夫。或系代枪所致，故抑之。"又一卷，批一"矮"字，众皆愕视，文勤晓之曰："矮者谓其不高耳。"又文勤尝请门生私宴，其知单曰："天气甚热，准九点钟入座，迟则俱死无益。"其坦率有如此者。

文勤以斥革举人徐景春一案，部议降二级调用，为户部侍郎，管理三库事务。不知何时，三库印信失落，及潘在任时举发，因得革职留任处分。至是降二级调用，无任可留，竟议革职。两宫以其南书房多年，特旨赏编修，仍在南书房行走。潘抑郁殊甚。甲戌（1874）会试后，邀各门生在松筠庵宴饮，集款二万两，捐修颐和园，遂赏三品京堂候补，累迁至工部尚书，薨于位。

丁日昌初在浙省某厘卡充当司事，其后报捐知县，选江西某缺。一日，丁下乡，粤匪乘虚窜入，城为所据。丁归而大怒，欲杀捕厅以伸国法，众环求始免。未几匪为乡团所败，遂逃去。越数月，匪蜂拥至，城复为所据。丁携印奔赴村墟，以印授士绅，自投浅水塘不死。士绅劝："以何不作背城之战？"丁曰："无粮饷，奈之何？"士绅曰："公书谕帖晓民间，令预纳钱漕，乱平后以八折输官，当必乐于从事。"丁喜，更恳士绅为之画策，果一鼓而平。

或怂恿捕厅羞辱之者，捕厅如其教，丁见面即相持恸哭。复问捕厅近状何如，捕厅告窘。丁立命赍钱四十千送往捕厅家中，捕厅无言出。

明年开柜，丁设宴邀士绅饮。酒罢，丁偶言曰："前者权宜之计，今朝廷征收甚急，君等可否照常完纳？"士绅大哗，谓："出尔反尔，抑何无耻。且前次谕帖印信俱全，此岂不足冯凭耶？"丁曰："曩者吾命且悬尔辈，何有区区谕帖？无论八折，即三四折，亦不能不俯如所请也。"士绅益哗。丁推案起，系士绅于狱，限期追比，一时座上客，尽为阶下囚。士绅不得已，如数偿之。自是唾骂之声盈于衢路。

丁于夏令，性最畏热，尤惮着袜。接见僚属，则赤足套靴一双，蹀躞而出。靴大脚小，空空如也。一日会客，正高谈阔论间，得意忘情，将一足频行颠掷，扑秃一声，靴竟跌落，离座约二尺外，白足遂如毛锥脱颖而出，众欲笑而不敢，勉强忍之。当由家丁拾靴以进，公从容套上，谈论如常。其生平落拓类如此。

后丁尝有人将其名刺改成"不自量"，颇不露添汙涂改之痕，丁见之亦不觉掀髯而笑也。

丁抚吴日，礼贤好士。春秋二祭文庙中执事诸员，一一垂询其号，记之于纸，翌日各书一扇赠之。丁字学苏黄，为时所重，得者如获拱璧。自是诸生踊跃，向给以轿马费而不来者，至此皆争先恐后矣。

钱塘杨雪渔太史，性耿介，非公事不谒大府。当轴推重，延为学堂总理。人史抚生徒如子弟，生徒卝罪教习，教习辞馆，太史至涕泣挽留之。一日，又以细故大起风潮。适有旧交书至，请为当轴说项。太史恚甚，回家自断其发辫三寸许，命其门下悬诸门右。有客至，则告之曰："主人断发，避世家居，不复与问世事矣。"次日作四字偈曰："昨日一忿，自断其发。放下屠刀，立地成佛。"书数十纸，遍致同人。谭复堂先生闻之曰："其殆剪发之先声耶？"时庚子（1900）四月初旬也，逾年各省纷纷派留学生至东瀛，剪发之风乃大盛。

杨宝壬观察，承办文闱供给，中饱几逾一万。嗣为夏菽轩中丞查出，撤省候参，得某制军解围始已。闻杨荒谬之处，不可胜言。其奉派至日本阅操时，于沿途高悬"钦命阅操大臣"旗帜。至东京后，专事嬉游。阅操日，日皇已至仙台，而杨尚沉酣于红叶馆，同行者无不哗然。

马丕瑶

黎庶昌，字莼斋，贵州遵义人。二十六岁以廪贡生应诏上书，论时事万余言，以知县发安庆大营，交曾文正差遣。官州县十年，旋充英、法、西班牙三国参赞，擢出使日本大臣。适朝鲜内变，强邻隐集战舰，将驶往袭取其国都。莼斋侦知，密电驰报北洋大臣，力劝速发兵轮，统以大将，遂执戎首以归，敌军迟到半日耳，至则内乱已定，受盟而退。

使事期满，授川东道，创设学堂，延英人为教习，及聋哑院，取法泰西，以惠残疾。诸所规划，卓然可观。中国官设学堂，以此为嚆矢也。

莼斋为文，恪守桐城，参以坚强之气，锲而不舍，成一家言。著有《拙尊园丛稿》六卷。

甲申任日本大臣时，上疏议练水师，筑铁路，修治京师街道，优礼各国公使，保护商务，豫筹度支，并请亲藩游历欧洲。折中大言炎炎，深切时局。总署以其情事不合，竟寝而不奏。假令采纳施行，则中国之富强，可以计日而待。惜夫当道拘牵成法，不能灼见其所以然也。

　　马丕瑶抚粤，未下车，而有参劾属员之耗，一时属员大惧。岑春煊督粤，亦未下车，而有参劾僚属之耗。其后二春三景，以次参革，一时有"春景不佳"之谣。二春者，王之春、苏元春；三景者，陈景华、邓景临、裴景福也。马、岑二人，皆喜参劾僚属，而一则专仇视其僚属之同姓而其名无一字之同者；一则专仇视其名中有一字之同而不同姓者。

　　马总督两粤时，禁博甚严，闱商憾之，阴使人以麦冬滤汁，澄清后煮饭令食。麦冬，凉物也，马又年老，迟之又久，遂患瘫软，未几卒矣。

　　刘华东，粤中诸生也，熟于例，因案赴审。是日适为忌辰，刘穿黑褂，昂然而入。堂上官遂着他日再讯。盖忌辰日，须穿黑褂，堂上官欲其一时忘记，即罗织以背逆之罪也。后不得已，乃出强硬压制手段，以"草茅坐论"四字，将其奏革功名。

岑春煊

梁斗南殿撰,壬戌(1862)发解,蹭蹬二十余年,辛未(1871)始成进士。梁本擅书法,复试错落一字,遂居二等。殿试作楷,极力求工。偶离座,见一美少年作楷,珠圆玉润,梁不禁叹赏。转念复懊悔曰:"同榜三百余人,即此少年,已高于我矣,何敢作非分想耶?"胪唱日,竟膺首选,而美少年,则探花高岳崧也。

粤中何孝廉,善丹青,好诙谐。有以团扇属书,何执笔画蝴蝶,作翩翩状,下写一猫,目眈眈然,欲上扑蝶,题云:有客问于猫曰:"猫捕鼠职也,奚为舍鼠而扑蝶耶?"猫曰:"吾性嗜鱼,见了蝴蝶,便有崩沙过河之想。"盖粤俗,于蝶之小者,呼为"崩沙"。又天寒以鱼肉薄切放于沸鼎,即取出,呼为"崩沙过河"。

陈鹿笙方伯璘,以拔贡在蒋果敏公营中治军牍。一日,欲辞蒋去。蒋留之。陈曰:"吾在此,实未沾君丝毫之惠也。"蒋戏曰:"汝在营中食禄十余年,须髯如戟矣,何云未受丝毫之惠耶?"陈恚,诘朝相见,则已尽薙其绕颊髵髵者矣。蒋默然无一语。

陈出,由捷径屡保至县、至州、至府,且授杭嘉湖道。蒋以浙藩护抚院,竟纠陈以同知降补,陈无奈。久之始升处州府,更调杭州府,升湖南臬司,升四川藩司,并护四川总督。年八十,尚不肯乞休。

其子统兵杀戮过多,四川同乡拟在京联名控告。锡青弼制军良,为大局计,请以原品休致,并稔其官况之窘,饮助五千金。陈则卜居西湖,盖可以优游林下终矣。

龚定盦(龚自珍)之子孝拱,生平改名者屡矣,乃愈出而愈奇:曰橙,曰刺刷,见者皆笑。工诗古文词,潦倒名场凡二十年,后为英使威妥马礼聘而去。或曰圆明园之役,即龚发纵指示也。以是不齿于人,晚年卒以狂死。

孝拱落拓不羁,入都以年家子礼谒邵阳魏默深(魏源),戒其改行,孝

魏　源

拱厌之。一日，走告默深曰："近无意遇一高士，闳不道姓名，莫测其深浅，求长者法眼辨之。"默深欣然，愿订期过访。孝拱曰："高士栖止无定，常独酌西四牌楼白肉馆，再遇当订期以告。"越数日函至，约次晨相见。默深届时往问龚定之座，酒保指炉边一席令之坐。久之，孝拱至曰："高士即来，此席为高士常饮之所。"须臾，客至，毡帽短褐，貌甚粗鲁。龚请魏居次席，延高士上座，魏颔之，默念："古人隐于屠沽，此亦遁世士耶？"高士入座大嚼，岸不为礼。问其姓氏，笑而不答，无从与谈。默深疑甚，离座私问酒保："此为何人？"酒保笑曰："是龚宅车夫，常驱车载其主人来此。今日忽与主人同饮，我亦甚讶。"默深大恚，拂衣径去。

曾太史广钧，戊戌年（1898）尝上万言书于陈佑民中丞，劝其勤王，并备述进兵道路，央某观察为之代递。观察佯诺之，实已焚之。事后或以此事询曾，曾操湘语曰："我晓得他搅（读如告，与弄字同意）掉得，另外写了一分，直达右帅。"

曾尝具禀某中丞处，请行衡山盐帖。某中丞受文正（曾国藩）知遇之恩最重，以为必一诺无辞矣，讵翌日悬牌申斥，有"名贤之后，为之一恸"云云。后曾语人曰："为了张把盐帖，不想就得罪了祖宗。"或曰中丞即庞某。

廖毂似中丞寿丰，嘉定人，而长者也。抚浙时，严州一绅士入谒，廖因询以其地之民情吏治，绅曰："敝处近年来，真可谓夜不闭户矣。"廖曰："严州官吏能如是乎？"绅曰："日间则恒有窃案。"廖曰："何也？"绅曰："敝处一道一府一县，皆吃鸦片者，其瘾甚大，通夕不寝，必日晡而后起。公事词讼，皆于午夜为之。德之所及，如风行草偃。故郡人寝息多于日间。故贼之窃物，亦必在日中也。"时金衢严道，为鲍武襄公孙祖恩，其瘾甚深，而府而县，则不之忆矣。廖闻其言不怿，下札大申斥之。

卞宝第为湖南巡抚时，见恶于人。解组日，有书一纸粘其大堂暖阁者，曰："小便远行。"卞与便音相似，盖以此调侃之也。卞见之干笑而已。

法越用兵，长江一带设防，时卞宝第督湖广，奋然曰："人以巧，吾以拙。"命购木编作巨排。又命铁工造铁钩若干，拟敌船至遇木排则不能动。轮船重滞，一时又不获退，即令数十百人，持钩钩船。既登船面，即各掣短刀，逢人便杀。盖西人惟恃火器，只能远攻。如此则彼失所恃，无以御我也。后议和，未用此策。常对人曰："可惜！可惜！"

壬寅（1902）任筱沅中丞，复起官浙江巡抚，值其八十生辰，在署中召优演剧。中丞点《八阳》一出，顾僚属曰："此吾纪念庚子（1900）之乱也。"僚属哄然和之。

任小堂，著名刑幕也，端方任鄂抚时，以其招摇撞骗，驱之出境。有榜其门者，曰："小堂歇业，恕不迎送。"盖湖南窑子，其有闭门者，必书此二语以为标识也。

第七卷

　　林文忠则徐，平日用心周密，公牍必自披阅。有四册人名簿也，题曰"千古江山"。凡姓之第一笔为丿者，入千字簿；第一笔为一者，入古字簿；第一笔为、者，入江字簿；第一笔为丨者，入山字簿。名下兼注籍贯，取其便于翻阅也。

林则徐

　　林文忠焚土一役，其事与美人独立之始，凿沉英国茶船相类，惜乎持之过急，至于偾事耳。梁启超游美，过凿沉茶船处，咏诗曰："犹忆故乡百年恨，乌烟浮满白鹅潭。"即斯意也。

　　文忠由新疆释回，行至半路而卒。或云有鸩之者，讫不知其何法。某君得诸道路，谓涂毒药于轿中扶手板，时值盛夏，其气直入口鼻，故事后并无形迹之可查也。

胡文忠公林翼，为陶文毅公（陶澍）之婿。陶公督两江时，胡文忠因往依之，日在秦淮画舫。陶公关防甚密，其他幕友，皆不许擅离衙署。或引文忠为口实，陶公曰："渠他日为国宣劳，乃一况瘁之人，今特令其暂时行乐耳。"后文忠为湖北巡抚，军书旁午，公牍悉自手裁，有劝其少休者，文忠曰："必如此，则僚属精神一振，否则将付诸耳旁风矣。"然则陶公知人之明，不高出寻常万万哉？

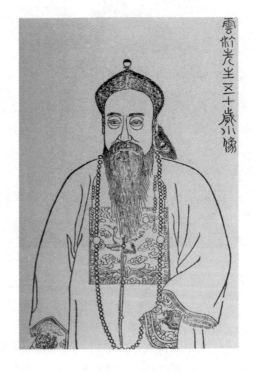

陶　澍

胡抚湖北时，官文恭（官文）以大学士督湖广。有爱妾值生日，伪以夫人寿辰告，百僚趋贺，藩司某已呈手本矣，稔知为如夫人，大怒，索回甚急。胡文忠适在其旁，不禁赞叹曰："好藩台！好藩台！"语毕，昂然去。

少焉，持年家眷晚生胡林翼之帖，登堂入祝矣。当藩司之索回手本也，道府以下，纷纷附和。及文忠之帖入，则又追随恐后。官妾几于求荣反辱，得文忠乃完其体面，德文忠甚。翌日文忠以太夫人命，请官妾过其署，太夫人并认为义女，自是亲密逾恒。胡有为难事先通殷勤于其妾，妾乃聒文恭曰："你懂得什么？你的才识，那能比咱们胡大哥？不如依着胡大哥，怎么做，便怎么做罢。"文恭唯唯听命，卒无掣肘之虞。

胡林翼

太平之役，楚军既围安庆，胡文忠亲往视师，策马登龙山，瞻眺形势，喜曰："此处俯视安庆，如在釜底，贼不足平也。"既复驰至江滨，忽见轮船二艘，鼓轮西上，疾如飘风，文忠变色不语。勒马回营，中途呕血，几至坠马。文忠前已得疾，自是益笃，不数月薨于军中。盖洪杨之必灭，文忠已有成算，及见西人之势方炽，则膏肓之症，着手为难，虽欲不忧而不可得矣。

　　阎趋丹相国尝在文忠幕府，每与文忠论及洋务，文忠辄摇手闭目，神色不怡者久之，曰："此非吾辈所能知也。"噫！世变无穷，外患方亟，惟其虑之者深，故其视之益难，而不敢以轻心掉之，此文忠所以为文忠也。

　　咸丰间，侯官沈文肃公（沈葆桢）以名翰林出守江西广信府。时值粤西群盗蔓延江西各郡，而广信全城之功，林夫人之力为多。林夫人者，即林文忠公之女也，兼资文武。沈公不时公出，时军书旁午，外间文书，均由夫人一手批答，代拆代行。某年月日，贼大股将围广信。时沈公偕廉侍郎兆纶出城招募筹饷，正在百里内外。夫人情急，乃刺指血，致书求援师于浙将饶镇军。时饶公以浙军驻守玉山，距广信甚近，得林夫人书，又念本为林公旧属，踌躇之间，忽天降大雨。饶公即乘机统军，顺流而下，直至广信，贼乃解围远遁。时沈公招募筹饷事毕，亦回广信，与饶镇军筹善后事宜，后来贼亦未能再至。兹录林夫人乞师血书如下：

沈葆桢

　　将军漳江战绩，啧啧人口，里曲妇孺，莫不知海内饶公矣。此将军以援师得名于天下者也。此间太守，闻吉安失守之信，豫传城守，偕廉侍郎往河口筹饷招募，但为势已迫，招募恐无及。纵仓卒得募而返，驱市人而战之，尤所难也。顷来探报，知昨日贵溪失守，人心皇皇，吏民铺户，迁徙一空，署中僮仆，纷纷告去。死守之义，不足以责此辈，只得听之，氏则倚剑与井为命而已。太守明早归郡，夫妇二人，荷国厚恩，不得藉手以报，徒错负咎。将军闻之，能无心恻乎？将军以浙军驻玉山，固浙防也。广信为玉山屏蔽，贼得广信，乘胜以抵玉山，虽孙吴不能为谋，贲育不能为守。衢严一带，恐不可问。全广信即以保玉山，不待智者辨之，浙大吏不能以越境咎将军也。先宫保文忠公（林则徐）奉诏出师，中道赍志，至今以为心痛。今得死此，为厉杀贼，在天之灵，实式凭之。乡间士民，不喻其心，以舆来迎，赴封禁山避贼，指剑与井誓之，皆泣而去。太守明晨得饷归后，再当专牍奉迓。得拔队确音，当执爨以犒前部。敢对使几拜，为阖邑生灵请命。昔睢阳婴城，许远亦以不朽。太守忠肝铁石，固将军所不吝与同传者也。否则贺兰之师，千秋同恨。惟将军择利而行之。刺血陈书，愿闻明命。

　　沈文肃综理微密，晚年谦谦抑抑，尤拘绳尺。督两江时，适外人创淞沪铁路成。文肃仰承朝命，以巨金购得。或劝仍置原处，以便途人。文肃怫然曰："铁路虽中国必兴之业，然断不可使后人藉口曰：是沈某任两江时所创也。"遂决意拆之去。

　　公生平学在不欺，凡事必求心之所安，自少至老如一。自言在广信时，已分万无生理。以故当存亡利害之交，辄卓然有以自立。而经理庶务，不操切，不张皇，绝去世俗瞻徇之见。体不耐舟楫，台湾风浪之险，两次东渡，虽甚昏眩呻吟，而志不少馁。义有不可者，毅然见于词色。清廷数以时政下询，公侃侃独持正论，不事模棱。而虚怀善变，虑以下人，推贤让能，惟恐不及。自奉极俭约，廉俸所入，随手散给族戚，卒之日不名一钱。

同治间，刘壮肃公铭传奉命防陕，驻军乾州，幕府多文人。阳湖吕庭芷观察，以编修参戎幕，刘甚敬之，所属稿不敢妄加点窜。一日，见谢恩折稿内有"虎拜"二字，大笑曰："吕某翰林，如此不通，老虎都会三跪九叩首了。"刘以军功起家，粗识之无，幕僚具折稿毕，辄令人诵之，其不当意者，辄摇首命改。幕僚或不改，则其摇首处，必遭驳斥。盖天资机警，非他人所可及也。刘后改文职，益自谦抑。初学作小诗，后竟能文。李文忠序其诗稿有云："省三有好勇过我之气，无临事而惧之心。"盖寓规于颂也。

咸同名将，壮肃及张勤果公曜，皆以材武积功，膺专阃，历疆帅也。

刘铭传

皆不学而其后诗文皆斐然成集。勤果有《河声岱色楼诗稿》若干卷，其七绝婉约，绝不类武人口吻，亦人杰哉！

刘抚台湾时，候补有上条陈者，悉嫌不合。某大令本名士也，风流文采，倾倒一时，故作乞修某处桥梁禀，开首自叙为幼年失学。刘见之，贸贸然批曰："该令自谓幼年失学，故来禀，文理平常。"后知为某，始大惭愧。

刘巡抚福建时，命其通家子某诣沪采办物料，拨款八十万委之。某抵沪后，日作北里游，某妓以其衣裳朴素晒之。某忿甚，即折柬招朋作夜宴，遍召诸妓。将散，各赠金钗一股，更择其尤者，衔以明珠，而独不及某妓。八十万遂一夕而罄，掉臂径归。戚友知其事，或危之。某笑曰："刘公不足畏也。"比禀见，刘讯问。某对曰："事未办，银则挥霍尽矣。"并述阔绰状。刘大怒，思置之法。某从容曰："有一事尚未面禀，闽省船政自公兼理，不识款曾清厘否？某备有节略，欲晋京一行。"语未竟，刘笑曰："君无要公，何必远行？至于采办之款，容我再筹可也。"茶毕，刘送出，亲视登舆而后入。

刘任直隶提督时，一人善佛图澄术，刘延之至署。其人喃喃诵咒，少焉，掌中大放光明。第一幅，一人帕首腰刀；第二幅，一人服仙鹤补；第三幅，深山穷谷之中，一人断其首。后刘由直隶提督转台湾巡抚，并予尚书衔，遂告病而归。不然，则中东一役，盖告以先事预防之道也。

刘文忠克复苏州。刘入城后，儳居某伪王府。其先本为某巨绅住宅，所储古玩，多半毁于兵火。有汤盘一具，某王取作马槽之用，完好如新。刘见之，呼水洗去苔藓之痕，即现出"苟日新，日日新，又日新"字样。刘大喜，什袭藏之。巨绅归，向之索取。刘以此物适与铭传相合，托为天授，婉词却之。乃于园囿内建一园亭，位置汤盘，不胜郑重。一日，无端起火，盘亭俱毁。时刘适在山中习静，闻而大怒。手书召其长公子，询厥情簌。刘暴性，杀人如草。长公子惧遭不测，潜于半途服毒而亡。俄刘亦卒。盖距盘亭罹劫，甫及年余耳，天授之谈，洵非虚妄矣！

郑心泉尚书绍忠，广东三水人，口大可入拳，幼名金，故人多以"大口金"称之。初隐身佛山，作舂米佣。有相者见而奇其状，密告之曰："君前程不可量，非商贾中人物也，当官至极品，以武员受文封。但现行部位，贼星显露，宜先入绿林以待时机。此去西北大利。若言之不验，当抉余眸。"尚书疑信莫决。

适中表陈金刚倡乱，由北江沿途攻掠，雄据广西贺邑。尚书因往投之，以勇略冠其侪，受左先锋伪封。陈固嗜杀，所掳无幸免。有陈甲者，亦在掳中，若自忘其就死地，宣讲《三国演义》，娓娓动听。尚书与陈党均闻所未闻，疑甲胸有韬略，同白金刚，留作伪军师，尚书由是与之深相结纳。

是时，两粤遍地皆贼，而金刚一股，窜扰东西两省，尤为剽悍，官军不能制。方耀献策于大府曰："陈所恃者，郑金与侯成带耳。若诱二人来降，使诛陈以赎罪，余党不足平也。"大府深然其策。方立遣人密推心腹于尚书，尚书商诸侯及陈甲，甲益陈说利害，促二人行事。遂即贼营手刃陈金刚，并其遗孽诛之。方驰报大府，领尚书等待罪辕门。督抚奖励备至，为尚书易名绍忠，不次迁擢。

尚书回想从贼时，重累桑梓，爰出资为乡人改建栋宇。独其族叔与陈金刚为甥舅，不允改建，且责之曰："汝固卖主求荣者，勿溷乃公也。"厥后积功至提督，复赏加尚书衔，悉如相者言。

有都司某，郑受抚时兄弟行也，适诞子作汤饼会，郑首座。宴将毕，主人抱子传观于众。郑起摩顶弄，忽张口曰："贤侄，尔伯父投降贼也，今亦忝居一品。他日官阶，要高过伯父方好！"语毕大笑，声震四壁。主人失色，急抱子入内。视之，则儿已以惊痫殇矣！

王壬秋（王闿运）孝廉，恃才傲物，有讥人不通者，王闻而叹曰："此人何至于不通？"告者疑之，王笑曰："他还彀不上这'不通'两字。"

忆昔汪容甫在扬州日，尝谓天下有一个半通人，一己自居，其半则程鱼门也。有新科殿撰某，殷殷为问，汪曰："你尚不在不通之列。"某喜，汪徐曰："再读二十年书，庶几与不通相近。"

此二事绝相类，故并书之。王纪事诗，有一段述曾文正云：文正困于祁门，某处告急，文正置之。王时为文正上客，过谈几无虚日。谂其事，力劝文正赴援。文正不可，曰："君欲去，则君去，我实不欲去。"王奋然曰："欲我去亦非难事。汝能以钦差大臣关防予我，我即行矣。"文正语塞，王遂绝迹。王尝谓诸葛亮作"梁父吟"曰"二桃杀三士"，时时讽咏，忌才之意，溢于言表。关张之死，必诸葛亮有以致之也。

丹徒令王芝兰，有机警，善判断，遐迩传播为美谈。兹择其最著者数事，记录如左：

丹徒某姓有女，其祖商于粤，以女字粤人某甲。其父客于陕，又以女字陕人某乙。其母家居，亦以女字戚人某丙。彼此道远，不相闻问。迨祖与父既归，始知女已受聘，亟赍书甲乙两家求退婚。两家大忿，俱来控。王初堂传讯之下，三家各有婚书，有媒妁，无从判断。惟略检其文定时日之先后而默识之，而令退堂。

越日复讯，谓女曰："尔一女子，而受三姓之聘，从其一则负其二，生也不如其死也。"女唯啜泣。王拍案曰："欲死则死耳，不死非贞烈女子。"命取阿芙蓉膏，和以汾酒，授女使饮，女一饮而尽，晕绝于地。王婉慰其祖父母，给赏五十金，以红纸封裹遣之归。既而问甲曰："尔愿领尸乎？"甲以道远携榇为难，问乙亦然，皆令具结毁婚书。次至丙，亦复不愿受尸。王怒曰："尔不受，女将奚归？"命人舁至其家。女之祖父母，相随俱往，罗守哭泣。

至夜半，女忽苏。方惊喜间，闻门外人声喧嚷，叩问谁何，则曰："县官传谕，今宵乃黄道吉日，命送鼓吹花烛来，俾尔成亲。"遂妆女行合卺礼，一室欢腾。盖女所饮者，乃益母膏，非阿芙蓉，因酒醉而晕耳。明日甲乙两家知之，悔恨莫及矣。

又，旗营送一赌人至，王问曰："尔赌乎？"曰："然。"王曰："尔一人能赌乎？"曰："人尚多也。"王曰："其人焉往？"曰："彼旗民，皆逃矣。"王曰："尔不能逃乎？"曰："不敢逃。"王曰："诸人皆逃，尔不逃，懦夫也，试逃之。"挥令出门，绝尘而去。当以柬复旗营，曰："犯人逃去矣。"（按：此事与《聊斋》私贩事同）

又，王一日乘舆出行，见一乡人号咷路旁，一驴絷于侧。停舆询之，乡人曰："骑驴入城，暂絷此地。迨市物归，驴乃易肥而瘦矣。"王令鞭驴，驴奔，乡人追逐其后。穿街过巷，至一豆腐店而入焉。视之，则乡人之驴在焉。乃拘豆腐店人至舆前责之，乡人牵驴欣然去。盖驴识其家，驱之使归也。

陆建瀛为两江总督，庚申之变，陆素善六壬，占得善课，自忖必胜。出师时，军容甚严。故《金陵纪事诗》中有："六壬神课灯前卜，自负周郎赤壁功。"即指此也。

金陵失守，陆实尸其咎。城破后，街头尽插白旗，各城门俱有伪官，禁人出入。惟北门贼目钟方礼，许百姓出城，妇稚拥挤，致毙者无算。

陆以善试帖诗名于时，其所著《紫薇花馆集》中有三百余首之多，五雀六燕，铢两悉称，见者咸为叹赏。

壬子乡试，陆为监临，贡院门首，贴有伪示无数，其中所述，大半牵连陆事。陆阅之大惧，亟占一课，得坤之屯卦。陆以为喜，心乃稍定。

马新贻督两江时被刺于张汶祥，八百孤寒齐下泪，而士林之震悼尤甚焉。马尝为棘闱监临官，照例宫饼、火腿之外，每名给与糖霜桂栗煮成之花猪肉一盂。三场交卷时，每卷给与钱票一纸，计二千文，美其名曰"元敬"。其十五未能出场者，命官厨制肴点，按号分赠。使者致监临意曰："诸君文战良苦，些些肴酒，聊破岑寂，且预贺抡元之喜。"马死后，此例遂废。至今金陵人为糖霜桂栗煮肉为马公肉云。

又，一士人进二场后，五经艺誊毕，忽然发狂，于卷末大书二十字曰："一二三四五，明远楼上鼓。姐在床中眠，郎在场中苦。"受卷官大骇，持卷诣马公叩方略。马视其文甚典雅，准其换卷免贴。此人出场，病良已，大悔恨。明日视蓝榜无己名，遂入草草完篇而出，是岁竟获高隽。谒座师，座师告以故，令转谒马公，执师生礼焉。

张汶祥欲刺马新贻，苦不得间，因于江南设一茶肆，静以待时，且欲阴结侠士以为之助。

有某甲者，马新贻之中表。马微时，寄食于某甲，待之甚厚。至是马为两江总督，甲造之将有所图。甲以己为马恩人，且至戚，意马待之必厚。讵马竟忘恩背德，视甲如路人，绝口不道故旧，仅赠旅费二百金而已。甲愤甚而未有以报也。

一日，甲啜茶于张所设茶肆，适马新贻因公外出，鸣驺而过。甲俯窗下窥见之曰："吾以为何人？乃马贼耳。"以茶泼之，马在肩舆，固无所见，而左右从者知甲为马中表，亦不敢与较。

汶祥见甲所为，大惊曰："君得毋病狂耶？制军大人经过此地，何敢无礼如此，累君事小，恐累及敝肆耳。"甲眦裂发指，戟手而言曰："此忘恩背义之贼，畏之何为？余恨不杀之耳！"汶祥益惊，亟询其故，甲具以实告。汶祥以为有隙可乘，因互通姓氏，殷勤结纳，彼此往来，遂成莫逆。

而汶祥时以马之无义激怒甲，甲辄拍案大骂。汶祥知甲恨马之心甚坚，乘间言曰："仆亦有事恨马，欲杀马者久矣，惜未得间耳。君既同志，能为一臂之助乎？"甲曰："云何？"汶祥具告以实。甲曰："马封圻大吏，出入以兵自随，君以匹夫而欲效荆轲、聂政之所为，徒速死耳，事固无成也。吾与马为中表亲，出入节署，人不之疑。吾导君潜入署内，伺隙而动，事必济矣。"汶祥称善，遂从甲潜入督署。

一日，马新贻阅操毕，正欲由便门入内署。汶祥怀匕首潜伏门内，伺马入剚刃焉。马新贻知己必死，遗命速杀汶祥，不必讯供，盖恐其暴己丑也。问官讯供时，汶祥曰："此事不必问我，问某姨太太尽知。"俄而马新贻之妾自缢死。

现闻江南某处有巨碑，大书曰"义士张汶祥"云。

陈国瑞自在捻匪肃清案内，开复原官，流寓扬州，日与提督李世忠过从游宴。国瑞尝夺李饷银钜万，又杀其部将。至是欲泄宿忿，而阳与为欢。一日清晨，率兵数十，擒国瑞闭置舟中，声言解往金陵，听曾侯如何发落。家属扬帆追赶，已无及矣。

陈家属追及瓜洲，世忠挟国瑞潜登舢板，溯江而上。陈家属乃取世忠妾婢三人以返，在扬州挟以游街。国瑞既至金陵，世忠投辕请见。曾侯以令箭至舢板，令释缚。时国瑞饥惫，已无人状矣，发营务处委员讯问。世忠以擅执大员被劾，国瑞仍以都司降补，二人均交地方官严加管束。国瑞后以詹姓案，遣戍黑龙江。

国瑞遣戍黑龙江后，精锐销磨殆尽矣。廷旨密询吉林都统，陈国瑞是否尚堪起用。都统奏称，陈国瑞凶暴桀骜，一如平日。论将材者，皆以为定评焉。

国瑞本居六合，有妻有子。李长寿揭竿而起，据有城池，见子绝爱怜之，抚如己出。子骁勇，十三岁亲临督阵，横厉无前。迨李投诚，陈多方侦知其隐，乘李某年生日，陈登堂往贺，挟子而逃，李追之勿及。自是改名陈振邦，每出兵，高揭白旗，与郭松林之半天红遥遥相对。年十九死于白寡妇之难。清廷诏加优恤，并着附祀昭忠云。

马彪，固原人，少无赖，尝冲突固原提督仪仗，提督命杖于辕门。公问人曰："提督品最高，究竟何如人始为之？"人告以行伍起者。公奋然曰："吾以提台皆天人耳，若以行伍进，吾犹能力致之。"乃誓曰："吾不致身此官，终不入此城也！"遂仗剑从军。

时清兵进讨回部，公奋身用命，积功至总兵官。路由固原，有邀其入城会饮者，公力辞之，曰："此尚非吾入城时也！"

后以平撒拉尔回民功，果授固原提督。公至城门，挥去侍从，步入其闉。至衙中，首命置前提督神主，朝服祀之，然后接其众乡里父老，设酒欢宴终日。指其牌曰："吾非为此公所激，何能致身至此？此所以报德也。"卒谥壮节。

苗沛霖善博，尝过维扬，访知一大户作囊家。苗持巨金入，适摇宝，苗以千金作孤注，不中，乃加倍，至以万六千金作孤注。其人惶急，不知所措。苗伸臂谓之曰："好小子，来罢！"语竟，而宝钟揭矣，苗注中，掀髯大笑，目光四射，有如发电。其人嗫嚅不能声，摒挡与之，无少缺。自是无有与苗角者。

苗沛霖

苗作狭邪游，有妓名蕊香，苗眷甚，凡事先意承旨，惟恐失其欢。一日，挈赴焦山，两戈什从焉。一戈什涎其美，上山时扪蕊腕。蕊告苗，苗不语。比进食，簠簋外，多一大磁盆，蕊揭之，则头颅一具，俨然戈什也，蕊一惊几绝。苗送之归，不久发狂而死。

田兴恕美秀而文，一时有玉人之目，每临阵，则又雷奋飙举，横厉无前。年十八即握兵符，所至之处，万人空巷，环绕而观之，田羞涩如处子。

幕友中有张太守者，貌与田相若，而喜作狭邪游，取给于田者累万。嗣田为张纳资报捐观察，已束装就道矣，田追赠五千金，为虾蟆陵下缠头费，其慷慨待人也如此。

田为贵州提督，兼握巡抚、钦差三篆，幕友俱一时之杰，大有毕秋帆先生气概。某岁捐军饷银百万，请为湖广乡试增中额三十名。廷议准二十五名，寒畯腾跃，谓为历来所未有。

田三十许即卒，貌甚丽，犹如二十许。考其家，不值中人之产，斯亦奇矣。

田二十四岁，即以贵州提督署理贵州巡抚。后以杀一教士，遣戍军台。其谢罪折中有二语，为当时所传诵者。句曰："各为其主，原怀犬马之诚；无礼于君，妄学鹰鹯之逐。"

李朝斌提督江南，威权颇重。李幼时尝执坊圬业，以惮于作苦，舍镘而嬉，为其师所逐。太平扰湖南北，李投营效力，其后削平大难，策勋叙功，遂官斯职。

一日宴彭刚直，刚直见其厅事间粉饰精工，极口誉匠人之巧。李方谦逊，刚直曰："不知老兄手段，较此何如？"李惭甚，半晌不能语。

李嗜博，贼攻湖南，陷城墙一角。当事者传令：有能搬一砖一石者，赏银一两。未几填平。李以健于奔走，获赏银几三百两。乃与诸人博，团踞屋檐下，以铜钱拨之使转，覆于帽下，押其正反。俄而李银尽，起视烛犹未跋也。

张公国梁之初薨也，朝廷以尸骸未获，数月未忍议恤。咸丰帝谕有云："东南半壁，倚为长城。尚冀该提督不死，出为国家宣劳。"又云："张国梁

李朝斌

若在，苏常一带，何至糜烂若此？"读者靡不叹咸丰知人善任，而天不假公年，为可惜也。

公年十八作盗魁，任侠结客，能以勇略慑侪辈。其党李某为土豪所困，公怒，率众往劫，破其家，卒挟李某以归。时为之语曰："拯弱锄强张嘉祥。"嘉祥，公初名也。

前广西巡抚劳崇光闻而异之，遣将招抚，改名国梁。忌者恒欲假事杀之，周文忠天爵爱其才，保护备至。及随向大臣（向荣）追贼东下，每一战捷，辄加一官，年二十八而声远著，身绾兵符。

向大臣桂林、长沙、武昌之捷，皆与公俱，相倚如左右手，而公之立功，尤以克复太平著。敌据江宁，以精锐扼守太平，为犄角计。向公欲取之，问诸将谁敢往者，众不应。公独慷慨请行，向公喜而抚其背曰："吾固谓非弟无能破此城者。"即帅所部五百人往。敌初修砦掘重濠，以备死守。比闻公至，不战而遁。公徐入城，安市廛，祭死丧，抚残疾，归报向公，往返仅七日。

及向公薨，公已拜总统诸军之命。北自瓜镇至浦口，南自芜湖至镇江，上下数百里间，闻警必赴。一身如龙，涉长江如履平地。而大要尤以保固苏常为首策。时为之歌曰："杀敌江上江水红，向公黑虎张公龙。钟山大战疾风雨，张公生龙向公虎。"

公与向公共平钟山敌垒，炮伤中指。有旨赏给御用药散，并谕以劳猛之中，宜加慎重。更赐尚方珍玩，络绎不绝，且命图形以进。公自念远方武臣，受殊眷，膺重寄，日夜感激图报。抉齿寄归，示无生还期。自偏裨擢至大将，所得禄俸，不以一钱自私。军中豪杰士，或有负俗之累，需用数百金，公立予之，故人人颇致死力。洎乎丹阳之变，力竭捐躯，而公年三十有八矣。丧归无以葬，得劳公赙，始克成礼。

咸同名将郭松林，号子美，双眉插鬓，雅擅丰仪。及临阵，则纵横无敌。蓄一马，名大白龙，能越溪流，四卒持其尾，则亦随之而过。郭一号"清朝赵云"。时僧邸面如噀血，人号"清朝关羽"。据此则郭之威勇可想。

郭有妾十六人，一为扬州某名妓，国色也。湖南所建之宅，共分十六进，每一进则居一妾。衣服器皿，饮食起居，绝不少异。诸妾晨起，必视扬州妓之妆束为准绳。扬州妓善惊，郭每夕持棉絮手缚于箱环之上。又尝为之洗足。及郭卒于直隶提督任，扬州妓吞金以殉。李文忠叹为节烈，附片请旌焉。是又一燕子楼之关盼盼矣。

郭游上海，尝伪为丐者，手携粗纸，至各娼寮分送，多有呵叱之者。及检粗纸，则中藏金叶，人因目为活财神。

郭性豪迈喜博，未显时，尝除夕与人博，获镪累累。既而同博有痛哭者，询之则负人巨金，以百金作孤注，一蹶而不振也。郭得实，恻然悯之，即以所获与其人。踉跄返家，索逋者正列坐以待。郭狂笑，即偃卧败絮中，索逋者无如何，诟詈去。

郭，武夫也，不谙文翰，然偶然捉笔，亦可成章。尝送别某君一绝曰：

"君归无人送，我归有人陪。我欲送君去，老母望儿回。"下二句，真天籁也。

郭尝宴客于厅事间，遍贴氍毹，集诸妓裸其上体，着红诃子，两仆舁栲栳，中盛洋钱，倾之于地，令诸妓争夺以为笑乐。计一夜共享二十七万，其骇人听闻有如此者。

郭每博，则以器量银，不复计数。有装水烟者，尝于地下拾之，每日可得二三百两，皆溢出之羡余也。

杨玉科雄于资，其挥霍有出人意料外者。喜渔色，征歌选舞，殆无虚夕。尝召名倡数百辈，环坐而观，合者留，不合者予以三圆，并草纸一束，驱之出门去。不知草纸中，灿灿然皆黄金叶也，留心检点，约值百余圆。有弃如敝屣者，事后大为懊丧。

杨玉科嗜博，一夜负至八万余金，命仆入内携银，其宠妾某掌管钥，靳而不予，使仆婉却之。仆如言，杨大怒，大踹步入上房，携手铳崑然一响，宠妾倒地毙矣。杨裂锁出庄券，仍复入局欢呼，若一无所事者。镇南关一役，殆其报也。

杨玉科

张勤果公曜之抚齐也，虽识字不多，而酷爱古人书画，有持以献者，重金勿吝也。一日，有人持楹帖至，纸色斑斓，作屋漏痕，隶法浑朴，似非伪物，上款书"孔明仁兄大人"，下款"云长弟关羽"。勤果大悦，以二千金易之，悬诸厅事，见者为之掩口。

杨岳斌为咸同名将，风流儒雅，较剑拔弩张者，判然各异。尝率水师剿贼，杨坐长龙船内，着银红缎开气袍，翠翎珊顶，望之如画。一贼燃炮轰之，一弹掠肩而过，杨屹然不动。督师前进，一鼓而平。事后见衣上有焦痕如线香所灼，杨命叠诸笥，传观戚友，以为躬亲矢石之征。

杨善书，劲而秀，盖于钟王内参以欧颜者。麾下偏裨，多以缣素乞其

杨岳斌

张　曜

挥洒，杨欣然握管，绝无停滞。嗜风雅，尝有某生献诗一绝，其末句有
"将军勒马看桃花"之语，杨赏其隽永，命入幕中司记室。某生后由军功，
洊擢至同知，皆杨力也。时人谓之文字之知。

　　室中豢一猴最灵敏，　口脱羁而去。杨方懊丧，诘晨猴跨一健马而归，
验之，离营物也，少加鞚控，绝尘而驰，无殊千里驹。论者以为神助。

　　李长寿顶上濯濯无毫发，咸呼为李秃子。某日生辰，设金铸寿星于几，
高三尺许。其下列牡丹两盆，花则碧霞犀，叶则翡翠，干则珊瑚，璀璨夺
目，见者或啧啧称赏。李大喜，即撤送之。后其人货于市，获赀十万。

　　李寓维扬日，眷一姬名某，缠头之费，不知凡几。姬抱恙，李召之不
应，怒。明日大会平山堂，宾从如云，召姬来，命其席地坐两三乞人后。
乞人注酒于虎子中，互相酬酢，强姬理弦索，度杂曲，以为欢。姬面赤如
火，额汗涔涔下，罢饮后，踉跄去，入夜，投缳死矣。姬与陈国瑞昵，陈
知姬被辱而死，恚甚，遣队攻之。

　　李昭寿嗜博，有某某等十余人，集赀廿五万，与李摇滩。李初举一官箱，中贮宝银百锭，压为青龙孤注。揭盖，则进门也。李又举一拜匣，中贮金条百铤，又压为青龙孤注。揭盖，则出门也。李怒，探怀出皮袋置其上。揭盖，灿然四点。及启视，则圆珠千颗，计值所负尽返，而廿五万亦荡焉无存矣。

　　李尝至戏园观剧，上下全包，无论上中下三等勾栏，悉令入座。已而专派一人俟于门口，每一肩舆出，赠银四两。翌日喧传道路，以为豪举无双。

　　玉带雕，其始每柄才值三四金耳。迨某年，李人都陛见，见而喜之。即至各扇铺搜括一空，共得千数百柄。某日大会于某饭庄，凡像姑悉召至，每人给予一柄。自是玉带雕之值顿贵，近且增至三四十金矣。

第八卷

　　曾文正国藩，中某科进士。初名曾子城，号居武，出穆相国彰阿门下。穆尝在咸丰前，奏保文正遇事留心。一日，忽传召见。文正入，则已非平日待漏之处。既午，内侍传谕曰："明日再来。"文正退，诣穆寓告以一切。穆沉吟良久曰："汝见壁间所悬字幅否？"文正曰："未也。"穆怅然曰："奈何！奈何！"亟命其纪纲持百金速至某总管处，令其将壁间所悬字幅抄来勿误。因顾文正曰："汝可在此下榻，勿遽归也。"明日召见，垂询者，即壁间所悬列朝圣训也，于是奏对称旨。咸丰后谓穆曰："汝荐曾国藩，遇事留心，真不谬也。"

　　会典载：四品以上，得衣貂褂。此貂褂乃貂外褂，非貂马褂也。貂马褂，惟内臣从猎，赐以御寒。然事后，当敬谨收藏，不能衣之面圣也。曾于同治朝入觐，已至等起房中。恭邸瞥见曾所衣貂马褂，询其："曾经从上畋猎，赏穿此服乎？"曾曰："无之。"恭邸曰："若是则不能穿也。"曾窘甚。恭邸揭视其褂，则黄缎面也，因令正穿入觐，始获无恙。

曾国藩

都中口号曰："金顶朝珠挂紫貂，群仙终日任逍遥。忽传大考魂皆落，告退神仙也不饶。"亦可见其难矣。某届总其事者，许公乃溥。一老科甲，乞相关照，只求无过，不求有功。许告以完卷后，微洒墨水数点，庶几易于辨认。老科甲鼓舞欢欣而去。曾时为检讨，完卷后，因加笔帽，墨水激出，少有沾濡。许公得之，以为老科甲，列于二等末。事竣，赍呈御览。咸丰详加披阅，至二等，以手翻腾，得曾卷，未曾过目，侍臣以他事请，同治匆匆发出，则曾卷已居二等首，遽升侍讲。功名前定，不信然欤？

曾与汤海秋称莫逆交，后忽割席，缘曾居翰林时，某年元旦，汤诣其寓贺岁，见砚下压纸一张，汤欲抽阅之，曾不可。汤以强取，则曾无事举其平日之友，皆作一挽联，汤亦在其中。汤大怒，拂衣而去，自此遂与曾不通闻问。后曾虽再三谢罪，汤勿理也。曾工撰挽联，长短高下，无不合格。同时江忠烈忠源，笃于友谊，有客死者，忠烈必派弁护榇而归。因有"江忠源包送灵柩，曾国藩包做挽联"之谣。二公闻之，干笑而已。

曾文正在军中，礼贤下士，大得时望。一日，有客来谒，公立见之，其人衣冠古朴，而理论甚警，公颇倾动。与谈当世人物，客曰："胡润芝办事精明，人不能欺；左季高执法如山，人不敢欺；公虚怀若谷，爱才如命，而又待人以诚，感人以德，非二公可同日语，令人不忍欺。"公大悦，留之营中，款为上宾。旋授以巨金，托其代购军火。其人得金后，去同黄鹤。公顿足曰："令人不忍欺！令人不忍欺！"

曾生平最器重者有二人，曰罗泽南，曰塔齐布，分兵杀敌，屡建奇勋。后罗、塔同时殉难，曾臂援顿失，东西南北，往来无定。湘人为之口号曰："拆掉一座塔，打碎一面锣，穿烂一部罾"，纪其实也。公从容坐镇，绰有雅歌投壶气概。在军中，日必围棋一局，以养其心。前敌交绥，或逢小挫，亦无太息咨嗟之状。其器量诚过人远矣。

曾克复金陵之后，开庆功宴，并召优人演剧，文正命唱《定中原》。文正固不知是戏之故事也。及登场，则为司马懿逼宫故事。文正大骇，亟止之。

曾既贵，营治第宅。其邻有铁铺，终日砰訇，文正厌之，予以重金，风使迁去。铁铺主人不应，或劝用强。文正曰："昔司城子罕不徙挽工，吾奈何令古人笑乎？"卒听之。

天王久踞金陵，时咸丰引为大憾，谓能克复者，当封以郡王。及曾文正克复金陵，廷议以文臣封王太骤，且旧制所无。因析而为四，封侯伯子男各一：文正一等毅勇侯，文正弟忠襄一等威毅伯，李壮果公臣典一等子，萧刚敏公孚泗一等男。说者谓清廷知文正谦谨畏惧，必不敢膺王爵，且其凯捷折中，早有推功诸将之意云。

曾忠襄（曾国荃）为文正公介弟，攻金陵既破，搜遗敌，入天王府，见殿上悬圆灯四，大于五石瓠。黑柱内撑如儿臂，而以红纱饰其外。某提督在旁诧曰："此元时宝物也！"盖以风磨铜鼓铸而成，后遂为忠襄所得。南京城既破，有某参将，率健儿数十入天王府，一人甫蹑阶上颠而仆，则一殿砖忽中陷，启视之，下藏金缠臂百余双，分取勒诸腕。又入一重室，堆锦文被十余床，五彩烂然，皆掉头不顾，其余赫然厂也。千门万户，空空洞洞。间有帘幕，皆黄缎蟠龙，杂缀零珠碎玉。正楼下有沉香椅，大逾合抱，雕镂极细，为天王洪秀全宝座。弓刀无数，四壁森森。有藏珍阁，火齐、木难，其光璀璨，中有翡翠荷叶一，上立鹭丝，白如雪，价值连城物也。一人攫之而走，一人握其下，欲据为己有，划然中断，彼此俱大怒，掷窗外成齑粉。复循曲径入花园，风廊水榭间，投缳而死者人无算，其妆束皆宫女。方塘十亩，泛泛如水中凫者，皆老嬴也。玻璃室上下皆注水，金鱼活泼，荇藻纵横，为天王销夏处。某参将正拟一穷其胜，则大队已蜂屯蚁聚，联镳而至。急趋出，一差官持令箭插大门外，遂无敢乘虚而入者。闻忠襄于此中，获资数千万。盖无论何处，皆窖藏所在也。除报效若干外，其余悉辇于家。

曾国荃

　　忠襄既破南京，于天王府获东珠一挂，大如指顶，圆若弹丸，数之得百余颗，诚稀世之宝也。忠襄配以背云之类，改作朝珠，每出熠耀有光，夺人之目。忠襄病笃，忽发哮喘之症，医者谓宜用珠粉。仓卒间，乃脱其一，碎而进之，闻者咸称可惜。又获一翡翠西瓜，大于栲栳，裂一缝，黑斑如子，红质如瓤，朗润鲜明，殆无其匹。识者曰："此圆明园物也。"

　　忠襄内任兵部尚书，履新之第一日，有司员某君以稿进，忠襄见其来也，遥以手接之，惟未曾起立，讵某忽将稿件抽回，返身径去。忠襄不知，以为此必稿内有误，将携去更换也。不料某走至堂檐下，大声呼茶房。茶房至，询某老爷呼唤何事。某曰："取戒尺来。"茶房承命取至，某即戒责茶房十下。茶房询犯何罪，某曰："曾大人初到任，有些规矩不懂，你应得教导教导。谁见司官老爷送稿，堂官不站起来的？我就打你个不懂规矩。"曾闻言立下座，向某一揖曰："是兄弟错！是兄弟错！"言毕，出门登车，自此即不再进兵部衙门。未匝月，仍衔命出任封疆而去。

　　曾纪泽嗣侯，素与英领事达波文善。未几，嗣侯奉使游历，道出沪上。先是公法定例，先遣参赞往拜，须其答拜而谒公使，公使乃复往拜。讵达领事不愿先来，问参赞曾公使当以何日来拜，翻译官以定例答之。达领事怫然曰："中国不有行客拜座客之礼乎？"次日遽来一函曰："承遣贵参赞来拜，本领事当于某日遣副领事官某答拜。"嗣侯答函云："承约遣副领事官某答拜，本爵大臣当属参赞官在寓拱候。"盖以游戏之词，答侮慢之意也。至日，果遣副领事司格达来，指名欲谒公使。嗣侯命阍者语之曰："君欲答参赞之拜，则参赞拱候已久，遵前函所约也。如忽欲见公使，则公使方病，不克接待。"司格达废然辞屈，乃见参赞而去。

曾纪泽

　　左文襄（左宗棠）未达时，某年赴试礼部，铩羽南下，归途经白门，时陶文毅（陶澍）督两江，左往谒之，意在得其佽助。陶留住署中，每日令幕友与之谈论，如是者旬余，左欲辞归，陶使人留。又数日，陶见左曰："汝之言论志向，我俱明白。将来勋业，当在我上。"因备数百金为赆，并以己子聘左女焉。

在陶幕中与陈公銮同事，左朴质而陈则翩翩少年也。常游曲院，陈识一妓。一日问其愿嫁何人，妓曰："愿嫁左师爷。"陈为大奇。

左佐骆文忠（骆秉章）幕时，长沙富户常某之子杀人，应论抵。因止一子，四出行贿，官绅俱意存开脱，独左查案不允，卒置之法。

文襄于咸丰初年，以在籍举人入湖南巡抚张石卿中丞亮基幕府。张公去后，继其后者，为骆文忠，骆公复礼聘之。骆公每暇则适幕府，文襄与客慷慨论事，证据古今，谈辨风生。骆公不置可否，静听而已，人服其度。文襄之在骆幕，一切专擅，楚人戏称之曰"左都御史"，盖骆公官衔不过右副都御史，而文襄之权，有过之无不及也。

左宗棠

又，文襄在骆幕时，尝见恶于官文恭，因严劾之，文襄几蹈不测。后胡文忠上"敬举贤才，力图补救"一疏，谓文襄才可大用，又有"名满天下，谤亦随之"之语。上问肃顺曰："方今天下多事，左宗棠果长军旅，自当弃瑕录用。"肃顺奏曰："左宗棠在骆秉章幕中，赞画军谋，迭著成效。骆秉章之功，皆其功也。人才难得，自当爱惜。请再密寄官文，录内外保荐各疏，令其酌察情形办理。"从之。官公知朝廷意欲用文襄，遂与僚属别商具奏结案，而文襄竟得无恙。

因文襄之在湖南巡抚幕府也，已革永州镇樊燮，控之都察院，而官文恭公复严劾之。廷旨敕下文恭密查，如左宗棠有不法情事，可即就地正法。肃顺告其幕客高心夔，高告王闿运，王告郭嵩焘。郭闻之大惊，遣王往求救于肃顺。肃顺曰："必俟内外臣工有疏保荐，予方能启齿。"郭方与潘文勤公同值南书房，乃浼文勤力保文襄。肃顺从中解释，其事始寝。

文襄刚明果断，任事毅勇，曾文正深器之。在文正幕时，襄赞戎务，动中机要。一日，文正出阅兵，途中以某事须拜折入告，迟恐失机，踌躇至再。比回营，闻炮声隆隆，问弁勇，对曰："左师爷拜折也。"急召文襄索折稿视之，正所欲入告者也，乃相与掀髯大笑。

文襄在曾文正幕，奏赏郎中，曾给以一札，有"右仰"字样。左微哂曰："他写了右仰，难道要我左俯不成？"嫌隙由是而生，其后竟如水火。文襄与曾文正积不相能，俨然水火。文正卒，内阁拟谥以进，果蒙圈出。文襄操湘语谓人曰："他都谥了'文正'，我们将来不要谥'武邪'么？"

文襄以同治甲子与曾文正绝交以后，彼此不通书问。迨丁卯年（1867），文襄以陕甘总督入关剿贼，道出湖北，与威毅伯沅浦宫保（曾国荃）遇，为言所以绝交之故。其过在文正者七八，而己亦居其二三。文襄又尝与客言："我既与曾不协，今彼总督两江，恐其扼我饷源，败我功也。"然文正为西征筹之饷，始终不遗余力，士马实赖以腾饱，又选部下兵最健，将最勇者予之。遣刘忠壮松山督军西征，文襄之肃清陕甘及新疆，皆恃此軍。则文襄之功，文正实助成之也。

文襄举孝廉后，公车八上，始终铩羽而回，意中不无郁郁，故其官陕甘总督也，重科榜而轻甲榜。有以进士、翰林来谒者，往往为所揶揄。某年，其幕府某人都会试，已而不第，文襄仍以函招至署，宾主相得如初。一日闲谈，文襄问："我近日舆论如何？"某言："他无足议，惟扬科榜而抑甲榜，外间啧有烦言耳。"文襄愕然曰："汝语真耶？"曰："安敢欺公？"诘朝适陶子方制军以庶常散馆，选补陕甘某县，领凭赴省，诣辕禀到。文襄一见，欢若生平，复力保其材，陶遂获不次之升，皆文襄力也，而实基于幕府之一言。文襄可谓从谏如流矣。

文襄性最喜人勤俭，其任陕甘总督时，属员中有尚虚华奢侈者，罔不为所参劾，故一时属僚，或装饰俭朴形状，以博其欢。一日，私行至某营查阅，营中知左之来也，预令各营勇，或操作工业，或开垦隙地，或操演阵式。左见之喜甚，且曰："这班后生，颇知务本勤业，不愧我血战十余年教成一般好兵丁矣。"立由该营中拔取十数人，予以不次超擢。

左任陕甘总督时，藩司为林寿图，能诗善饮，性极诙谐，左常与之饮酒谈论。某日正谈间，而捷报至，林盛称左妙算如神，佩服不已。左拍案自夸曰："此诸葛之所以为亮也！"继谈往事，左颇怪当时自称诸葛者之多，林亦拍案曰："此葛亮之所以为诸也。"左因此颇恨林，盖猪、诸同音耳。

醇贤亲王最重左，在京时，王请左至邸第，二人并座合印小像，此像并呈御览。

洪杨之乱已平，李文忠（李鸿章）与左闲谈争功，李曰："你尽自夸张，死后谥法不能得一'文'字！"盖定例非翰林出身，不得谥"文"字也。左不能答。后论功行赏，赏"检讨"，薨后谥"文襄"，李乃自悔失言。

文襄之底定回疆也，廷议援长文襄公龄，平张格尔封公之例，拟封一等公爵。西太后谓："从前曾国藩克复金陵，仅获封侯。左宗棠系曾国藩所荐，其所得力之老湘营，亦曾所遣，而将领刘松山等，又曾所举也。若左宗棠封公，则前赏曾国藩为太傅矣。"乃议以一等恪靖伯晋二等侯，示稍亚于曾公也。故文襄晚年，益不满于曾公。

文襄每接见部下诸将，必骂曾文正，诸将多文正旧部，退而愠曰："大帅自不快于曾公斯已耳，何必朝夕对我辈絮聒？吾耳中已生茧矣。"文襄督两江时，苏绅潘季玉观察以地方公事上谒，欲有所陈，归而告人曰："吾初见左相，甫寒暄数言，左相即自述西陲功绩，刺刺不休，令人无可插口。旋骂曾文正。语尚未畅，差弁侍者见日旰，即举茶杯置左相手中，并唱送客，吾乃不得不出。明日左相招饮，方谓乘间言事矣，乃甫入座，即骂文正，迄终席不已。既席散，吾又不得不出。越数日，入辞左相。始则骂文正，继则述西陲兵事，终乃兼骂合肥李相（李鸿章）及沈文肃公（沈葆桢）。侍者复唱送客，吾于起立时，一陈公事。方数语，左相复连类及西陲事，吾不得已疾趋而出。"观潘所言，真令人绝倒也。

文襄气性端严，少忤之，必遭呵叱。一日在朝房，与刑部某尚书相遇，执手欢然。谈次，提及某案中，有一六十八岁之人，文襄曰："此人应毋庸置议。"某尚书戏之曰："尔杀人多矣，其中未必无六十八岁之人。"文襄勃然曰："某生平守'不重伤，不禽二毛'之义，即有亦未尝置之于法。"言已，拂衣径出。某尚书为之咋舌。

文襄入掌军机，与宝文靖公鋆甚相得。一日，戏谓宝文靖曰："吾在外荡平发捻，凡七十三岁之老贼，为吾所杀者，不知凡几矣。"宝文靖笑而应之曰："公焉知其为七十三岁？或只七十岁耶？"文襄不禁捧腹。盖其时，宝文靖已七十三岁，而文襄则正七十岁也。

文襄好自誉其西陲功绩，每见人刺刺不休。某年，李文忠复陈海防事宜一疏，文襄适在关外奉诏将至，恭邸及高阳李协揆以事关重大，静俟文襄至乃议之。文襄每展阅一叶，因海防之事而递及西陲之事，自誉措施之妙不容口，几忘其为议此折者，甚至拍案大笑，声震旁室。明日复阅一叶，则复如此。枢廷诸公初尚勉强酬答，继皆支颐欲卧。然因此散值稍宴，诸公同厌苦之，已半月而全折尚未阅毕。恭邸（奕䜣）恶其喧哄也，命章京收藏此折，文襄亦不复查问，遂置不议。

文襄平畔回，时酋长白彦虎窜入俄疆，俄人按国际法受之，置诸彼得堡都城。文襄亟电政府，向俄使交涉。俄使曰："是非我所及也，在国际法，宜保护国事犯。"文襄大恚，欲驱战胜之众自入俄土捕之。俄皇怒欲宣战，后经各公使调停，令文襄撤兵道歉。至今俄人相传为笑曰："是华人独有之国际法也。"

文襄暮年，昏瞀不知人事。每食，差官进肉饵，辄强纳文襄之口，文襄一一咽之。纳至二三十枚，文襄摇首，差官知其已饱，乃止。文襄晚年得痰疾，一切不复省记。有白事者，颔之而已。犹忆某年，文襄赴苏大阅，端坐演武厅，凡进食，悉由差官以箸夹而纳之于口。食已，盥濯。一差官按其首，一差官以巾拭其面，第见口眼乱动而已。已而一差官以御赐龙头杖置其手，两差掖之下演武厅，簇拥入舆而去。尤奇者，上燕菜时，一小跟班自后端去，略尝即泼于地。盛燕菜之银碗，则踏扁而纳于怀。近在咫尺，文襄不之觉也，盖其心已死久矣。

曾文正与左文襄同乡相友善，又属姻亲。洪杨时代，蔓延几遍天下，二公勠力行间，声望赫然。李文忠后起，战功卓著，名与二公齐。咸同名臣，天下称曾左李。迨荡平以后，二公之隙嫌乃大构，盖因攻克金陵时，文正据诸将之言，谓洪秀全之子福瑱已死于乱军之中。顷之，残寇窜入湖州，文襄侦知福瑱在内。会文忠之师环攻之，而疏陈其事。文正以福瑱久死，疑浙师张皇其词，特疏诋之。文襄亦具疏辩，洋洋数千言，辞气激昂，环诋文正。上素知二公忠实无他肠，特两解之。未几，福瑱遁入江西，为沈幼丹中丞所获，世人乃知福瑱方死，而二公怨卒不解，彼此绝音问。然二公之怨，究非因私，故不至互相倾轧。

常州吕庭芷侍读，尝谒文正于吴门，公与言左公致隙始末，谓："我生平以诚自信，而彼乃罪我为欺，故此心不免耿耿。"时侍读新自甘肃刘省三军门处归，公因问左公之一切布置，曰："君第平心论之。"侍读历言其处事之精详，律身之艰苦，体国之公忠，且曰："以某之愚，窃谓若左公之所为，今日朝端无两矣。"公击案曰："诚然。此时西陲之任，倘左君一旦舍去，无论我不能为之继，即起胡文忠于九原，恐亦不能为之继也。君谓为朝端无两，我以为天下第一耳。"公居心公正若此。

及公薨，文襄寄挽一联云："知人之明，谋国之忠，我愧不如元辅。攻金以砺，错玉以石，相期无负平生。"读者以为生死交情于是乎见。

昔韩忠献（韩琦）与富文忠（富弼），皆为一代贤臣，第以撤帘事，意见不合，终身不相往来。韩殁富竟不致吊。今观曾左，贤于古人矣。

彭刚直公（彭玉麟）雪琴，力崇俭朴，偶微服出，布衣草履，状如村夫子。巡阅长江时，每赴营官处，营官急将厅事间陈设之古玩及华焕之铺垫，一律撤去，始敢迎彭入。某副将，新以千金得玉钟一具，一日闻彭至，捧而趋出，　失足，砰然堕地。彭适入见之，微笑曰："惜哉！"副将慑伏至不敢仰视。其严厉如此。

彭尝饭友人处，见珍馔，必蹙额，终席不下箸。嗜辣椒及豆豉酱。彭饭，差弁环立于后，不敢须臾离，必主人言之至再，声言吃面，始颔首顾众曰："只许吃一碗。"众哄然应，乃散去。

一人尝谒彭于三潭映月寓斋中，时岁首，彭衣茧绸袍，加老羊皮外褂，已裂数处，冠上缨作黄色，室内除笔砚外，仅竹簏二事而已。彭命饭，园蔬数种，中置肉一盘。饭已，出，或告之曰："此公优待也。"

彭巡哨至某处，见舢板上仅一火头军，公询其余诸人，则以上岸至

彭玉麟

镇市间啜茶为对。彭问:"汝何独不去?"曰:"船无人。"彭呼哨官至,摘去顶戴,立逐之去,即以冠冠火头军,命充遗缺,曰:"吾嘉汝不与众推移也。"

粤难削平之后,彭玉麟建功独伟,朝旨授为安徽巡抚。时安庆城内,多张太平天国示,彭令首府速铲除之。一日乘马出游,见私僻小巷,尚有此种告示,因大怒,召知府至,欲挞之。知府固强项者,出刀欲刺,彭惧,逃至署内,扃门避之。后遂具折奏请开缺,谓"臣久历戎行,不谙吏治,请另委贤员,以免贻误大局"云云。奏上,乃拜长江水师提督之命。

彭在粤时,每餐只咸鸭卵一枚,豆芽菜少许。僚属有宴客,一席十数金,或数十金者,彭知之必问其所入几何,挥霍乃尔,以是相率戒惧,而酒肆中门可张罗矣。

彭巡阅长江时，喜微行，尝衣弋绯袍，持邛竹杖，效村老装束，往来茶寮烟肆间，为人作鲁仲连，排难解纷。一日，至某烟肆，见一短衣人，缚一儒者，挞之若挞羊豕。旁观者，皆悻悻有不平状，而无敢饶舌者。公审视短衣人，为某弁部曲，即前缓颊，短衣人愈怒，反唇骂曰："若村老，无预乃公事，不亟走，乃公且挞汝！"彭哂而去，返营召某弁，告以所见，即以军符捕短衣人至。此时公之村老服固未易也，笑询曰："汝识我否？"短衣人大骇，不知所对，竟伏法。

彭刚直善画梅花，其带长江水师时，人多往求画梅，一概允之。然随意应酬，亦无不为世珍重也。其后画梅愈多，声价益重。有某哨弁，往往假刚直名号，私画梅花多幅，向人求售。人不疑其非真笔，亦尝以重价相购。一日，刚直至某处，见悬挂己画梅花甚多，细阅之，皆非己之真笔，力诘主人，促言假托之人。主人不敢隐，遂具以购置来源相告。刚直大怒，回营即传假托之某弁重诘，随即将某弁及同谋二人分别杀割。一时传者，莫不嗤其视梅花重于人命。

彭喜听子弟读书，每至一处，必入人家塾内，或代其师讲解，孜孜不倦。有颖异者，摩挲其顶，爱惜逾恒。诸童中有黠者，以扇求其书画，无不欣然应允，对客挥毫。若他富贵人，具缣素乞彭书画，竟有数十年尚束诸高阁者。

一日，彭乘官舫溯流而上。时江南提督为李朝斌。李以圬人起迹，贪而狡，彭甚鄙夷其为人。李知彭过境，乘炮船追送之。至镇江，彭舟泊。李求见，彭伛偻出作龙钟状。李跪拜，彭举手而已。及李去，彭匆匆上岸，而步履如飞，差弁皆追随恐后焉。

某年彭赴苏，适楚南会馆举行团拜，彭预焉。是日，召优演剧。午后，彭在阶前闲立，见一人，帽缀披霞宝玉，衣品蓝漳缎袍，昂然入。彭以为必同乡中之子弟也，颔之与为礼。其人见彭状猥琐，置不理。彭甚怪异，及询左右，乃唱花旦之吴兰仙也。彭大怒，立命缚之出，呼杖将毙之。兰仙膝行至织造前，乞为缓颊。织造再三陈请，众亦环求，彭怒始已，仅命褫其服逐之出而已。兰仙自是声名顿落。

彭耽禅悦，喜与方外人交，每夏必至焦山逭暑。焦山孤悬江表，阴森特甚，不减陂塘五月秋也。山寺方丈名芥舟，善鼓琴，能写兰，彭与之称莫逆。后芥舟得人赂，与公关说。彭知其隐，怫然不悦，自是不见芥舟面。其清介又如此。

彭貌癯，如闲云野鹤，出语声细微，至不可辨。每盛怒，则见之者皆不寒而栗。每年巡哨，必戮数人，所至之处，上将弁，下士卒，咸有戒心。其兵额常缺，自揣不能蒙混者，多夜遁，佥呼之为活阎王。

彭晚年赐杖，见客，客之脱略者，请安后，即命列茵而坐，彼此谈天；其拘谨者，必欲行庭参礼，则其于叩头之顷，以杖植地，登登而已。若遇贵介者，彭故示以偃蹇之态，以二人掖之而出。及去，则公行走如飞矣。

彭妻某氏名梅，不得于姑，公恐拂慈母之心，迫令大归，后以抑郁而亡。彭知之大痛，缘终身不娶。画梅之故，所以报其铁骨冰心也。《菽园杂志》谓彭爱梅仙，则诬彭甚矣。

晚年居三潭映月，尝戴草笠，被短褐，游行于市井。迟之又久，妇孺皆识其面。尝过委巷，一女曝衣，失手坠竿于地，适中彭头。彭大怒，戟指呵之。女见为彭，骇甚，猝生一计，曰："尔形状类营伍中人，故恃强如此。抑知彭宫保在此，清廉正直，若赴诉，尚断送尔头颅也。"彭闻言转怒为笑，从容而去。此所谓君子可欺以其方也，然女亦狡矣哉。

第九卷

　　李文忠（李鸿章）未达时，尝与人言志，文忠曰："吾愿得玻璃大厅事七间，明窗四启，治事其中。"厥后开府畿疆，果如所愿。一代伟人，其胸襟实有过人处。丁未（1847）科会试，适抱沉疴。入场后，幸同年某为之照料。翌晨题纸下，同年某一一告之甚悉。文忠昏瞀中，曰："头篇我有。"某同年检得为誊于卷，并足成二三艺。榜发，文忠获隽第十九名，某同年亦居高选。文忠为八股名家，善尤王体，每落笔，藻采纷披。捷南宫岁，文忠自述某夜在会馆中拟作，灯花如斗，是为祥异之征云。

李鸿章

　　文忠为曾文正年家子，九帅尝师事之。文正在江西时，李间道往谒，居逆旅者一月，未见动静，因使同年陈蕭往探。文正曰："少荃翰林也，志大才高，此间局面狭窄，恐艨艟巨舰非潺潺浅濑所能容耳。"陈曰："少荃多经磨折，大非往年意气可比，老师盍一试之？"文正诺之，李遂入居幕中。文正每日黎明，必召幕僚会食，李不欲往，以头痛辞。顷之差弁络绎而来，顷之巡捕又来，曰："必待幕僚到齐乃食。"李不得已，披衣而赴。文正终食无语，食毕舍箸正色谓李曰："少荃既入我幕，我有言相告，此处

166

所尚，惟有一诚字而已。"语讫各散，李为悚然久之。

文正驻师祁门，皖南道李元度方守徽州，以不遵文正之约，出城当敌，战而败，徽州失陷，元度久之始诣大营，又不听勘，迳自归去。文正具折将劾之。李以元度尝与文正同患难，乃率一幕友往争，且曰："如必奏劾，门生不敢拟稿。"文正曰："我自属稿。"李曰："若此则门生亦将告辞，不能久留矣。"文正曰："听君之便。"李移装去江西一年。后官军克复安庆，李驰书往贺。文正复书曰："若在江西无事，可即前来。"李又移装至安庆，文正复延入幕，礼貌有加，明年密疏荐之，遂署理江苏巡抚。

文忠平江浙之时，尝偕幕友督率水师进攻，自坐长龙舢板，幕友三四，环列左右。既破苏州，尝在鸳脰湖舟中小酌，俄而红旗报捷，则嘉兴下矣。文忠立撤杯盏，援笔拟疏，历叙诸将勋劳。幕友中有杨姓者工小楷，文忠拍其肩曰："伙计，咱们来啊！"杨立于几侧，一挥而就。自起稿至拜发，捻指之间耳，其神速有如此者。

文忠平吴之役，多斩降人，洋将戈登谏之不纳，由是欲得而甘心。或告文忠，且为画策，文忠叹曰："吾自不德，致启怨尤。外人伉爽，宜有此英风侠骨，听之可也。然吾不惧。"戈登闻其言，隐然折服。后文忠开府畿疆，戈登以事往谒，仍欢然道故。中外风尚虽异，友朋契合，则俨然一辙，可见天下一家之非虚语。

文忠工八法，临《圣教序》，凡万余遍。晚年犹孜孜不倦。某年官直督时，盛夏有谒之者，见文忠从容把笔，额汗如珠，因劝之曰："中堂何自苦？"文忠答曰："他们要我写，我有法子不写吗？"

文忠有世交侄某，乞文忠为之汲引。时值军书旁午，文忠日无暇晷，亦遂忘之。某怒，作一书，痛诋文忠，比诸秦桧。文忠阅讫，付诸一笑。后某以知县分发浙江省，以事为上官所劾。文忠发一长电往援之，某因无

戈　登

羞。豁达大度，论者高之。

文忠总督直隶时，拜客卤簿极其繁盛。另有小队兵一百名，皆灰色呢窄袖衣，肩荷快枪，森如林木。欲赴西员之所，则小队为之前导，卤簿纷然而散。文忠探怀出金丝眼镜，易去碗口大之墨晶者。此虽琐事，亦足见其求合时宜，非羽纱马褂，毛竹旱烟袋之赵舒翘所能梦见也。

文忠任直隶总督之日，凡知府以下之官，亦不答礼。值新年，某令戏谓同列曰："吾今日当令中堂答礼。"人不之信，因赌酒食。时文忠之母，迎养在署，某令拜年已，复跪曰："更为老太太拜年。"文忠以某令之敬其母也，因即答礼。某令出，人无不称其能者。

张楚宝观察，李文忠之外甥也。甲午中日之役，前敌湘淮各军所领子药，往往与枪炮凿柄不入，且有伪物搀杂其中，一时议论蜂起，咸丛集于张之一身，盖张为军械局总办也。既而言官，亦摭拾其事，交章弹劾。张少不更事，闻之战栗，无所为计，乃遽易僧衣宵遁。旋奉各省一体严拿之旨，张遂于江宁被获。不得已，乃求救于李文忠。文忠方因战败势倾，积毁销骨，又以至亲，例须回避，颇费踌躇。继乃召电局领班周桂笙、二尹树奎入署，示以密电一纸，文曰："两江总督张，李文田顿首。张楚宝以鬶械事被劾，迹其生平，似不至此。请勿遽刑讯。"盖文忠以李文田与张公最莫逆，故冒之耳。电至江宁，张果得释。时李文田方为顺天学政，不二年遽归道山，故此事始终无知者。

甲午之役，文忠既获严谴，都中某园演剧，赶三扮《鸿鸾喜》中之金团头，于交代杆儿时，谓其伙伴曰："你好好的干，不要剥去黄马褂，拔去三眼翎。"时文忠犹子某在座，闻之怒，上台立掌赶三颊，赶三因是郁气而亡。

文忠之督直隶也，袁世凯方为候补道，以日本失和之事，大为文忠不悦，将以"胆大妄为"四字劾之。及文忠将阅海军，入都请训。西太后谕以"有袁某者，颇谙营务，汝可带往，或足以备驱策"。文忠奉诏，乃具折保之，"胆大妄为"则改为"胆大有伪"。袁可谓因祸得福矣。

李文忠奉使时，法王馈以双鸡，文忠爱其驯扰，尝以车载之并出。彼都人士相为议论曰："中国大官，奉使外国，多以牲畜同行。牲畜若毙，中国大官必不利。"彼盖以此为验云。

文忠使英时，一日赴外部大臣之宴，到者三百余人，文忠在座，偶然洩气。翌日，报纸喧传此事，谓文忠恐无音乐以娱宾客，故自鸣其鼓云云。文忠见之，不胜惭汗。

文忠暮年，蓄指甲长而曲，几如鹰爪。尝与海军武员握手，触其肤几流血。武员大怒，拂衣而去。彼时国犹全盛，外人慑我威权，若今日，则必遭殴辱矣。

文忠善侮人，楚中某诸生，谒之于天津督署，接谈数语，文忠卒然问曰："吾闻湖南人多入哥老会，君是否一流人物？"生固强项者，岸然答曰："我为哥老会，则公是安庆道友头目矣。"文忠大笑，不之愠也。下属有谒之者，文忠必注目视之，若能镇定不惊，则笑声作矣。其汗流浃背无地自容者，必至斥逐而后已。

文忠七旬寿日，天津府马太守绳武，武人也，作寿序书屏以献，中有"西归"二字，而马不之觉也。屏上，文忠即手披作答曰："本爵阁督部堂何日西归？仰该守立即查明，据实禀复。"马大惧，夤缘人文忠签押房叩首谢罪，文忠始一笑置之。

文忠亦尝自命为李文襄公，尝问幕僚："本朝有几李文襄？"或对曰："惟武定李公之芳一人。"文忠笑曰："李文襄不可多得，我陪他足矣。"其后文忠以庚子议和，尽瘁以殁，遂获今谥，盖非初意所及也。

公续娶某夫人，有四婢，皆明靓，公颇露垂涎之色，夫人揣知其隐，密防之。一日，衙期方五鼓，公乘更衣之隙，入婢房焉。夫人觉，键其户。日午，公不出，各官有饥渴者，托心腹差官某，代探消息。差官人，见其状，长跪于夫人之侧，为乞情焉。半晌，夫人掷钥予之曰："姑全尔面。"门辟，则公以花衣前幅裹其头，疾趋至花厅外，惊魂始定。嗣后，畏夫人甚，见之如芒在背云。

公有女年长矣，辄戏呼为老女。后字某翰林。翰林号幼樵（张佩纶），在公幕中襄办文牍者。时人集为联语曰："老女字幼樵，无分老幼；东床配

张佩纶

西席，不是东西。"

议举经济特科时，李文忠犹在。一日，与客闲谈，客谓此番必公阅卷。李喟然叹曰："我年纪大了，上头如果派我这差使，我也只好请枪手了。"

文忠每食，设一短几，上列四肴，文忠倚坐胡床，旁设唾盂，并一茗碗。侍者捧肴以示，文忠颔首，则侍者取箸进之。食未半，嗽声作，则侍者又以唾盂承之，且以茗碗奉之。嗽讫复食，食讫复嗽，如是三四次，一餐始完。

李文忠性最骄，前出使俄国，俄皇待以殊礼。某夜演剧，俄皇与文忠并坐，而诸大臣候于其旁。方九句钟，文忠自称如厕，因即离座。其跟人随之，李竟回寓去。俄皇不见文忠返座，大索弗得，深责诸大臣之不敬。翌日，文忠谒俄皇，俄皇问以昨夜先回之故，文忠曰："某素夜睡，每以九点钟为度。盖日中诸事纷烦，恐睡时迟，则不能办事也。昨夜本欲直陈于陛下，恐陛下不许，因独自先回。今将特来请罪。"云云。俄皇乃付之一笑。

有奇才者，必有奇癖，挟一技一能者皆然。而画师之疏懒落拓，尤往往具特别之性情，偶举所知，以助谈荟。

胡山桥于画无所不工，书亦有法，篆刻尤精，三十余年前吴下名家也。性喜华服，而又不甚爱惜。得钱则购诸市中，翩翩顾影，焕然一新。然既着于体，则累月经旬，永不脱易，洵如谚所谓"日当衣衫夜当被"矣。虽自视污秽狼藉，亦甚安之。偶复得钱，则弃其旧而新是谋。旧者或付质库，或随意赠人，无吝色也。

夏月尝适市，购湖色西纱长衫，着之而归。时已曛暮，有客顾访，即与对饮，饮后围棋。夜阑棋罢，倦极思寐，即与客共倒于一榻，衫固未脱也。晨起视之，皱痕如麻，背间遍泛红点，盖汗瀋蒸变所致耳。即复适市，脱付肆中，更益以钱，易着一领而去。

性最喜啖卤肉，即俗所谓酱肉也，过市偶见，辄为流涎，购而纳诸袖中，且行且啖以为适。尝新制蜜色宁绸狐皮袍，着之甫三日，过崇真宫桥陆稿荐，触其所好，既纳于袖，适遇友人，把臂邀顾其家，纵谈半日而出，觉袖底沾濡，流瀋满地，始忆肉尚未啖，急取以快朵颐，然值价不赀之珍裘，已如白璧之有疵，不免为人指摘矣。

尝深夜作画，腹馁，苦无佳点，适门外唤卖火腿粽，急购而食之，觉其味无穷，尚余数枚不忍弃置，又恐为鼠子所啮，就床头取巾裹之，时已跣足欲就寝矣。晨兴着袜，觅包脚布，已失其一，大以为奇，顾有巾在，取而代之。及食粽，始悟所裹者非巾，实包脚布也。或嫌其秽，劝令弗食，则笑曰："人之肢体，惟足最为洁净，以视手之随处摩挲，犹泾渭也。况脚为我之所有，更可自信，何秽之有？"竟沃以汤，而大嚼焉。

　　任伯年名颐，越之山阴人也，画法超妙。顾其初不著名，游于沪，为北门外某扇铺佐经纪，月得钱数千文。不十年名大著，而性亦渐懒，四方争以缣素来求，悉置诸高阁。润笔钱则信手挥尽，非与之稔熟称至好者，

任伯年

不易得其尺幅也。性嗜鸦片，素不好游，终岁伏处一室，六月犹御羊裘。
　　迫于孔方之命，亦往往鲜暇时，故其发恒数月不一剃。遇四时佳日，意兴勃然，于是命待诏煮沸汤，磨快刀，而为之奏刀焉。顾每剃必历数小

时之久，以其发若虬结，若猬丛，撩乱不可复理，故煞费爬罗。但所以酬待诏者，必洋一元，故人犹乐于从事。某镊工常受其庇，语人曰："任先生每一篦头，青黄赤黑白，各种颜料，自其发中簇簇而落，实为未有之奇。"盖皆作画时，搔首凝思，故沾于指者即滞于发也。或戏镊工曰："尔为先生服侍数年，可开一颜料铺矣。"闻者绝倒。

萧山任氏，如渭长、阜长，俱有画名，族侄字立凡者，亦精能之品，且驰誉甚早。年虽少，下笔已卓尔不群。然其疏懒落拓，较诸前辈殆犹过之。其为人，如行云流水，飘然靡定。少时又无室家之累，只身往来吴越间。闻其名虽到处争迎，然任情率意，人欲得其画，可遇而不可求。大抵求之愈殷，则拒之愈甚。生平未尝甘为人一献其技，得钱则粪土视之，恒不为明日计。其余百物，尤若无足以动之，惟阿芙蓉癖甚深。值窘乡则攒眉而入小烟室，僵卧败榻破席间，涕泗横流，乞主人赊取紫霞膏以制瘾，主人不允，于此有人焉，先密商于主人，俟其至，当其穷蹙，乃谓主人曰："余有数百钱，权为任先生作东道，并无他求，扇一页，或纸一帧，便愿代请一挥何如？"主人曰："诺，第问先生可否。"于斯时也，五中感激，莫可言宣，亦无不应之曰："诺，诺。"呼吸既毕，即假笔砚，就榻间，攒簇渲染，顷刻而成。视之，真佳构也，转售于人，立致重价。故得其画者，什九从小烟室中来也。

山塘怡贤王祠僧云和尚，亦能书画，极慕其名，转倩人邀之来，居以精舍，享以美馔，赠以厚润，又自沪购广诚信不知年膏，以备其不时之需，求绘观音大士白描像一尊。无何，荏苒匝月，消受十二方之供养，而绝无动笔意。和尚婉请之，则应曰："诺。"明日果展卷铺墨，已得大意，明日又遂阁笔。如是浃旬，和尚复促之，若有不豫色。然明日又展卷于案，搦管方有所思，忽掷管匆匆而出，抵暮不归。念其行囊尚在，迟日必来，而竟杳然。有自吴江来者，云于某日见之于彼处城隍庙，后亦绝足不至。盖身外物，已付诸无何有之乡矣。其他达官贵人求其画，罗而致之门下，而仍不获其完璧者，始终大都类此。

174

山静不遷羣類託

水流無跡此懷虛

許乃普书法

许乃普以尚书予告，家居卜筑钱塘门内，佞佛，一龛香火，梵声时作。太平围杭州急，许绝无声见。破城日，坐净室中，持《金刚般若经》及《高王经》《往生咒》，喃喃不绝。僮仆仓皇入报，告以中丞殉节，许从容收拾，由后门而逸。

曾忠襄（曾国荃）克复南京，李臣典由钟山开隧道，实火药以轰城，终日丁丁然，李督率之，月余未尝解衣带。城破，李疾作，易箦时，忽作淮北人语，厉声曰："我明太祖也，何得伤我膊？"众环求不允。忠襄闻其事，诣孝陵祭告，亦无应。遂卒。

湖州张思仁中丞，精内典，茹素诵经，性仁爱，不杀生。凡庖丁以鱼虾鸡鸭供膳，必责令买自毙者，然自毙者味不鲜，中丞又呵责之。厨役无如何，乃购生者于石上捣毙之。持之入，中丞喜，谓确守孟子"闻其声不忍食其肉"之旨云。

天南遁叟（王韬）壮时尝游说天王，旋受知于忠王，辟为记室参军。

王　韬

好言奇计，令乘胜北上，勿局促一隅，洪卒不能用，日事淫掠。叟既恋栈，又惧他日之不免，乃为联以自广，曰："山大容射虎；河清还羡鱼。"未几，淮军攻陷苏常，求叟勿得，悬千金赏购缉。继入忠王府，见叟曩所书联，叹曰："此尚可恕。"遂不复究。盖联首有"山大河清"字样，言山河犹是大清也。或云是蒋铁崖事，未知孰是。

张玉良璧田军门，起于行伍，目不识丁。有传其轶事者云：一日，有急牒至，张拆阅之，点首攒眉者良久。乃付与从兵，令送文案处。有询牒中何事者，笑而不答，人亦以为秘不肯宣也。越日，又见持一札，颠倒观之，盖为此掩人之耳目。尝与程印鹊太守换帖，三代中有名"蚤"者，皆以为怪，继复书一帖，则是"早"字矣。后有询其文案某君，某君答曰："渠不能指定一字，第随其口而书之，是以如此。"

李宪之方伯嘉乐，有清刚名。其开藩吴下，属僚想望丰采，视事第一日，即亲莅，大书"官场宴会不得过五簋"，榜于大堂。一时酒筵骤贵，盖五簋皆用巨碗，既深且大，燕翅等品视寻常几三倍之。示俭转奢，其弊如此。

其时学阎派最著名者有二，李菊圃中丞用清、宪之方伯嘉乐也。中丞内眷不准衣帛，夫人一日不纺绩，必怒斥之。陞见进京日，踯躅街衢，往来谒客，使一仆携红顶大帽自随。尝失足臭沟中，靴经洗濯，犹三年未一易也。

唐稚泉、唐之泉，一观察，一司马，以争产故，遂成大隙。一日，二泉互扭出，将诉诸官，为其仆狂奔所及，则已至新北门外矣。仆曰："大老爷和三老爷就是要到县里去打官司，也须穿上衣帽，坐上轿子。今儿这样，真真不成体统！"二泉闻言自顾，则一着半臂，一着旧袍，始嗒然若丧，雇人力车载之而返。

二唐尝投其同乡某钦使，求为剖断。钦使谕之曰："尔二人，现在以盘柩归葬为第一要义，其余小事，慢慢儿的算帐可也。"二人遂无言出。

某尚书喜渔色，有褦襻子，其乳媪饶于姿首，尚书百计与之私。鼓钟于宫，声闻于外，其夫因而婪索，予百金去，如是者屡矣，尚书厌苦之。李昭炜知其隐，为之设法，使其夫立券，永远不准借端讹诈。事成，尚书德之甚。李为检讨二十年来，未尝更动，尚书明保再，密保再，李由是一月三迁，时人目为奇遇。

相传尚书有寡媳，美而艳。尚书爱恋綦切，遂成新台之行。尚书卒，予优谥，辇毂下之知其事者，哗然不已。

张华奎为张靖达公之子，初捐道职，后中己丑科进士，奉旨选往川东。一日与某同年相遇，彼此皆未曾识面者。某同年言及张华奎："自揣书法不工，未曾殿试，即捐道职，足见此人取巧。"张答曰："张华奎道职，捐在未中进士之前。"某同年断断争执，谓："我与彼同年，岂有不知之理？"张曰："然则兄弟系张华奎白己。"某同年大惭而退。

唐少川出使西藏，道出湖北，地方官照例办差，在接官亭以卤簿迎之。甫登岸，鼓吹大作，唐急遣去，复以十金犒之，自雇街车，遍谒其友。其脱略如此。

张树声以诸生佐戎幕，积功洊至封圻。任某省巡抚时，忽得本籍教官来文，谓"历欠岁考，并未有出学文凭，请来籍应试，以符功令"云云。张知其意，予以数百金，事乃寝。

湖北候补知府王人俊，偶然至沪，友人有以花酒相招者，王欣然而往。席散，本妓照例送至楼门口，必声言"晏歇请过来"等语。王已出弄堂矣，忽然转身，命一相帮传语曰："我少停有事，不能赴约，望嘱尔先生勿候可也。"闻者为之大笑。王只有一领洋灰鼠马褂，一日正着，一日反着，妓疑为空心大老官一流人物，乃向借洋三十元。王曰："须写信到家去取。"越数日，果以三十元至，郑重其词曰："适接舍间复信，知于前日摇得一会。此三十元系其中分出，而且块块有图书，并无哑板龙洋。"

潘衍桐富于旧学，而双目失明。粤省潘盲之名甚噪。张之洞曾聘为广雅书院总校，说者谓其可与左丘明后先辉映。

檀玑，字斗生，在京声名狼藉，道路皆知。迨放福建学差，气焰隆隆，尤堪炙手。有某君撰一联赠之，句云："作福作威，怕你不裁大觔斗；做腔做势，要人都叫老先生。"一时传诵，咸谓尾藏二字，联络无痕。又有人赠以诗曰："朝朝饮酒夜闻歌，金尽床头可奈何。如此子孙真不肖，也应投帻泪滂沱。"末语借用《檀道济传》中，真是巧于牵合。

王□□为御史时，日奔走于荣禄之门，荣禄初以恒人待之。迨某省知府缺出，王心欲之，而口不能言，乃具折参荣禄二十余款。荣禄大骇，诘知其故，因笑曰："君胡不再谋？"即日入奏，翌晨朝旨下，着王□□补授某省遗缺知府。

张子虞任湖南学政时，有诸生名杨柳青者，张点名及之，呼其人至前，叱之曰："杨柳青乃天津歌妓也，汝读书人，何亦效之？"乃援朱笔为之更正。该生入场之后，同试者戏曰："杨姑娘，今日蒙学台大人赏识矣。"

江西藩司周浩，未曾护院之前，每谒客，在舆中作我醉欲眠之状。迨其护院，或涕唾，或斜睨，有旁若无人之概，见者皆曰："骄蹇者，败征也。"今果以南昌教案为某严参。周著籍安徽，置有腴田百顷，佃户怨周苛刻，无一乐为用者。护院后，乃招穷民二百，派一督兵官，押赴安徽原籍，充当佃户。闻者奇之。

庚子年（1900）之廷杰，忽然出现，而杨家骧又简放陕西主考。按，杨为庚子年义和团宣抚使，即义和团首领也，各国人竟无知之者，是可异耳，足见当时功令，实乃具文也。

高碧湄捷南宫后，以误押十三元，朝考居四等，改官知县，大有袁简斋夺我凤池之憾。令吴县时，适童试，高出坐大堂上，点名给卷，诸童绕之三匝。有在人丛中，效礼房声口，唱曰："高心夔。"一童曰："何不对《水浒传》之'矮脚虎'？"碧湄闻而大赞曰："好极！好极！"众哄然鼓掌。

裴景福性犹而好持局面，以示干员手段。新政本非所乐，然改书院为学堂之旨甫下，裴即于禺山书院门首高悬"番禺县中西学堂"七字匾额。入内观之，则仍课时文试律，旧章未丝毫改也。

裴被参，自交薛经厅看管。后颇有嵇康下狱，浊醪夕引，素琴晨张之致。薛经厅雅人也，一日为东坡作生日，赋诗八章。裴援笔和之，清婉可诵。惜裴诗未传于外，否则当可与谭壮飞"望门投止思张俭，忍死须臾待李昆。我欲横刀向天笑，去留肝胆两昆仑"一绝后先辉映也。

孙太守毓骥，即个中所谓西太后递条子者，故宠眷甚隆。锡金厘局为苏省最著名之优差，到省以来，即归太守办理，此上峰有意调剂之也。顾此差，谋者甚多，势不能一人久占。后陈夔龙到任，首府许太守系属姻亲，循例回避。上峰遂趁此机会，将孙太守调署苏州，而以陈省生大令代办锡金。以表面内观之，太守以从未署事之员，而遽权首府，似已荣耀非常。顾在太守，则每有"夺我锡金厘，诸君何贺耶"之语，盖以府缺较厘差得失，诚不可以道里计也。然则太守，殆六才中所谓"虚名儿误赚我矣"。官场假借用人，千变万化，究其底蕴，不外一私，可慨也夫！

赵尔巽人蜀后，以澄叙官方为起点，于各员进见时，每班八人，用询事考言之法，于架上随抽公牍，分授批答，以觇才识，然因此贻笑者甚夥。

一日，有某令展请，甫就坐，即授一红呈，言："连日事冗，此件久未发落，借重大才，代拟批语。"某令反复审视，迟久不著一语，汗濡涔涔若时雨下。与某文案有旧，因伺隙饬役授以"遵式另呈"四字，始得敷衍塞责。然匆促间，已误"式"为"示"矣。

又，某令颇有能名，以事来省晋谒。赵谓曰："久仰才名，顾人言君不识字，想未必尔。兹有书一卷，请略为句读。"令辞以短视，上辕忘未携镜。赵应曰："是易办事。"即饬仆入市眼镜数副，命其自择。令皇遽失措，但举笔作咿唔状。赵大笑曰："是真文不加点，名下无虚矣。然安有不学无术，而可为民上者？速具禀请修墓假，免登白简。"令惭悚，唯唯而退。

袁项城（袁世凯）微时，以书生杖策从军，嗣由丞贰洊至监司。其简放浙江温处道时，已在甲午中日战后，未赴任旋升直臬。时荣文忠（荣禄）为直督，戊戌政变，蒙恩开缺，以侍郎候补，旋放山东巡抚。适庚子匪乱，联军入京，两宫西狩。和议定，李相薨，北门锁钥付界无人。时袁在东抚任内，剿匪有声，乃得膺北洋一席。西谚曰："时势造英雄。"袁固中朝史册中出色人物哉！袁任直督，年甫逾四十。在高丽时，仅为吴长庆之偏裨耳。一夜持令密巡街市，见一勇自人家出，袁以为奸盗也，令从者缚诸树，自拔佩刀决其首，但闻砉然一声而已。明日忽遇其人于路，袁惊问，其人曰："尔时吾适侧首以避，不意汝仅断一树枝耳。"袁以为天意，舍之而去。

袁任东抚时，整顿绿营，不遗余力。麾下健儿俱西装，一洗太极图之旧，袖口绘枪一具，外圈金线；其在工程营者，绘斧头一具，外圈金线。惟幕府中人物，无从区别，乃命绘笔砚于其上；别开生面，途人俱一望而知。时两宫返跸，袁冠珊瑚顶，曳翡翠翎，服黑呢马褂，袖口绣龙十三道，佩宝刀，镂金丝，衔明珠，如发菽，见者佥为赞叹。

袁官直督，以母丧请假回籍，道出南京。张之洞方署江督，相见既毕，纵谈甚欢。袁作魏武帝语曰："天下英雄惟使君与操耳。"张颇不以为然。袁方欲有言，张已隐几卧矣。袁出，张亦不送。袁大怒，径登兵轮，速令

袁世凯戎装像

开船。南洋兵轮管驾以未奉张制军命，不敢开船。袁愈怒曰："汝谓我北洋大臣不能杀南洋兵轮之驾乎？"不得已，遂启碇。迨张闻炮声惊醒，已失袁之所在。因令材官飞马持令箭，谕兵轮管驾不许开船，制军即来答拜。张至江干，船已离岸。袁在柁楼，与张拱手曰："他日再通函可也。"张嗒然而返。后张赴京觐见，虚悬半年，皆袁所为，盖修前日之怨也。

袁尝夏日乘舆出，见居民多赤上体，口唱京调，心颇恶之。因令天津县出示禁止。示中有云："照得袒裼裸裎，人情畏其相浼。啸歌讴唱，俗尚为之潜移。"此与岑督禁戴珊瑚帽结，同一无关政体也。

袁进京朝觐，西太后召见之后，退朝而出，竟忘往李莲英处周旋。李急遣差弁至袁处，告以李老叔爷叫袁宫保即刻往见。袁对来使大骂曰："李莲英佬大太监，竟敢在我的面上摆臭架子！"来使既去，袁亦急整衣冠往

李莲英

李处，满面怒容犹未息也。李莲英延入会客厅，遽前请安，央袁坐下，而自垂手站立。袁命之坐，则曰："宫保在此，奴才不敢。"袁坚命之坐，李乃令仆从取一小矮凳，高不盈尺，坐于下位。言曰："奴才本该到宫保处请安，只因为出入不便，恐惹外边议论，不得已请宫保过来谈谈。"是时袁怒气顿消，寒暄数语而别。袁既归，告其幕僚曰："李莲英好利害！李莲英好利害！"

　　某日，有谒袁于直隶总督衙门者，其接待室可容五十余人，下铺地席，大餐台以锦缎蒙之，玻璃器具，晶莹澄澈，壁悬油画，骎骎乎有泰西风焉。寒暄后，谈及《苏报》与沈荩两案，袁曰："本来没有什么要紧，给他们外头一谣，针子这们小的事，就变了棒槌这们大的事了。"言已，举茶送客。
　　袁每出，必乘双马车一辆，其车系上海龙飞所造，盖用一绿呢大轿，去其杠而配以轮盘耳。前一武员骑马，手撑红伞，后随骑金山马，跨德国刀之侍从廿余人。袁端坐中央，握书一卷，或云当是《孙武子》十三篇。袁教演乐队号丁人等搏缶击石，伐鼓鸣金，纯乎泰西音节。某大员调赴都中验看，大为称许，每名奖银若干两。后俟西太后万寿，即令之在颐和园奏技，藉娱外人之耳。识者曰："此之谓变法先声。"

第十卷

吴大澂一号愙斋，尝为潘文勤（潘祖荫）作篆书二字于纸尾，文勤瞠目不识。谓人曰："真奇怪，此与某尚书谓某名士所著《訄书》曰'那个什么什么字'相同。"

吴不能操官话，常赴都谒某侍郎，侍郎乃其中表亲，吴觌面即曰："阿唷阿哥，长远勿见哉！"左右闻之，无不齿粲。

吴大澂

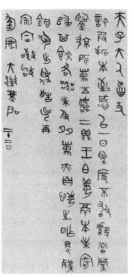

吴大澂篆书手札

吴性沉静，不苟言笑。官翰苑，居寺中以金石书画自娱，不事奔竞。平时作札，均用古篆。潘文勤汇付装池，不半年，成四巨册。一日文勤戏告曰："老弟，以后写信，求你写的潦草些罢，我只半年的裱工，实在出的不少了。"文勤爱才如命，士有一才一技，均在门下。尝柬清卿云："老弟古文大篆，精妙无比。俯首下拜，必传必传，兄不能也。"

吴潜志金石，以抱残守缺自命。有以图书彝鼎求售者，虽重值不惜。甲午之役，疏请统兵赴援高丽，廷寄壮之，请训出京，以图书彝鼎自随。

186

及抵平壤，去敌营三舍，舍焉。随营员弁，纷纷诣吴叩方略，吴犹手玉章一，摩挲把玩，与幕僚谈此印出处，谓是细柳将军亚夫故物，此古文恶亚通用之明证。各弁不敢陈请，屏息旁侍。旋闻炮声，疑是寇至，相率弃营溃走。吴惶遽无所措，但高呼备马而已。日军望见清军无故自乱，疾趋掩杀，清军遂大败。吴随带古玩，尽为敌人所得，以献主帅。主帅某笑曰："不料支那营中，倒开有绝大的骨董铺。"

甲午，吴慷慨从戎，或叩其由，吴对曰："日者决我有封侯之相，因元旦梦一大鹏鸟从天而下，而敌人适有大鸟介圭之号。湘中所练洋枪极准。"汪柳门侍郎闻其事，哈然笑曰："清卿此举，知之者以为疯，不知者以为忠。"

甲午之役，吴在湘抚任，自请督师。躬率十万貔貅，伐鼓鸣金，凛然就道。僚属排班祖饯，吴慨然曰："受恩深重，未报涓埃。今日誓师请行，不敢作出将入相之望，但求马革裹尸，足矣！"某太守未知其作何语也，率然应曰："恭喜大人，一定如愿以偿。"吴闻之大为恚恨，呵责之。

吴平壤之败也，统营四十，出队日，将弁已当前敌，吴方卧床吸鸦片。一炮子砰然堕，洞穿土壁，沙飒飒然如雨，吴犹不起。迨左右白前敌已溃，吴一跃下地曰："等我去传令。"摆尾队，则尾队已不知何往。吴大恚曰："我尽了忠罢！"左右曰："大人这是何苦！"急挟之出。时帐外有破车一辆，左右强吴入，一昼夜行一百五十里，始由宋军保护至摩天岭，时吴犹顿足号咷不已也。

黄慎之学士，时在吴幕中襄案牍，曾拟招降告示，中有句云："本大臣于三战三北之余，自有七纵七擒之计。"即学士手笔也。稿上，吴大喜，复点窜一二字，亲自句读加圈，命军吏大书深刻，榜诸营外。不数日即大挫，学士几为日人所获，幸马快得以生入榆关。

吴性风雅，嗜金石，秦砖汉瓦，胪陈一室，签押房几如清秘阁。有时判事，亦书大篆，胥吏不能识，持而询问，吴指之如数家珍，其迂疏如此。治家极严谨，子弟十余岁，则衣之红绿布，皆深居简出，不敢游行市井，较他人敲扑为优。甲午后，解组归吴，居北仓桥下。某年除夕，忽书春联若干副，待价而沽。说者谓吴此举，不失为文人游戏。

吴卒之前一月，已中风瘫软矣。一日思观剧，公子辈以绳椅舁之，赴青阳地某戏园内。吴则巍然居上，以风帽兜其首，侧耳而听，移时始返。

吴能画山水，逼真戴文节，其秀润处，有过之无不及。赏鉴家多藏之箧笥，颇为珍异。

吴又能打靶，颇有命中之长。其女公子辈，亦皆擅此。惜乎一人敌，否则中东之役克奏肤功矣。

赵舒翘为同治甲戌（1874）进士，签分刑部主事。又系薛云阶司寇之甥，故薛公益教诲而提携之。后以京察授凤翔府，六年即官至江苏巡抚。入继薛公之后，为刑部尚书。未达时极寒素，受养于婶。既贵陈情，以母事其婶。惟罹难时，婶犹在也。呜呼，尚忍言哉！

赵平日极讲子平之学，与人论娓娓不倦。或视赵面部，抑若肉不附骨者。按管辂言"肉不附骨为鬼躁"，或者其相使然欤？

赵会试出汪侍郎鸣銮门下，抚苏之日，赵往谒之。方初夏，戴一帽条儿（帽条儿状似包头），汪以为不敬也，拒之甚力。其后赵以罪魁伏法，闻者皆服汪有先见之明。

赵尝衣大布之衣，冠大帛之冠，动引魏文公以自命。某年万寿，赵服一极暗敝之蟒袍补褂，拜牌之后，或请更衣，其中仅袭一絮衣而已。

赵素讲理学，任苏抚日，多刊濂洛关闽诸大家讲学之书。刊毕，自题其签曰"古人与稽"，或有窃议其不通者，赵大怒，并将板劈去。

赵尝作五十自寿诗，遍征和者。原唱有"大千世界若棋图"一语，则其余可想而知矣。某方伯善谐谑，故诿之曰："大人著作，逼近《击壤集》。"赵唯唯而已。后知所谓《击壤集》者，即邵康节"每日清晨一炷香，谢天谢地谢三光"等等也，不觉大怒。

戊戌六章京之狱，赵实主持之，堂官廖寿丰欲加推讯，赵大呼曰："杀之勿缓！"廖争曰："上意原欲刑部详行审问，否则何不径交步军统领衙门正法？"赵尚断断，廖曰："无论如何，总须请旨后，再行定夺。"言已，上车而去。时刚毅方专国政，气焰薰天，赵为刚毅私人，夤夜就刚计议。翌晨诏下，遂遭骈戮。

赵，陕西人，微时一贫如洗。其乡有刘古愚者，耆宿也，爱其制艺，为揄扬于郡邑之间，赵以是遂知名。感激之余，愿执贽居刘门下。后刘与梁启超偶通书札，赵知之，密令地方大吏，逮刘下狱。欧阳公曰："未干荐祢之墨，已弯射羿之弓。"赵之谓也。

赵生平邃于濂洛关闽之学，抚苏时，刊性理书数种，藏诸官局。又蓄有秦刻千金本《九成宫》碑帖，尝墨拓以赠同人。入都后，气质忽然变化，则专以害人为事矣。

赵深恨洋务，有如仇敌，偶与幕友闲谈，幕友提及"檀香山"三字，赵问："山在何处？"幕友喻其旨，乃撇官腔曰："这山在西藏，为着西藏人好佛，这山上净长檀香，给人家敬佛。"赵始无言。

赵素迂腐，办理义和团，有所奏对，辄文言道俗，西太后颇厌之。及接见诸匪目，则勉以"忠信以为甲胄，礼义以为干橹"等语。诸匪目瞠目直视，不知所谓。

端王（载漪）尝遇于途，有所问答，赵皆引经据典。端王恚甚曰："我的赵老先，你直捷痛快的说了，不就结了吗？是要这样的之乎者也，闹个不了，我可真不懂！"左右皆为之匿笑。

庚子罪魁，汉人中仅一赵舒翘。董福祥虽亦汉人，实回族也。赵死时，以皮纸外涂烧酒蒙于七窍，移时始绝。至今其乡里中之顽锢者，偶谈及赵，犹太息咨嗟。

钱念劬观察泃送部引见时，光绪帝召见，知其曾游历外洋也，因询其所至之处，钱具以对。偶及土耳其，光绪曰："究竟现在我们中国政治比土耳其何如？"钱奏对毕，出以语人，佥知光绪于西国历史固无不浏览也。

光绪帝与康有为、梁启超

钱前充日本留学监督，诸生无不服从。后求其故，乃知钱见诸生，词色蔼然，且谀之曰："诸君将来，皆中国主人翁也。如泃者，即为诸君执鞭，亦所欣慕。"诸生大悦。钱终其任，未起一波。

钱在东京，忽得某制军密电，促令回华，来辕一见。钱乃束装就道，既至省，着便衣往，谓司阍者曰："烦传语贵上大人，欲见请以今日见吾，我明日即归日本。"司阍者如其言，果见。谈次，制军言及梁鼎芬太守曰："举平日所知所能，尽以佐其浮沉之具（按：此二句，乃《才调集》"见义而不为与勇也"题文），此节庵之谓也。"钱遽曰："若卑府，则残魂虽馁，不得依祖宗丘墓之乡，肝脑所涂，不得污中国帝王之土（按：此四句，亦《才调集》"驱飞廉于海隅而戮之"题文）。"制军默然，遂端茶送客。

钱每见司道，随俗请安，或以奴隶性质讯之，钱笑曰："他们这些人，我不配用手跟他作揖，只好把腿对他弯了弯就算了。"闻者服为俊辩，行臣仆礼者，大可引此解嘲。

钱因上海拿革命党，见蔡钦使曰："这些人，是一定要拿的。"少顷，湖北留学生往谒钱，钱曰："其实这些人，也不大要紧。"维时，浙江留学生正会大议，促钱往，钱附和其说曰："凡我等同乡会中人，不可不设法营救。"傍晚，汪伯唐往晤，钱曰："我们湖北学生，尚无此习气，如有此等习气，我定不答应。"汪为语沮。

钱太史轶其名，钱念劬之兄，而翁心存之婿也。官翰林时，将考差矣，或讽之曰："君有泰山之靠，何患不邀简放。"太史怒，遂报病，其高尚有如此。钱后改官御史，翁心存生日，召优演剧，各官俱集而钱不至，翁怪之，使人促驾，钱曰："寄语而翁，若不停锣，我折已具，将奏参矣。岂有为大臣者，并忌辰而不知耶？"翁闻之，汗下如瀋，乃辍觞罢戏。

孙燮臣（孙家鼐）相国，管理吏部时，任带领引见之役。尝赴颐和园值日，为时过早，晓风扑面，毛发森然，寂坐朝房，一无所有，御重裘犹不暖，垂涕尺余长已成冰矣。内监视而不忍，乃启西太后曰："孙中堂在那里发抖，快生病了。"西太后意良不忍，特赐馎饦数枚，茶一碗，火一炉，相国始获寒极生春，翌日遂有"孙家鼐年老，着免其带领引见"之谕。

某学士出孙家鼐之门，榜后谒师，孙曰："你的学问，也实在博，卷子上用的典故，有许多我不知道，你告诉了我罢了。"

（以上二则，想见先辈谦谦在抱，不似近来学者凌厉无前也。）

孙毓汶礼贤好士，有战国四公子风。倪恩龄（云南人，曾任江西南昌

孙家鼐

府）、高蔚光（云南人）、孔祥霖（山东人），其一则忘之矣，之四人者，孙待之尤厚。忌者因造为孙门四大箴片之谣。其实四人，皆品端行方之士也。

孙当国时，福建藩司王德榜陛见入京，屡趋孙门，未获一面。越日遇孙于朝，孙诧曰."老兄是几时来的？"王曰："好几天了，到过大人那边五六荡，总说大人不在家里。"孙曰："大约是他们作难了，你明儿来罢，我候着就是了。"翌晨王往，仍未具有门包，坐久音问俱绝。王愤然曰："我做皇上家的官，不是做孙家里的官。"言已，拂衣径出。未几而饬回本任之旨下矣。

孙亦嗜杯中物。一日，内庭赏戏，孙踞坐夹幕之中，西太后撤赐肴馔，以酒佐之，他人略一沾唇而已，孙饮之立尽，已而齁声大作，径入睡乡。恭王恐其失仪，以手撑拄之，而孙一若不知也者。迨醒，始仓皇谢恩而出。

孙畏热，四月即进冰果，每退值，端坐天棚下，左右奉酒，既醉，始卸衣冠。既去靴袜，终且挽辫发，赤半身，陶然而寝。醒即趋朝，历数十年如一日也。

李秉衡巡抚山东，刚愎自用，不可以理喻。济东道张上达，性倔强，大似鱼头参政，李恶之，每见必谯诃万状，张忍无可忍，时作反唇讥，李恶之愈甚。一日，使幕友授之意曰："汝不告病，行将列入弹章。"张闻而叹曰："昔吾家季鹰见秋风起，思莼羹鲈脍，即日解官去，我何不一效其为人。"状甫上，则李已具折待之三日矣。

李与其夫人动相忤。一日，会食于私衙，又龃龉，李推案起，器皿悉堕于地，砰訇作响。其夫人亦北方之强者，力握其辫发，李疾趋出，夫人追其后，直至大堂上，拳足交加，观者如堵墙，其夫人犹顿足捶胸不已。李后畏其悍泼，始不敢与之抗制。有潜榜其门者，曰："井上有李，仅供仲子之餐，何裨国计？日中无市，未睹公孙之政，亦损民生。"李见而揭之去，始终不作一语。时人播为口实。

济南府知府鲁琪光，以书名，人亦自高崖岸，尝因案，与李意旨相径庭，李驳之，再申，再驳，鲁挂冠去。李拟加之罪，鲁仆之戚串为李司厨，言其事于夫人，夫人为缓颊，乃邀免。李初行举劾时，有候补道二人：一黄机，一叶润含，皆以未纳苞苴故，李以"酗酒滋事"四字中伤之，咸谓其不类，或戏拈崔不雕"黄叶声中酒不辞"调侃之。事闻于道路，称冤不置。

甲午中日以干戈相见，防堵方严，候补巡检徐抚辰，狡而贪，请赋《从军行》，李矜其有胆识，贸贸然委统三营。及临前敌，则徐已掠饷银宵遁。李恐有干于己，匿其事，久而始发。

李秉衡甫莅山东，出外私访，问一卖油炸桧之童子曰："尔处抚台好否？"童子曰："是个瘟官。"李返署，命拘之至，笞臀数百。

一日又就问于某粮食铺，掌柜者曰："是第二个孔夫子。"李谦曰："只怕不能毂罢。"掌柜者遽曰："你敢瞧不起咱们这儿的抚台吗？"连批其颊，脆然有声。李虽狼狈而回，而面有得意之色。

郭宝昌为南洋水师统领，会操日，李文忠至，郭循例站班，文忠昂然而过。李秉衡时为东抚，随文忠之后，亦昂然而过。郭大怒，止之曰："若何人，亦昂然而过耶？我做统领时，若尚在某某幕中，我岂不识若耶？我在此，若竟敢傲不为礼耶？"李大窘。文忠急回首，为之排解，郭犹悻悻不已。

李仲约侍郎文田，性喜诙谐，脱口而出，令人喷饭。某科顺天乡试，其同乡某生逐队入都，因雇大鞍车诣侍郎投柬通谒。生长里巷，不知年高位尊者之须用全帖，且须言请见也。甫及门，仆皇遽下车，大呼拜会，侍郎照例延入。语次，谈及粤督李瀚章制军，侍郎因言："李有公子某，向不得于其父。缘李剿发逆时，曾手刃一贼酋，迨报肃清后，忽夜梦贼酋踵门，大呼拜会，惊醒，而后堂报姨太太分娩生男，是即公子，制军以故心深恶之，几于终身不齿。"云云。谈竟，生亦贸然告退。

座客有黠者，出述于众，谓此事信否，不得而知。而呼门拜会，却借故事为言，当亦谑而不虐者欤。

李文田好为议论，放差后，例蒙召见。是日，潘文勤伺之于乾清门外，李出，急问："如何？"李曰："我所操粤语，太后不解，实深惭悚。"文勤退语诸人曰："芍农善于说谎，若徐俟其自乾清门步入朝房，彼腹中已构就虚词，可以信口开河矣。吾故出其不意，要之于路也。"闻者大笑。

李以精相法闻，其灵验者极多。尝相许仙屏中丞振祎，决其官位，当抚而不督。时许方任宁藩，旋授河督。许戏云："我偏要督而不抚，给李芍农看。"后调任广东巡抚，开缺而终。

恩赏三品京堂李经迈，起服入京师，蒙召见，两宫询以江南年岁如何，李奏年岁甚丰。又曰："盐枭充斥，伏莽甚多，岌岌可危。"李退，两宫谕军机大臣曰："顷李经迈奏江南'盐枭充斥，伏莽甚多，岌岌可危'，尔辈宜电饬该督抚严防。"庆邸（奕劻）曰："李经迈年幼无知，语多不实。臣知江南平静如常，可请太后、皇上放心。"庆退，召李至，斥之曰："我跟

194

李经迈与其父李鸿章合影

你们老人家，是一人之交，你就跟我的子侄一般，你这回进京，我是盼望你升官来的，不是盼望你送性命来的。照这样下去，你闹掉了脑袋别怨我！"

李瀚章为李文忠（李鸿章）之兄，有李大架子之称，言其骄蹇也。抚浙时，谭文卿以御史授浙江遗缺知府，赴辕谒李，谭跪拜而李不答礼。谭怒，起曰："大人有足疾耶？"李曰："无。"又曰："大人目盲耶？"李仍曰："无。"谭曰："若然，卑府拜大人，大人胡不拜耶？卑府今日官可不做，大人礼则不能不答。"言已，拂衣而出，遂具禀乞休。李乃自往负荆，并浼司道留之，请补杭州府，后浼升至陕甘总督。盖谭为御史，颇以风骨著也。

李督粤时，属员某以二十万金为寿，李旋保举以"廉正勤能"四字。

说者谓：古来字之价值，最贵者，亦不过一字千金，今"廉正勤能"四字，计值每字至五万金，诚非大荷包不能收纳也。

藩台王大经，与之有旧，李每诣王处，王送之必在穿堂久候，寒暑不之恤也。旧例，凡上司拜会下属，举茶时，则下属即疾趋至仪门之外，以昭茶敬。上司之谦抑者止之，或携手同行。李不然，举茶时，命仆以烟进，吸半时之久，始蹒跚而出，故人咸以李大架子呼之。

一日，彭刚直奉旨密查参案，嘱王代为探听，李闻而大恐，夤夜乘舆至，既觌面，莫逆逾恒。举茶时，王方奋步，李挽之曰："咱们老兄弟，你还闹这个吗？检直是骂我了。"刚直去，李复萌故态矣。

又与其弟鸿章，同在曾文正幕。其弟偶然山外，文正有折稿，拟诘晨拜发，觅之不得，乃嘱李为之。弟返，见房门已启，而李方伏案而书，弟阅之大笑曰："你也会弄这个吗？"挥之使出，就座吮毫伸纸，顷刻而成。李惟愕视。李在文正幕，终日一无所事，人称吃饭师爷。

李瀚章

李端棻为广东学政时，梁启超出其门下，李竟诧为国士无双，且妻之以妹。政变后，凡交章荐康梁者，皆干严谴。李与梁为至戚，亦曾援内举不避亲之义，至于遣戍。其他与康梁来往者，几几乎一网打尽焉。

张靖达公树声既卒，李芍农学士深服其布置炮台之得法。尝取司马懿过诸葛孔明营垒，叹为奇材意，用于挽联，末句曰："每经营垒叹奇材。"时正甲申（1884）年，于晦若京卿闻而笑曰："惜下款不书'孤拔顿首'。"

李昭炜侍郎尝与人议论东三省撤兵之事，曰："我看这俄国兵不撤也好。"众奇其语，李曰："你们想现在那边的红胡子，多少利害，俄国兵一撤，红胡子出来，把西比利亚铁路夺了去，俄国一定要咱们中国赔，咱们中国还赔得起么？"闻者拱手曰："高见不差。"

李尝设酌请一武员，酒酣，谈及义和团匪，武员盛称其如何神勇，盖皆得诸传闻者，李力辩其诬。与座者出告诸人曰："此人现在这般明白之故，想是从四十鞭子而来。"

王仁和相国文韶官湖南巡抚时，即继卞宝第之后也。卞为时人訾议，解任日，大家小户，皆贴"小便远行"四字。及王至，则易为"文星高照"。

时有某令者，吴人也，王初恶之，将列弹章矣。令知之甚惧，乃献桃源县所产之天然石，其大如拳，中伏一虾，摇之则动，王爱之，制为带钩。某令因之获免，且调任长沙焉。

王入军机后，耳聋愈甚。一日，荣、鹿争一事，相持不下，西太后问王意如何，王不知所云，只得莞尔而笑，西太后再三垂问，王仍笑，西太后曰："你怕得罪人，真是个琉璃蛋。"王笑如前。

张香涛（张之洞）与管学大臣张冶秋谋废科举，而王独持不可。王本号"琉璃蛋"，人极圆融，至此反其所为，人因改呼为《绒花计》中之"生铁蛋"。

王文韶

　　王利欲薰心，外官之拥富厚名者，入京后，王必与之相契，张振勋其一也。或谓中俄密约，政府诸公皆分肥数万金，而王不与。盖以其耳无闻，目无见也。事泄，王恚，怒见于词色。有某君遗书劝之，中云："及其老也，血气既衰，戒之在得。"亦可谓调侃入妙矣。

　　王与赵舒翘同在总理衙门日，尝肃然起敬曰："展翁前赐礼书数种，读之大可约束身心。"王退，金讦曰："此老又变为道学中人矣。"或曰：王将来谥法，可得"温和"两字。盖其蔼然可亲之度，实非他人所能及云。

　　王一日谓新科诸翰林曰："吾老矣，无能为矣。惟有三事，可以报效朝廷：一力保科举，一力阻经济特科，一力废大学堂，使你们可以散馆。"诸翰林闻之，有感激涕零者。

　　王奉旨退出军机。先是，两宫召见枢臣，王亦与焉。西后将此意宣示，命枢臣拟旨。王因两耳重听，并未闻知。及退至军机处，瞿（瞿鸿禨）、荣（荣禄）两尚书斟酌拟旨，荣尚书谓"起跪"二字之下，骤加"艰难"二字，似嫌直率。瞿尚书踌躇再四，举笔为加"未免"二字。荣尚书不禁拍案称妙。王既奉退出军机之命，次日例须入内谢恩，仍到军机处小坐，以后即不得再入矣。满汉章京，相与聚议，谓："王系西太后念其年老力衰，虽有此命，仍是优礼老臣之意，明日见面，将贺之乎？抑慰之乎？"议论移时不决，中有黠者曰："今天不消诸公费心，等明天他老人家进来，自有一番说话，我们相机行事便了。"次日王入内，语诸章京曰："'未免'二字，费心得很，其中有无数包涵。"诸章京皆默不语。盖王初疑"未免"二字，出诸章京所拟，而不知其为善化尚书手笔也。

王未出军机之先，时对人言："我要告病，决计不干了。"迨至既出军机，此议亦戛然而止。人或询之，则曰："天下滔滔，无一处太平，我看还是京里好。"人于是知王将终其位矣。王既出军机，门生故吏之往慰者，王曰："现在已成少年世界，我辈衰年，自以引退为宜。况不才如仆，素餐尸位，久深抱愧。今奉此旨，真是天高地厚之恩。"或有祝其东山复起者，王莞然曰："尔言良是，其如君无此旋乾转坤之力何？"王趋朝极早，迨出军机，届时必起。起后一无所事，惟默坐移时而已。某宫保馈以稗官小说，王见某殷勤道谢，谓此不啻百朋之锡也。

王尝携孙游于隆福寺，购得菖蒲数本而归。又尝游于护国寺，购竹器若干件。王平时常坐轿，至此改坐车焉。

边寿民中丞宝泉官御史时，以风骨著。李文忠督直隶，有麦秀双歧之奏，边具折劾之，有二语曰："阳为归美于朝廷，阴实自誉其政绩。"亦为当时传诵。后边擢某省巡抚，乃无表见，得毋言之匪艰，行之维艰乎？

边官浙闽总督时，道出杭州，众官迎于郭次。一县令所递手本，大书即补县正堂某某。边顾而大噱，因谓某县曰："此末节吾固不挑剔汝，然汝亦太不留心矣。"某令出，不自知其汗流浃背也。

第十一卷

　　翁同龢叔平相国有名士癖，凡稍具才华者，无不搜罗致诸门下。昔有钱癖、马癖，而翁则改而为名士癖，安能不为康梁所卖哉？

　　翁在毓庆宫行走时，光绪每日必食鸡子四枚，而御膳房开价至三十四两。光绪因举以为问曰："此种贵物，师傅亦尝食否？"翁对曰："臣家中或遇祭祀大典，偶一用之，否则不敢也。"闻者咸服其善于辞令。

翁同龢

　　常熟产马铃瓜，绝甘美。翁官军机大臣日，每瓜熟，其家属辄从海舶缄寄一二百枚至京，然腐朽已过半矣。相国除自食外，遍馈戚友，每人一双，人恒珍之，而不及同乡。京官某某衔之，后乃嗾崇文门监者，悉数扣留。翁后知之，不欲以小事兴大狱，遂一笑而罢。

　　翁相在京时，蓄一鹤，一日，破笼飞去。翁相手书"访鹤"二字，下注有"获者，赏银若干两"，粘于正阳门城瓮内。时吴大澂方在平壤败绩，好事者编为章回书目曰："翁叔平两番访鹤，吴清卿一味吹牛。"勒公子深之素轻薄，偶见"访鹤"招帖，因书"饲豚"二字对之。饲豚为前明某相故事，真恶谑也。

某年，西太后万几之暇，无可消遣，召令唱盲词者入宫，演说诸般故事。时翁同龢方在上书房课读，出一"放郑声"论题。西太后知之，不觉大怒，因令恭忠亲王向翁诘责，并问是何命意。翁曰："没有什么命意。"恭忠亲王再三究诘，翁厉声曰："七爷也是打上书房出来的，倒要请教七爷，什么题目可以出，什么题目不可以出？"恭忠亲王惶悚无地，曰："我的话说错了，师傅别生气。老佛爷既打发我来问师傅，叫我怎样回奏呢？"翁曰："就把同龢刚才那番话，回奏上去就是了。"

翁被放后，与兰陵费太史时以简札往还。费偶得宋人《归牧图》，寄翁请题，翁题绝句四首云：

> 趋斋奇字无人识，《归牧图》成我尚疑。
>
> 钥口键精缘底事，十年闲却凤凰池。
>
> 彝器图书鼎罍罇，一盒如斗小乾坤。
>
> 桃花坞里清溪水，可许扁舟直到门？

太史寓苏桃花坞，其二绝惜忘之矣。距易簧甫三日也。

翁同龢墨迹

　　常熟相国自遭放弃后，隐于白鸽峰，往往芒鞋竹杖，日踏烟箩，登剑门，看北山秋色。相国结茅处，为万松寺故址，故相国自号松禅。室中设绳床一而无帐，展襆衲卧其上，椽柱历历在目。谑者曰："此之谓司农仰屋梁。"

　　翁易箦之前，尝自拟方服三剂矣，有见者则中有蔻壳五钱。惊询之，翁曰："无妨也。"比检药渣，则仅蔻壳一种，已有碗许。翁之卒也，可谓自杀。

　　陆润庠父九芝先生，教谕镇江府，署中有英石峰，高三尺许，竦而峭，似凤凰展翅，九芝先生摩挲拂拭。一日方午睡，梦石颓然坠，惊而寤，婢以生男报。润庠凤石者，即指此而言。

　　陆故贫士，父九芝，以医自给。吴中盛行合会，有司正，每会可分钱数百。陆尝承其乏，以资膏火。

　　陆少年时，温文尔雅，弱不胜衣，故侪偶中多戏以凤姐呼之，陆亦漫

陆润庠

应之无愧色。

陆亦顽锢党中人物，有以报纸献者，陆阅至翻译一则，颇滋疑窦。谓重溟万里，彼纵寻消觅息，亦不能如是灵通，大约斯文败类，有心作伪。一日在朝房倡议，谓须行文外国，考其虚实，将据此与主笔者为难。

陆少时极寒苦，以书院膏火为挹注资，每应课，惨淡经营，必居前列，一时有"王骧陆凤"之谣。王骧者，王骧卿也，与陆齐名，现以教官潦倒终身。视陆之久居清要，渐跻卿贰者，抑何时运不齐耶？陆在南书房供奉多年，所书极圆熟，用笔以紫毫盈把扎缚而成，故为名家不取。至著作，则邹福保"电灯之中岂无电火？茶碗之外复有茶杯"类也。

陆，苏人也，官京师三十余年矣，操京话尚嫌勉强。某年吴大澂入都陛见，尝遇陆于颐和园外，立谈良久。内监有在旁听者，迄不晓其作何语，但见两颐鼓动而已。多年后始圆熟，然迟而有板，如日本人口吻。某君尝为予效之。

樊增祥之奥援，曰荣禄。荣禄薨逝，则已无倚傍矣。闻与李莲英颇为稠密，往往至李处谈宴，外间遂谓其与西太后同坐同食，是与《儒林外史》彭老五站在朝廷暖阁中办事，何以异乎？樊扈跸西安时，尝亵夜至鹿传霖处，时人因目为孟浩然，以其夜归自鹿门也。

后以事忤鹿，鹿怒，遂与绝。此次入都后，照例投谒。鹿睹其名刺，顾谓阍者曰："你们远着他些罢。"

樊召见之后，出语人曰："皇太后见了我，无话不谈。我见了皇太后，也无话不说。本来我们是熟人。"闻者皆掩口而笑。

樊行径与拳匪大同小异，尊吕纯阳为太祖，尊济颠僧为佛祖，种种谬说，不可悉数。樊尝欲捐建乩坛，初无一人应，自仁和相国助千金后，省中大小官职皆解囊施舍，盖藉以与樊联络，以博仁和相国欢也。古有应声虫，如此辈者是也。

樊尝外出，偶见微风飒飒，必命停舆，拱手却立道旁，良久始已。或叩之，则曰："此必马元帅过也。""此唐三藏过也。""此王禅老祖过也。"

樊增祥

途人见其如醉如痴，不禁掩口。

　　樊只一子，即密令其入西塾读英文者，今秋获重恙，樊扶乩，曰："无妨。"至重九日遽卒。樊亦不哭，曰："此纯阳座右柳树精已投生人世，故使吾子承其乏耳。"

　　樊有密室一，在危楼下，中供神龛，尝散药末于几上，谓神能制为丸，闭门一时许，累累果成丸如黍，愚夫愚妇，益信服之。不知樊预使人伏楼上，于楼板上凿一孔，以器贮水，缓缓滴之，药末见水，则凝成团块，因即指谓神制之丸。

　　沈京兆庆瑜，以道员候补两江之日，尝与同寅斗叶，京兆和出白板一翻牌，对家白板方成对也，见之大骇，穷求其故，则京兆袖中，尚有一中一发，京兆可云狡狯矣。后京兆左迁晋臬者，则以有人奏参，有"酷嗜摴蒲"之语。夫京师各官之嗜摴蒲者，比比皆是，岂独一沈京兆哉？而沈京兆之适遭其厄者，必系有人排挤无疑。

沈字爱苍，前任顺天府尹陈璧字玉苍，合之则成苍苍者。韩文曰："予发苍苍，而视茫茫。"殆为二公而设欤？

沈荩，湖南人，湖北候补知县也。因革命被逮后，本拟斩。故事，刑部决官犯，则菜市口先一日必盖席篷，初六日已饬人预备矣，下午复提讯，沈自知无生理，请于堂上官曰："我死后乞致信于天津三井洋行，嘱某某收尸可也。"堂上官闻洋行二字，惊骇欲绝，金曰："果如此，则又出交涉重案矣。"于是数人会议，彻夜不眠。

初七日始定杖毙之罪，其得保首领以没者，犹"洋行"二字之功云云。

沈荩拿交刑部之后，讯无口供，军机大臣密奉懿旨，立毙杖下。当由刑部特选大板，责至二百，血肉俱尽，而喉间尚有气丝出入。承审官恐不能复命，复以绳勒之始绝。外间谣传正法者误也。

史念祖任某省藩司，有一书办，尝持文牍请其画稿，史固识之熟矣。及升巡抚，此书办已报捐典史，在其属下当差。史呼之曰："若非某某耶，捐官时去银若干？"书办曰："七百余两耳。"史曰："有二分利息矣。"旋曰："试从廊下巡行一转。"书办如其语，史曰："爬都不会，便学走乎？"书办大惭而出。

俞廉三初任湘藩时，承陈宝箴意，崇尚新学，陈遂派其管理时务学堂事务。戊戌政变后，陈去官，俞继湘抚任，竟大反陈之所为，尤以仇视时务学堂为最甚。有劝其勿撤该学堂者，俞答曰："吾不愿湘省有此眼中钉，予决意撤去，子其勿言。"未几俞出，被人行刺，将其右眼击伤，终日如钉之刺痛，不复见物。

迨后辰州教案起，有旨调任山西，而外人不允。友或为其向外人说项，其人曰："吾亦万不能认此眼中钉往山西，致又成庚子之变局。"其友遂止，俞由是狼狈以去。

濮方伯紫潼，极精日者术，自谓占验极灵。方伯本丙午翰林，今岁又逢丙午年，护篆之日，又系丙午日。方伯后检历，始大悔。未久果咯血，已而中风。或曰："不精日者术者无伤也。"然则方伯，亦何苦而精日者术哉。

游智开在粤时，每见客必穿布袍褂。僚属有衣服丽都者，游必目逆而送之。省城四牌楼估衣铺之旧袍褂为之一空，且有出重金而不能得者。

萧实斋观察以翰林出官山左，生平长于帖括，所批文牍，时时有墨裁声调。其为济东道也，禁裁罂粟，尝批某令文牍曰："大烟之臭，其于大粪，吾愿与良有司共为禁止也。"则其笔墨，亦可略见一斑矣。

一日醉后，尝批属员文牍曰："知道了。"醒后大骇，幸未发出，始获无他。

广东香山县知县柴廷淦，河南人，素有顽固名，于学堂尤嫉若仇雠。故凡县属有办学堂者，柴不但不赞助，且必多方倾覆之。

一日，某绅进谒，谈涉学务。柴即大骂学务处，谓："彼辈尽属年少选事，但知掊拨款项，任意浪用，只合称之曰聚敛处。是以凡属该处米文，关涉学务者，吾皆束之高阁，彼无奈吾何也。"言罢，悻悻不已。某绅为之怃然。

甲午中东构衅，御史钟德祥上折一扣，附以八片，略谓：刘坤一可统前军，李鸿章可办粮台，宋庆、吴大澂可备临时差遣。下有"使臣帅之而东"一语，又曰："且臣亦尝能相马矣"，大似桐城文派。

庚子（1900）宣战之谕，出自湖南人萧荣爵之手，而嫁祸于小军机连文冲者。此谕既出，浙人咸称连为"乾三先生"。盖谓：乾三连，坤六断。而是时拳匪，又以乾字立团故也。

皮锡瑞，江西人。岁戊戌，以党康梁革职。清谕中有云："皮锡瑞品行卑污，学术乖谬。"皮见之喜形于色，持告朋侪曰："此大似恤典起头格调，寓褒于贬，我何修而获此？"闻者为之失笑。

元和江建霞京卿标，督学湘中，创《学会学报》，一意提倡新学，以开湘省风气之先。戊戌坐康党，奉西后旨革职，交原籍地方官严加管束。京卿带罪回籍，未入里门，先诣各衙门禀到，听候管束。各大吏皆与之为旧好，且深知其冤，即请仍归故第。惟于翌日，特委长元吴三首县，带同拍照之人，前往北张家巷京卿府中，相邀共拍一照。大抵以一分寄都，为业已回籍之证据。一分粘附案卷备查。余数分，则由三县与京卿各执，以志会合之缘。于时京卿笑曰："契约所载，每有'恐后无凭，立此存照'云

江建霞先生遗像

江标，号建霞，元和人。清末於东南文坛极负盛名，著有灵鹣阁丛书等有二片，均为许幻园先生借印。

江 标

云。今不图与三公祖共之。"一时传为趣语。后清廷特原其罪，而京卿不幸遽归道山。

近有人以此照见示，除京卿外，有一容貌极似上海县汪瑶庭大令者，询之果是，盖大令曩年方宰长洲也。

江标奉管束命，某月朔，素衣至吴县署，由侧门入。县令某，蒙古人也，庞然自大，略无拘谦之意。江所居与吴县署才数武，自此每日黎明，必至宅门投到。县令某，嗜烟甚，每迟起。十日后，不堪其扰，乃使人转圜，并负荆请罪。江始莞然而罢。

南昌县江云卿大令召棠，冤遭教士逼害，至今此案已成疑狱。法使并不许大令得受身后之荣名，此有心人深为歘歔太息者也。

后由某报于查办员梁廉访处，觅得大令负创后，亲书字据一纸，摹登报中。其文曰："一意是逼我自刎，我怕痛不致死。彼有三人，两拉手腕，一在颈上割有两下，痛二次，方知加割两次，欲我死无对证。"共四十四言，虽寥寥短幅，纯系俚语，而草书龙蛇飞走，跳脱异常，蔚然有苍劲之气，的系个中老法家，否则受此重伤，命延一线之顷，即使勉强握管，万不能有此精神。故识者皆视为古光片羽，赞叹同声。

嗟乎！大令书法之佳如此，死法之惨又如彼。手迹贻留，宜吾辈摩挲而不忍释焉。

乔茂萱侍御性喜侮人，尝在某尚书家，座有某某两公，皆权贵也。乔故作谀词曰："诸君将来各有千秋，树枬生平不打诳语。"言至此，以手上下分指曰："皇天后土，实鉴此言。"某某两公，颇有得色。乔恃此术，故得能自存，否则早被清流之祸矣。

东边道张锡銮，号金波，外间因号曰"快马张"。盖某岁有事奉天省，将军某以善骑著，人呼快马。一日与张偕出，张飞鞚突过其前，此为得名之始。

张精拳技，谙点穴，惟不及旧令尹之刚决可风耳。

张燕谋阁学翼，本醇贤亲王府邸中一牧马童子也，当年十二三时，身轻如燕，矫捷异常，能翻诸般觔斗，一日偶为王所见，大为激赏，遂命之入内当差，宠眷弥笃。顾张虽目不识一丁字，而性甚慧黠，善伺人意，故颇能得王欢心，从此攀龙附凤，累升今职。然究以未尝学问，胆识全无，庚子拳匪之乱，稍受二三西人之胁迫，遽将中国第一获利之开平煤矿断送外人。事平后，不敢索，亦不欲索，盖亦无可如何矣。

天津道张莲芬尝谒袁项城，既至官厅落坐，则手本不知去向，因请臬司杨士骧为之缮写。既毕，杨搁笔作《割发代首》中曹操对春梅语曰："好个响亮的名字。"

张冶秋尚书（张百熙）工于词翰，前年有题壁诗一首，中有"东林钩

张百熙

党纷纷尽"之句，盖哀沈荩之惨遭绞杀也。

张非不能言者，特慢理斯条耳。尝在大学堂登坛演说，词旨激昂，闻者咸为鼓舞。操长沙语，亦复可听。张性缓，而又拙于言语。南皮在京之日，时过张谈。南皮口若悬河，滔滔不竭，张唯唯而已，故一时有"快嘴张，哑巴张"之谣。然其心地朴诚，一无诈伪，非时流所能及也。

张未办大学堂之前，明知诸多窒碍，将来有过无功，尝召执事诸员而谓之曰："这学堂要是办得好，就衮衮诸公；这学堂要是办得不好，就诸公滚滚。"

张尝上疏述大学堂事，中用任彦昇语云："悼心失图，泣血待旦。"殊觉刺目。幸政府不再挑剔，否则又一送某国公使之天际神州也。

陈天听，福建人，卒业东京法政大学，与其同侪数十人，乘博丸返国。舟发神户，因就其侪，纵谈中国大局。有闽商某者，历举日本窥闽之迹，述于陈前。陈则大愤，就众讨论救亡策。众皆曰："此国际交涉，权在政府。我辈手无斧柯，无能为也。"陈闻而愤甚，即语于众："吾今业成返国，将焉所用？顾能眼瞪瞪视他族入侵吾国乎？"语罢，奋然出登甲板，已决死志。适遇朝鲜人某，又相与论日本县韩事，陈益悕慅慷慨眦裂。值日本人某，闲闲然立船首睨视。陈与朝鲜人谈话，眼鼻之间，若甚揶揄者。陈因戟手前指是日人而詈之曰："曩者汝国谓俄人为暴，假义声以兵蹂我疆土，口血未干，遂忘亚东大计。而以暴易暴，且又加甚。汝侪偻细民，不知远图，徒知侵略吾无告之国，为欧美人伥，诚今日扰乱东方和平之贼也。"即奋拳击此日人，并蹙之以足。比日人汹惧遁去，陈即大呼曰："吾志不能遂，愿赍恨死，望我同胞，无忘敌寇，而急绸缪牖户！"乃跃身入海以死。同船之学生五六十人，闻变急趋，群集资要船主停机，下小艇觅其尸。海天冥冥，杳不可得。

闽督许应骙与总兵钟紫云，朋比纳贿。时有优人名紫云者，色艺极一时之选，钟紫云进诸该督，且谓："该伶名与己同，使日侍老师左右，即与门生亲来无异。"该伶终日女妆，出入督署，不以为怪，甚至不名紫云，竟

许应骙

以"钟提督"呼之。闻总兵、伶人同为该督弄儿云。

许督闽未久，使粤人道员邓某回省，囊资三千金，在谷埠物色一雏姬曰银娇者。该妓年方少盛，强令伴此老物，已属不近人情。又于青庐进署时，该督亲出大堂，手掀轿帘，扶掖令出，且操粤语，笑谓该妓曰："尔真肯来吗？好咯，好咯。"闻者无不昵笑。

汪凤墀侍御，一日至颐和园递折，归语同僚曰"军机处三间破屋，中设藜床，窗纸吟风，奇寒彻骨，则军机大臣之起居，不过如此。门外以食物求售者，殊为嘈杂，军机大臣震怒，立予驱除，一刹那间，散而复聚，则军机大臣之威严，不过如此。日将过午，荣相出买馎饦，王相出买糖葫芦，鹿相出买山查糕，聊以充饥，则军机大臣之享用，不过如此。少焉召见某某二人，颇遭申斥，面有惭色，相对欷歔，而荣相在旁讥讪，瞿子玖附和随声，则军机大臣之荣耀不过如此。而我之做官意兴，顿时冰消瓦解"。云云。

　　柯逢时某年陛见，同乡有招之饮者，某太史携优而至，柯怫然不悦，谢主人讫，匆匆欲去。某太史因诵其"吾未见好德如好色者也"八股文云："虽复儒冠逢掖，气性方严，而座有清扬，未必反颜而滋怒。"柯始一笑霁威。

　　柯护理江西巡抚，改书院为学校，士怨之，辟荒阡为马路，民怨之。尤奇者，古董捐客，无不极口咒诅。盖前任德馨嗜此，凡生日，下属必购以为寿。尝握套料鼻烟壶见客，翌日其价顿贵，若辈缘之利市三倍。今柯深恶痛嫉，若辈之术几穷，以致迫而出此云。

　　柯任江西巡抚，预饬巡捕不准擅收门包，各属员以中丞之亮节清风也，莫不怀德畏威，不敢轻于一试。进贤县知县某令，恪遵宪谕，于来省禀谒时，果然不名一钱。不料柯之家丁反向该令硬索不已。当有巡捕洪某，据情入禀中丞，中丞立饬将家丁送县惩办。于是各官以中丞之言出法随，尤为栗栗恐惧。讵未几，巡捕被逐矣，进贤令撤任矣，而送县惩办之家丁亦复服役如初矣。迨细察其故，始知中丞所谓不准擅受门包者，乃是不准巡捕擅受，只令家丁经手，而归入帐房者也。

　　瞿鸿禨尚书，或谓其面貌颇肖同治，未知确否。身材极短，匍匐于地，几似婴孩。西太后每左右望，问瞿鸿禨来否。至乘车拜客，则辄着三寸许之厚底靴。

　　瞿夫人，名门淑媛也，学问识见，本驾尚书而上。曩年尚书以编修得大考第一，擢翰林院侍读学士，尚书感激无已，曰："何德以堪此！"诵至终日。夫人曰："得一四品官即如此，他日居一二品，又将如何？"当时已可见夫人之卓识矣。

　　无何，尚书已入军机，夫人忧之，婉劝尚书告退。尚书以富贵所在，未允夫人之请。夫人又挽戚友劝之。

　　夫人之言，最足令人佩服者，则如所言"时局益非，朝政未定，危常

瞿鸿禨

安暂，宜退毋进”十六字也。

瞿鸿禨固清阁部之铮铮有声者，笃于乡谊，尝与张管学约曰："湖南人，要是出了岔子，彼此竭力帮忙。'所不与舅氏同心者，有如此水！'"后此经济特科参案，湖南举人杨度奉旨严拿。有某君登瞿门请其援手，瞿惟逊谢。某君引及前言，瞿曰："杨度乃假湖南人，非真湖南人也。我辈大可不必插身事内，以贻后患。"云云。

学院科试各属正场，一文一策一诗。瞿尚书为浙江学政时，按临宁波，策题"问汉唐时人番及番使入贡故事"，牌示以后，诸生瞪目相视，至有不能下笔者，亦可笑也。

瞿在军机铮铮有声，由于王、鹿年力就衰，如聋如聩，西太后有所筹画，辄就瞿言，独断独行，其权因之日大。

瞿颇爱惜声名，馈遗一概拒绝。某大令赴京引见，孝敬土仪若干种，瞿只受笋、橘两物，计其值不过二圆，其余璧谢。以金为寿者，多遭申斥。

鹿传霖于奏对时，西太后尝询其有无子侄，鹿对以一老三，一老四。西太后默识于心。无何升允以剡章上，请以鹿之二子用为五品京堂。黄曾源知其献谀于鹿也，明日弹之，有"大臣各私其子"云云。西太后深以为然，召见军机，鹿随班入。西太后持黄疏，厉声谓鹿曰："这就是你的老三老四么？"鹿嗫嚅不能语。交部核覆，遂遭驳斥。

鹿整顿户部条规，不遗余力。有某茶皂得某委员钱二吊，鹿闻而震怒，立将卯名黜革。一日又有茶皂得解缎疋委员钱六两，鹿翌日告人曰："昨儿某老爷愿意给他的，不能跟前儿比，你们别弄糊涂。"或谓后茶皂乃鹿宠仆之子也。

鹿见爱于光绪帝，维新家所谓帝党是也，后以龙钟多病，自愿退处无权。日在军机，人云亦云而已。某侍郎谒之而出，谓人曰："鹿军机人虽瘦

鹿传霖

得不成模样，咳两声嗽，倒清华朗润，看起来一年半载，可以无妨。"

鹿人既猥琐，貌复清癯，其头略偏，望之有如干瘪葫芦。老病缠绵，肝火极旺，一言不合，则拍案狂呼，力竭声嘶，不之顾也。

龙湛霖简江西学政，任满，回京覆命时，忽获某诗人手札，中言"小儿蒙取入泮，足见赏识不虚"，后半絮絮叨叨，谈及家常琐事，并谓"某日有五百元之银票，遗忘某处，知而往取，则俨然在也，至今犹为心悸"云云。龙持以示某学士，操湘音曰："你们这位同乡，太交浅言深去（读如克）得。"

督学江苏，所命诗题，从无陈腐者。补岁试场中，出"芳草池塘燕避风"七字。侍郎语某校官曰："避字宜少着眼。"校官于是恍然。某君尝入龙幕，阅生童各卷，见古学场题为"丁令威化鹤归来赋"，第一段起句曰："鹤曰：吾乃丁令威是也。"几为喷饭。

祝由科多湖南辰州府人，军中往往有擅此技者，为受伤军士画符疗治，间有验者。恽松云中丞祖翼官浙藩时，太夫人就养署中，年已八旬，忽倾仆闪腰，卧不能起。营中荐一祝由科，画符疗治，应手而效，则不得谓其术不神也。其人在营，仅得马粮三两二钱，恽中丞犒以二十金，欢跃而去。

冯仲梓廉访光通任雷琼道时，有一外人，铜匠也，忽至道署，言有铜管一支，为贼所窃，索赔两万金。冯请税务司与之磋商，初犹不允。税务司饮以酒，俟其醉而穷诘之，尽得其实，遂由税务司作证，驱逐出境。

第十二卷

徐桐为清季著名顽固党，固已有口皆碑矣。有友谈其轶事，颇堪破睡。友云：

徐私宅逼近东交民巷，其初本一旷地，徐出数千金买得之，大兴土木，闳闳壮丽。后各国于其大门前辟马路，徐恶之，而不能禁止，后遂将前门堵塞，从后门出入，谑者遂谓之开后门。

徐每衣除绸缎外必土布，吸淡巴菇。或有馈银圆者，必却之，以其为墨西哥所铸，必易松江银始受。

其子承煜，则一反乃父所为。于私宅内，造大餐间一。所动用器具，无非西式。承煜素横，徐无如何也。每经其处，必闭目掩耳疾趋而过。

徐以顽固得名者，尝在朝房与某相闲谈，某相提及某侍御前上封章，其言办事也，恐系违心之论。徐忽怫然曰："什么叫做维新之论？我最不愿意听这些话头。"某相退，告其门生曰："徐老头儿光景耳聋了。"

张柄枢司马辰，任上海英美谳员时，片言折狱，颇有啧啧人口者，采录数则，以资谈助。

有甲乙丙三人，在烟馆门首，因争一银表打架，拘入捕房，解送公堂，

徐 桐

彼此争论，各据为己物。官询表之牌号，皆以播威对。又询以机件之式样，以及行走之速率，亦均言之悉合。中西官不能断，以打架小事，案不能结，故人亦不得释放。翌日，仍解公堂听审。张因取表反复审视，忽然有悟，曰："得之矣。"命取剪将表搭连上之银表圈取下，顾谓三人曰："有能知此银楼牌号者，即是渠物。"于是乙丙皆瞪目，甲独言之历历。张因曰："表微物，打架小事，然度汝三人，必系赌棍一流，赌输则以表押钱。三人之于此表玩之久矣，表圈牌号在内，则素不经意，非原主不能知也。"于是以表归甲。仍判三人各罚洋一元，逐出租界，免其以赌害人。嗣访之，三人果以赌为业者。

探捕解一小窃请惩，谓于黎明时缉获，赃为马甲一（北人呼坎肩），布衫一。其人到堂，极口呼冤，称系己物。探捕谓彼已供认矣。张曰："勿多言，我能为汝明之。"因诘之曰："汝称二物非窃来，有何佐证？"其人曰："马甲系我将我妻之马甲改造，布衫某处，去年因吸烟火烧一洞。"张取谛视，马甲则托领贴边，新旧之迹宛然，布衫则烧痕犹在也。于是探捕无辞，而其人之冤得白。

袁爽秋太常昶，平日自言少年时，在杭州祈梦于忠肃庙，梦忠肃（岳飞）下阶与语，至晓梦觉，则所言悉已忘之，但记忠肃言"尔之终身，殆与我同"云云。及庚子之役，果以直言授命。其友人作挽歌者，或引此事以吊之。

庚子年三次上折，力言拳匪不可恃。某夜正草第三折，稿脱假寐，梦乘槎泛海，旭日东升，倏出倏没，俄而沉没不见。惊醒方晓，匆匆具衣冠，将朝，述梦于家人，以为必宫廷之变，讵次日就戮！其后袁公子偶与沈子培部郎谈异，沈曰："日落水，乃昶字无头也。"

袁尝解曹孟德横槊赋之诗："曰'月明星稀，乌鹊南飞，绕树三匝，无枝可依'，喻孙刘之飘零在外也；曰'山不厌高，海不厌深，周公吐哺，天下归心'，隐望孙刘之降己也；曰'呦呦鹿鸣，食野之苹'，曹公与孙权同举孝廉，故作是语。"

袁夫人甚妒，袁官芜湖关道，尝以千金置一妾，夫人大怒，朝夕勃谿。

袁　昶

卸任后，携妾北走京师，盖所以避夫人之扰也。夫人不旋踵至，袁无奈，乃析两宅居之。尝作《檄妻文》一首，示门生屠寄。屠时寄食于袁，见文矢口曰："不可。"袁怒逐屠出。被收之日，袁尚在其妾处，摊笺赋《子夜歌》也。

　　东三省袁大化，一日宴俄提督某，酒阑人散，匆匆欲去，袁与之行拉手礼。俄提督某举掌击之，袁怒，径批其颊。俄提督某抱袁不释，出刀欲刺。袁回身一转，俄提督某仆于廊下。已而起立，伸其拇指，连呼："好的！"跳踉而去。袁知不妥，密召家人装枪上药，袁自佩六门者，而外掩以对面襟马褂。未几，俄提督某率兵而至，见其有备，因屏侍从诸人于门外，并袒其衣，直入客厅伏罪。袁亦掷所藏暗器，以示无诈无虞。事后，俄督某亟赞袁之神勇，谓"中国有官如此，未可轻觑"云云。

袁技勇过人，尝持百觔重之铁矛一具，在室中盘旋飞舞，柔能绕指，见者惊之。其待兵士也，严而有恩，故临阵皆踊跃欢呼，无退缩不前之弊。俄人甚为畏惮，故欲得而甘心云。

俄人之于袁大化，衔恨最深，故欲借端戮之，以伸其愤。某部郎戏拟谕旨曰："大俄自得满以来，深仁厚泽，已阅多年。凡食毛践土，具有天良。乃袁大化不思报称，一再辜恩，殊属甘心从逆。我大俄亦不得妄存姑息，着将袁大化即行正法，以昭炯戒。"云云。后袁既开缺，羁滞津门，有如韩蕲王（韩世忠）湖上骑驴，绝口不谈天下事。每宴会酒酣耳热，有提及东三省者，袁亦不加可否。一武夫而有此种深沉器量，实令人无任钦迟矣。

袁海观（袁树勋）放天津府时，适值拳乱，天津为联军所据。京兆因率小队二百名，北上勤王。及闻两宫西幸之说，折而赴陕。旋蒙召见，京兆伏地痛哭，西太后深慰劳之。嗣以在陕无事可为，请假回籍。无何，湖

袁树勋

北荆宜施道出缺，吏部照例开单呈进，西太后特书"袁树勋"三字。吏部颇讶之，盖为进呈单上无也。翌日调署苏松太道。时京兆在籍，先得调署苏松太道之电，大惑不解。后得补授荆宜施道之电，于是恍然。

　　袁海观之子体乾，与其妇金氏，拟留学于英国伦敦。先一日设筵祭祖，体乾拜讫，设座中央。观察训之曰："尔此日远适异国，作万里游，尝试风涛之险，予岂忍令尔出此哉？第当此国家孱弱之秋，朝廷正赖多蓄人才，为他日恢张之计。我年已衰朽，无能为役。尔辈年富力强，亟宜预备有用之学，冀为世用。尔此去或研究专门之学，或研究普通之学，勿畏难，勿惮苦。他日卒业归国，我亦与有荣焉。"体乾顿首受教登舟，其父举家至吴淞亲送其行，彼此挥涕而别。

　　某君作诗赠曰："野蛮人类羡文明，浮海居然有志成。忆得饮水旧诗句，夕阳黄处送君行。"

　　刘忠诚坤一为廪生时，尝解粮至江西某府交纳。某府太守以其已误晷刻，立呼军棍责之五十。迨刘出为江西巡抚，太守犹在，惧刘之报复前怨也，刺促不安，屡请开缺，而刘不许。无何以密保擢其官，某大惭愧。

　　刘以行伍起家，性恶科甲。某年芜湖道某观察与刘慨论时事，某观察谓湘淮各营，暮气已深，宜练新军，方可支持大厦。刘怫然不悦，已而曰："如君高才博学，海内知名，然鄙见以为亦不过书中之虫耳。"观察大怒曰："吾虽书虫，然较烟鬼为愈也。"翌日南京城内，遂谣传制台与芜湖道打架云。

　　刘吸洋烟之量，为寻常所罕有，与裴景福相埒，而办事却不同。每早由侍者装定烟膏十余口，每口约一钱上下，然后唤醒之，连吸十余口，方梳洗用早膳。早膳后即办理公事，直至晚膳并不吸烟。若夜膳后，则吸至夜更三跃而止。故吸烟虽多，尚不妨公事也。黑籍中人罕有如此之节制者矣。

　　某年意大利索沙门湾，政府令南北洋预备兵轮，相机战守。刘忠诚

刘坤一

复奏曰:"南洋兵轮且不能出海下碇,何况其他?"

　　某年北上,资斧不继,因向票号通融二万余金,将出都,乃托人至票号担认。票号曰:"此项已由藩台某大人划去,可以无须矣。"忠诚回省,向藩台诘其故,藩台故愕然曰:"司里没有这回事,怕是老师记错了罢。"忠诚无奈,以后事事护持之。迨忠诚薨,藩台始镌职而去。

　　刘尝至某厂阅其制造,时总办某观察,亦楚人也。刘诘以炮之重率及其速率。观察操湘潭土语答曰:"回老师的话,大炮有七八十斤重,小炮有五六(读如溜)十斤重。要是打出去,大炮可以打七八十步,小炮可以打五六(读如前)十步。"刘微哂曰:"照你的话,这炮就比爆仗强得多了。"从者皆掩口而笑。翌日,刘遂撤其差。

　　刘七十生辰,蒙恩赐寿。时在两江督任,若匾额,若袍褂,若零星珍玩,皆盛紫檀雕盒,共计十六抬。刘因派司道十六员,提镇十六员,以一文一武,分抬一盒。己则率同家属,跪迎于辕门之外。江宁督署本极宽大,至是拥挤不通,而红顶貂褂,一望皆是,真巨观也。

刘蕙逝后，得电旨优恤，赏封一等男爵，晋赠太傅，予谥"忠诚"，亦异数也。

刘福姚太史微时，寄居广东，故于风土人情，无不详悉。某科刘简广东副考官，一日思食闽虾，办差者对以现无此物。刘操土语谓之曰："此物如大南门没有，永清街是一定有的。"办差者大骇，只得如言往觅，以供其餐。

刘树棠以槃槃大才自命，幕友拟稿以进，有时怒掷干地，以足践踏之，否则以笔涂抹，上加评语，严师之训子弟不是过也。其后有渐渐引去者，刘知，其故态始少敛。

刘秉璋为某科翰林，以侍读学士开坊，出任赣藩。李芋仙署某县，交代时以亏空，不能遽结。本府又竭力挟持之，李忿甚，潜赴省谒刘公。向例州县交代不结者，不能赴省。李恃刘与己厚，当无妨也。刘见李即呵曰："芋仙汝何混帐乃尔？"李曰："汝何尝不混帐？"刘怒，举足踢之。李曳其靴，刘遂仆地。彼此辱骂，幸为材官拉开。刘翌日具稿揭参之，赣抚乃刘忠诚公。忠诚曰："彼夙负名士之称，若揭参之，人将谓我江西大吏器量褊窄矣。"因令首府出而劝和，并以巨金弥李之亏空，又以二千金赆其北上。李坚执不允。忠诚怫然曰："是诚不可教诲矣。"李遂革职而归。

刘尝与某属员言："我惟时时以不肖之心待人耳。"某属员嗫嚅良久，曰："如公者，似宜以一个臣为法也。"刘默然久之，少顷改容谢过。某属员语，可谓不恶而严。

殿撰刘春霖，到处抽丰，几几乎腰缠万贯矣。有见其石印殿试策者，末页另有小字一行曰"翻刻究罚"，与新学书后列"版权所有，不准复制"八字同一命意，真是创闻。

李殿林之视学江苏也，除八股时文，五言试帖外，一切束诸高阁，甚至算学题目，差至三万余。可谓"谬以毫厘，失之千里"。按临江阴日，考童正场，一卷用"元德升闻"四字，幕友以其犯讳，黜之，勒帛其旁。李闲步见之，贸贸然提笔代批曰："元德是三国时刘备之名，不可用人文中。"李去，幕友传观，不禁忍俊。李试苏属经古场，诗题"孤帆带雨入吴江"一卷用"虎阜""蠡湖"裁对，李大为叹赏，命笔加圈，拔居高列。及阅他卷，则用此四字者，几于十居其八。李大悔，又不能厚彼薄此，因属幕友，凡见此四字，须一一圈之。中有一卷云"山僧来虎阜，水鬼在蠡湖"，亦大圈特圈焉。诸生领卷出，传为笑柄。李按临苏，属一题为"普王啡哩特威廉第三恢复强理之由"，缴卷时，有请于李者曰："威廉第三今德皇也，何以犹袭普王之旧号？"李大窘，不知所对。后检书，始知为威廉第一之讹。提复日，李高坐堂皇，俟缴卷已如额，乃疾趋而入。明日发案，其马迟而不能枚速者，俱落孙山。

四书义之取列前茅者，俱以讲章敷衍而成，一时有"浸胖讲章"之号。谑者曰："以之对'阴干制艺'可称天衣无缝。"一生以四书义见赏宗工，其评语曰："机圆调熟。"忆昔华金寿任山东学政，其幕中有严姓者，评经解曰："不蔓不支，有书有笔。"与李可称双绝。一卷内用"卢梭"二字，李瞪目不知所谓。其幕友有知卢梭出处者，具告之，李轩髯笑曰："什么'卢梭'，我看起来，真是噜苏。"噜苏犹疙瘩也。

发落日，邹福保鸣驺往谒，李延之入，谈及学堂一事，李曰："方今异端日亟，公宜力与维持。"邹对曰："其拟定一章程，其西学以蒙学课本当之，其算学以市间通行之大九九、小九九当之，庶几两无所背。"李揖之曰："我公妙论，可谓洞见其微。坐而言者，傥起而行，真是为士林造福。"

粤抚李兴锐，当属员叩谒之时，必多方诘问。

一日，广州府龚心湛诣辕禀见，李勃然变色，问之曰："汝禀到几年矣？"龚曰："三年。"李曰："如此新班，遂膺首府，升迁之速，可胜诧异。汝自问擅何才具，而能如此遗大投艰。"龚无辞以退，颇为惭愧。

李巡抚江西，将卸任，寮属设宴饯其行。酒酣，李操京语曰："柯藩台我先把他当好人看待，谁知道他是鹿传霖一党，而且没有良心。刘岘庄待他很好，他还在鹿传霖面上说刘岘庄坏话。你们下次需要防防。"而所谓柯藩台者，亦随众唯唯，李瞥见之惭甚。

李任江督，年逾七十，精神极足，所欠者惟步履之间耳。然在室中，亦能拄杖而行，若出外，则须两人扶掖矣。海晏轮船在途中适遭风暴，诸人不堪晕眩，惟李神志湛然，危坐官舱，连酌药酒数杯，始行就寝。途中岑寂，惟与幕友辈手谈为乐，少焉即止，盖不欲过耗精神也。

李四十断弦之后，一生并无姬妾，二孙已成立矣。犹子某，以知府之官湖北亦随行。李轻车简从，所携者不过老仆三人，其余一无所有。随行者，文案一人，帐房一人，巡捕一人，行李萧然，一箱一笈之外，别无长物。李盖取法彭刚直（彭玉麟）者，故历官数省，依然两袖清风也。

李善啖大餐四种，继以薄粥一瓯。水旱两烟，尤所深恶，故幕中无吸食淡巴菰者。且家教綦严，两孙从不准出署，亦不准与闻公事，虽老态龙钟，而办事极有担当，以视依违两可者，有天壤之别。

李于署内，设一文案房，列长桌，幕客环坐一处，办理公牍。每日见客后，即到文案房监督一切，遇有要件，立时判决。自朝至暮，竟无倦容，幕客不能须臾离也，众颇苦之。

李到任之后，以官场来往，多在秦淮妓馆，而苞苴关说，亦以是处为捷径。因是严申禁令，宅门立一簿籍，出入必须记载，夜二鼓即锁宅门，不许官亲子弟幕友出入，故秦淮河一带，无督署中人足迹云。李能饮啖，耳目亦甚聪强，惟左足因昔在越南勘界受瘴湿，步履蹇缓已二十年，出入须人扶掖。自中年丧偶，即无姬侍，故其精神充足，迥异寻常。

吴和甫侍郎早慧，封翁尝指佛龛出对曰："观音。"吴应声曰："流火。"封翁不以为然，吴曰："音不可观而观，火不可流而流，取其义似耳。"

吴郁生以学政观风某省，以廖平所著《春秋三传》，谓其有背先贤，褫革衣衿。说者谓：当清之季，非特新学家不能语言自由，出版自由，即旧学家，亦不成语言自由，出版自由也。

吴瀚涛曾充高丽领事，尝署其门曰："家有八千子弟，胸藏十万甲兵。"未免言大而夸矣。

革命党一案，将发未发之前，吴稚晖曾榜其门曰："尽八月内，官场如索我，我当自行投到，过期不候。"已而，吴一夕去香港，传闻系某观察预泄其事，并贶之行。未知确否。

吴稚晖

吴稚晖归中国，寓泥城桥福源里，其房门上大书八字曰："狗与客人不准入内。"此系援外国酒店公家花园旧例，不过变易某词耳。然而荒唐可知矣。

吴某某既获隽，至扬州打抽丰，陡患外症甚剧，以逆旅中非养病所，友人代谋移寓于某娼寮，敦属某妓为之服役。妓手调汤药，目不交睫者七昼夜。吴既愈，感妓之情，纳为妾，携赴吴中，寄顿于老仆家，不使人知。盖吴夫人有悍名，恐遭毒手也。俄而仆泄其事于夫人，夫人大恚，遍邀亲族，历历陈之。佥问其如何处置，则曰："须聚居一室。"吴诺之。入门后颇相安，心窃喜。

明年，吴入都供职，夫人及妾均随往，僦居某胡同。一日，夫人密予仆银十两，令破晓立姨太太房门外。仆如命，夫人哗噪，以暧昧语诬之，縶而送诸兵马司。吴知之，已无及矣。后妾竟以递解归吴，夫人亦即日治装遄返。人始悟其设心之险。

一日，有馈吴惠泉酒二巨瓮，朋友辈自治具饮其家，奴子捧三壶出，俄而告罄，众兴方酣，请益。吴匆匆入内，良久始自捧一壶出，然神色沮丧，一似重有忧者。俄而又罄，众索之益力，吴踌躇不语。忽闻屏后厉声曰："何来恶客，如此不知餍足？不知老娘固吝啬者耶！"众起纷纷然散。翌日有诣吴处取杯盘者，夫人曰："此留偿酒值可也。"

吴对人昂首向天，有富贵骄人之色，无亲疏，无贵贱，视如一例。独与夫人遇，则俯首贴耳，悚惶殊甚。夫人性急，有不如意事，或捽吴发而殴之。吴听其所为，植立地中如木偶，里人皆耳熟能详。

王之春微时，在都中供奔走役，尝挟护书为彼前驱，后隶彭刚直公麾下，以军功擢为通判，继乃数任封圻矣。而老于京华道上者，犹知其事。在扬州纳一妓，妓有姊亦殊色，一时有大小乔之目。其姊今归昆陵某氏。

王在广东候补时，景况萧条，衣食几乎不给，而爱赌白鸽票。某日得彩银百两，而票馆闭门遁去，王无可如何。及任臬司时，图洩前仇，有获票犯者，治以极刑，买者亦与同罪。某幕友尝告人曰："禁票办公事也，报仇快私意也，公私交尽，这个臬台很会办事。"

王之父向在游智开处执役，王补广东臬司缺，而游智开适为粤抚。王谒之，游大笑曰："你到广东做到怎大官儿吗？"王赧然而已。

王任安徽巡抚时，亲戚朋友之有家眷者，皆可入居署内，惟不供给火食耳。一时目为湖南义栈。朔望行香之日，妇女皆出观焉。大堂上下，异常嘈杂，而王不之怪也。寄居抚署者可以随时出入，宅门终宵不阖。窃贼乘之，上房屡失零星物件，不过责成首县赔偿耳。

王之私人曰李光邺，效赵文华拜严嵩作干爷故事，宠荣无匹。扬州妓亦绝爱怜之，有所干请，应之如响。李从中染指，获赀无算。

又，龚盛阶孝敬若干圆，得署芜湖关道。龚为人最无耻，在京时，尝着粉红裤，系湖绿绣花带，士大夫皆引为笑柄。莅关道任，作威作福，凡半年许，聂缉椝稽其恶，撤其任，佥为称快。

王工于牟利，量肥揣瘠，阴加科派，如不应，即登诸白简，故下吏望风承旨，馈遗者纷纷于道。王并不隐讳，有时且对众宣言，亦可谓颜之孔厚矣。

王以广西匪警驻镇梧州，某国公使坚乞撤兵归省，王问故，曰："吾不惧匪，而惧兵。兵之骚扰市面，有害商务者较匪为甚也。"

王未革广西巡抚之前，某廉访函讯土匪情形，王报书曰："距肃清之期不远矣。"一日有自其幕中归者，谒廉访，廉访以王书相质，其人曰："不错，广西既遭兵燹，又值饥荒，人命已将杀尽，人肉已将吃尽，人口已将卖尽，如此而有不肃清者，吾未之闻也。"廉访为之太息不置。

按，王前著《使俄草》中，有"登高一望，四境之内，靡有孑遗"，闻者以为笑柄，然不啻为广西写照也。

王任广西巡抚时，因上海有人称其捏报军情种种罪状，王阅之大怒，因电达江南大吏，拿办造谣之人。乃读邸抄，奉清谕除将粤西文武大吏，革职遣戍外，复以王之春诸多蒙蔽，与苏元春一并革职。夫所谓诸多蒙蔽者，正其谎报军情，善造谣言之证据也。今洞烛其奸，凡为该抚蒙蔽者，今皆可以恍然矣。王待罪京师，以得某总管奥援之力，得以逍遥事外。

琉璃厂玉楼春酒馆,无日不往,欢呼畅饮,并昵北班金桂。尝侈然告人曰:"我与振贝子同靴。"说者谓王竟能拉此种特别交情,足征本领。

庚子年(1900)七月,联军入京,京官之殉难者甚多。山东王文敏公(王懿荣),及其夫人谢氏,媳张氏,投井尽节。前二日,文敏犹呼宣武门而出,到团练局。无何两宫西狩,文敏遂楷书绝命词云:"主忧臣辱,主辱臣死。于止知其所止,此为近之。"末署"京师团练大臣国子监祭酒南书房翰林王懿荣"三十七字。遂吞金钱二,不绝,复仰药,仍不绝,乃入井。事后,张侍郎为之捞尸以殓。嗣予谥文敏。

呜呼,"主辱臣死",文敏此语,其千古乎!

郑孝胥在鄂,与梁星海同为南皮器重之人。郑工诗,有"天寒酒薄难成醉"句,南皮大为击节,谓此系格调之最高者。

岁戊戌(1898),光绪帝留意政治,延揽人才,郑时以特保送部引见。蒙召见,上询有无条陈,郑袖呈一折,帝略一展阅,已知其大略。缘郑奏,系练身练兵练学三事。帝曰:"练身,朕自能之。练学事,卿可知否?"郑奏略知。条陈上,帝复详询一切,良久始命退出。

郑在上海时,昵一歌鬟,名金月梅。迨乎驻节龙州,矛头淅米剑头炊,

郑孝胥

232

每一念及，犹复回肠荡气，忆旧词积如束笋。某君记其两语曰："海天方寸，莫道龙州远。"

郑与易硕甫（易顺鼎）本倾盖交，易为岑春煊飞章所劾，郑不禁代为扼腕，因集四书联以赠曰："假我数年，五十以学易，方寸之木可使高于岑。"易硕甫以裁兵事，与岑春煊大为龃龉，已而奉到参撤行知。易谓人曰："北宫黝有言曰：'无严诸侯，恶声至，必反之。'古今人岂不相及哉？"遂拟长电达诸政府。郑闻之，戏谓易曰："他那里正要裁兵，你这里倒要养勇。"

绍兴府刘岳云，平日讲求科学，以部郎出守大郡，苟能略反贵福所为，则部民爱戴讴歌之不暇，讵忍登报毁之？乃迹刘守所为，直犹吾大夫崔子

易顺鼎

耳。先是郡城居民，每逢万岁，皆悬灯祝贺。刘守乃藉此敛钱，以黄纸印成太皇太后牌位，饬差传谕居民购买供奉。每纸售钱二十四文，共售出一万余纸。

夫以居民，而令其供奉万寿牌，已于体制不合，至万寿牌而可以售钱，更为千古奇闻。陶毂云"一蟹不如一蟹"，其越中太守之谓欤？

第十三卷

苏元春好佛，地方官必设供张于僧寺中，苏始欣然色喜。每年七月，设坛建醮，约费千金。从征将士之阵亡者，列名追荐，苏一一焚香奠酒，至诚且敬。而于其家属之零丁孤苦者，则置不顾问。一时咸谓其厚于鬼而薄于人。

苏平日豪于挥霍，朝贵之与苏结纳者，每岁必以珍品相贻。尝专人至暹罗，采办燕窝，其大如瓢者方为合式。然后贮以箧筥，飞递至京，王公大臣无不遍及。迨苏下狱，竟至过问无人，世态炎凉，良可浩叹。

苏嗜洋酒，凡勃蓝地、魏司格等，各色俱全。滇抚李经羲与苏同癖。苏知之，因馈若干箱。李痛饮之，致得咯血症。苏知之，又馈药饵。闻者以为笑谈。

广州湾之役，一切与魏姓王姓两私人计议，幕府中皆不与闻焉。每餐具精膳，必召魏、王共食，其他则否，一时有大姨太太、小姨太太之谣。

苏元春

苏喜衣红，勇之号褂，一律鲜明，衬以白圆心，甚为夺目。迨临敌，则法人以白圆心为的，枪无虚发，死伤甚众，事后无不怨苏者。苏闻之侈然曰："此天意也！"

苏在军中日，必以人参燕窝供奉，煮之不如法，则立枭其首以示惩儆。晋灵公以熊蹯之故而杀宰夫，古今人殆无多让。

一夜风狂月黑，有敌舰放电窥侦，苏遽命开枪遥击，法人寻声而至，尽为所获。苏背水而逃，几占灭顶之凶焉。

甲申年（1884）谅山之役，苏元春督队而前，尝一日而败绩者三，其实未交绥也。

先是法人订期会战，届期严阵以待，日晡，尚无踪影。士卒乃解衣磅礴，有倚而立者，有倦而卧者。俄见树林隐约，则法人排枪队也。骇极而呼，全军皆溃。

苏军既溃，逃至五十余里，始定惊魂。金谋果腹，则食锅类悉行弃去，乃取汲水竹筒贮米而炊。竹筒经火，砰然爆裂，众以为法人之炮也，又复亡命而奔，又溃逃二十余里。

饥火中烧，苦无炊具，乃向村庄暂借，草草安排。有小军持窑缸失手，食物倾翻，恐什长之或加谴责也，踌躇无策，急智旋生，扬声曰："法人至矣！法人至矣！"兵士自相践踏，不复能辨。事后将小军正法，以为妄言者戒。

苏下刑部狱，狱卒乃以杖毙沈荩之处居之。苏见地上血迹斑斓，大为骇异，询知其故，因以银三百两贿狱卒使迁焉。其后狱卒以待苏元春之法待赛金花，金花毅然曰："沈老爷我是认得的，为什么要怕他？"狱卒无如何也。夫赛金花一贱妓也，其胆气竟高出久历戎行之大将，奇哉！

苏之拿交刑部也，某亲王实预泄其谋，电告之云："速即进京，此事尽力为之，可无恙也。"苏大慰。已而遽定斩监候之罪，某亲王惭其言之不能克践也，遂称疾不朝。

苏拘系刑部时，仆人燃烟以进，狱卒坚持不可，仆人曰："难道怕咱们宫保寻死不成？"其后贿以百金始已。苏有广竹老枪十数支，贮于一箱，持人亦费百金。

苏在狱，大土烟时有不接之忧，后得家中消息，其妻李氏屡图自缢。平日门生故吏之受恩深重者，致书告贷，类皆置诸不答。苏俯仰身世，往往痛哭失声，以视王之春之传食诸侯，殆有天渊之别。

苏与王之春同罪，而偏重于苏，以忤李莲英故也。幸某公使出为干预，否则久正典刑。都人士为之语曰："效忠国家不如纳欢权宦，纳欢权宦不如承顺外人。"

苏某岁入京，诸同乡醵资饮之会馆，并召优人演剧。甫入座，领班田际云诣席前行半跪礼，苏命赏银四百两。濒行，同乡皆有馈赠，至少者一百金。迨苏下狱，诸同乡无一过问者。

易硕甫之妇翁某，某年摄鄂中某局事，局在龟山顶，易往求倚助，其妇翁某留之治文牍。易无聊之极，则俳徊于龟山之顶，朗诵诗词。又，督署前有一墩，隆然而高，俗呼马墩，周廉访尝宴客于此。有人亦编作章回书目曰："周廉访宴客马墩旁，易观察受困龟山顶。"

易道员也，以哭鸣，尝谒南皮（张之洞）。南皮使人传语曰："迩来心绪不佳，若觌易哭盫面，必有一场大恸，故不如远避之耳。"易指天矢曰："哭者有如此日！"南皮乃令其人见，见后不两三语，易遽号啕。南皮恚曰："若何与前言相左耶？"拂衣欲起，易挽其裾不释，哭声愈厉。南皮俟其哭已，始得端茶送客。

易以才名，客京师者垂十年，后为南皮尚书所赏，迨简广西右江道，南皮尚书曰："哭盫是很可怜的了。"哭盫，观察字也。莅任后，蛮帅以自便私图，不顾大局，劾去之。某君得观察长函，有将作上海之行之说。某君叹曰："从此租界中多一光棍，而官场内少一通人矣。"

易被劾，郁郁不乐。或规之曰："君至上海，勿荒于色，遵时养晦，当有复起时也。"易曰："我到了上海，是目中有妓，心中无官的了。"

庚子（1900）拳匪方盛之时，士大夫无不退藏于密，独于晦若（于式

于式枚

枚）一车两马在阛阓间，掉臂游行。与袁太常（袁昶）最相得，时至袁家谈宴，故袁难中诗曰"独有于侍御，所以慨世情"也。迨袁被祸，诸人皆衔口结舌，不敢一言。于闻之，号啕大哭，"一生一死乃见交情"此之谓也。

于在大学堂执事，尝与人言："中国变法，再要五十年。"或问是否五年十年，于答曰："此五十年，乃大衍之数，非此不可。"说者谓中国变法，其迟速尚在未定之天。未知于何所见而云然，而如此斩钉截铁也。

某年许钤身简放日本钦差时，恭忠亲王（奕䜣）当国，许抠衣入谒。偶谈时事，谓"现在盗贼充斥"，恭王不解，后始悟"斤"字为"斥"字之讹。翌日至总理衙门，谓："须更换。"群询其故，恭王谓："日本为同文之国，许若此，恐贻笑柄，重为中国之羞。"后经某大员竭力解围，始已。

许竹筼侍郎景澄，浙江嘉兴人，初名癸身。时仁和许庚身方在军机，群以无耻目之，谓其有心影射也。许恚，乃易"癸身"为"景澄"。

　　许被害之前，谋置妾，已议定陆伎蘅芳之姊，已而被害，事遂中寝，而陆伎之姊，尚飘零海上也。

许景澄

　　许应骙年已垂暮，犹复钟情声色。尝纳榖埠名妓银娇为妾，由一邓姓为之介绍，用四人肩舆抬入督署，至大堂下轿，许摇篷而出，手自掀帘，掖其臂，口操京语曰："你真的肯来吗？好极了，好极了。"幕友家丁俱目击之。

　　许有犹子，喜作狎邪游。一夕众舫云集，笙歌彻天，忽见浙闽总督福州将军笼烛照耀波间。谛审之，则其犹子方拥数姬轰饮也。

　　按：御史李灼华之参劾也，询诸彼都人士，金日确而有征。此二事为李所漏载，故附及之。

张椒云方伯集馨，扬州人也，尝为广州太守。值英国构衅，制军命其至英国兵轮通款。英国海军皆戎装佩刀，威仪整肃，从者莫敢仰视，张公独徐步入舱，其所戴花翎，无一丝摇曳者，则安闲之态，可想见矣。英军皆伸巨擘喝采。

咸丰初，迁擢入都，陛见，奏对时，朝珠忽断，其珠流于殿廷。张公仰视天颜，右手拾珠，左手握珠线断处，奏对一一称旨，未尝失仪。咸丰帝大为叹赏，行将重用，遽以薨逝，闻朝野咸深惜之。

南皮张文达（张之万），风流潇洒，书画词曲，无所不工。抚苏时，值兵燹之余，承平未久，吴门画舫尚寂然于山塘七里间。公任提倡，青山绿水桥头，始复夕阳箫鼓之盛。

时公奉太夫人于拙政园中，日召梨园子弟，演剧娱亲。尝自按板，最喜《西楼记》，其于《叔夜拆书》一折，尤为擅场。北人度昆曲能如公者，盖不多觏。青楼中有张少卿者，色艺兼绝。公托太夫人爱之，令出入于节辕，时竟无劾公者。公戏集四书制一联以赠之云："少之时，不亦乐乎；卿以下，何足算也？"一时称为妙绝。

张抚苏时，值赭寇初平，民思安乐。公天性闲适，且风流好事，吴门画舫经其提倡，繁盛如前。其建行台于拙政园也，命酒征花，评书品画外，若无余事。夏日荷花既开，逭暑池上，则与幕友敲棋唱曲而已。

后有某市人，善《倒铜旗》，不知其何以得识公，公待如客，遂日游竹林，作四君子戏矣。

署中多北人，素不解此。某更挈其同类以进，始成局。至今有某老翁自言：当年与张抚台为和友，并言公常摇大葵扇，趿凉蒲鞋，往来于柳阴路曲间，绝无贵官气象云。

又，某年元旦，梦入云中，见一猿踊跃而前，旁有金甲神告猿曰："此虽天意，究以少杀人为事。"张闻其语，正在骇愕之间；忽有拍其肩者曰："季重别来无恙？"回视之，则赤面长髯，俨然武圣。大惊而寤，后其事流传于外，咸谓张为吴质后身而猿某督。

张与香涛为兄弟行，香涛曾有八表经营笑柄。文达于宴会场，出表以觇晷刻，忽曰："我们舍弟，他有八个，我只有这们一个。"香涛闻而恚甚。尝谓人曰："我们老兄，真是浪子宰相。"

张在军机日，万寿，赏王大臣听戏，张预焉。赐膳后，张忽疾趋出，至宫槐下，如蚁旋磨。供奉某伶见而骇曰："大人怎么咧？"张曰："我找毛厕。"某伶乃导之至"在圆镜中"之后（在圆镜中，乃万寿山庙额也）。已而张出，顾伶曰："要不是你，我一定拉在裤子里头了。"

东华门外有荒酒店，军机人物自章京至苏拉，每退值即聚饮其中。张一日过从之，领班某君举杯曰："大人喝一钟罢。"张喘息而言曰："刚才整整说上两车话，把嘴都闹得稀干，你别让那个了，倒是高汤好。"（高汤如馆子中饭汤之类。）

张为诸生时，梦谒天帝，帝慰劳降阶逆。堂下置槛车一，车中人狗头四眼，状甚狞恶。帝顾谓张曰："后此十五年某月日时，此物毕命于湖南，汝当监斩，望善视之。此物原名天狼，下世后名四眼狗，固神物也。是岁汝当巡抚湖南。"张声谢而出。过堂下，车中人怒目视之，张口而嗥，几震屋瓦，一惊几绝。遂寤，因剔灯泚笔记之。

后十五年，果开府湖南，岁聿云暮，忽忆曩事，窃以谓妖梦不复践矣。会除夕侵晨起，有送巨匪陈玉成至者，张循例寄监，但严加防范而已。日加午，忽报"钉封"至。清朝制度，凡死囚已定谳者，以钉封至日行刑，概不隔宿，恐泄漏脱逃，昭郑重也。陈玉成，即诨号四眼狗者，蹂躏数省会，嗜杀无厌，至是被获，槛致京师，一面具折请训。折到，下吏议，以玉成枭雄，党羽众多，恐沿途有失，着以"钉封"到日为限，不论何地，即行正法云云。张以除夕刑人，为前此所未有，因取前日记视之，则时日月悉符，大骇。市椟具埋之，事后以告幕僚，相与感叹不已。

蔡钧与留学生龃龉，当会馆集议之时，忽有衣冠而入者，为镇国将军毓朗，向各学生打恭作揖，请其少安毋躁，将军乃北京政府派来学习警察机宜者。某生盛气凌人，而受将军之礼亦最多，巍然上坐，始终不答。呜呼，倔强哉！

翌日，文部大臣菊池大麓以万寿诣蔡钧处，甫觌面，即调之曰："闻昨日玉体受惊，正思亲来问讯慰劳，嗣闻乃系小孩子们要上学读书，不能如愿，遂在长者前撒娇。孩子们喜欢读书，本是好事，请阁下放心。"蔡钧赧其颊，默然而已。

蔡与留学生龃龉之后，惟恐朝廷责其无能，常思为卸罪之计，曾函告政府，略谓：学生冲突之事，皆吴挚甫一人怂恿所致，实与某无涉云。尝谓人曰："外国人纵能富国强兵，励精图治，然我中国作弊之法，彼仿效一千年，亦不能到这种精明地步。"

庚子年（1900），蔡钧于某处与江南提督李占椿相遇，蔡侈然曰："照如此情形，我辈只有马革裹尸，以图报效。"李闻而大异，谓："我不谙西语，彼何得难我以英文？"盖"马革裹尸"，其音颇与英语相肖也。或告以"裹"字恐系"裹"字之讹，李疑始释。

蔡钧读"裹足不前"，必曰"裹足不前"，不独"马革裹尸"已也。读刘问刍之"沧洲别墅"，为"沧洲别野"。读洋洋洒洒为洋洋丽丽，称蒯光典为朋大人。

或曰此刚毅事，称药中"黄蘗"为"黄孽"。编者笑曰："未将蔡钧二字读作'祭钧'还算识字。"

田明山，总兵也，其病同谭碧理，尝梓《训儿诗》行世，附官书局待价而沽，其实卷中皆赝鼎也。曩见其对客挥毫，有"失水蛟龙钉蚂蚁"之句，令人喷饭。

田其田，狂士也。一日某督忽命首县拘之，求其罪状，则有江西某绅来信，谓田曾著《革命军》，某督信之，故遂逮之赴讯。已而电致江西巡抚，请饬知某绅前来对质，则江西巡抚茫无头绪，回电有："江西一省，无此绅士，谅系捏名伪造，合行照复。"云云。某督嗒焉若丧，释田出狱。然某督之轻举妄动，业已喧播官场矣。

卫荣光起家寒素，以词林位至中丞。其历任逢书院课时，必邀集进士出身之属员五六人，一二日内将试卷尽行阅竟，三日揭晓。语所属曰："我未达时，曾在乡间课蒙，离城十余里。每试必不惮跋涉，亲候榜示。寒士苦况，大略相同，其候榜之心，必以先睹为快也。"

卫以清操著，而俭德亦有足称者。初任浙藩时，敝衣恶食，几不茹荤酒。适值堂上寿诞，署中遍给油炸桧二条。及任浙抚，则已养亲事毕已。及夫人寿诞，署中仅给油炸桧一条。盖即油炸桧亦有等差也。

时藩台某，粤人也。一日，有以藩台贪赃告中丞者，中丞喟然曰："我年已衰朽，知能在官几年？尔曹来日方长，慎勿臧否人物。倘我去后，藩台修怨于尔曹，尔曹能自存乎？"其人嗒然遂出。

卫以清廉著，然其矫枉过正处，则不宜学也。

时有吴云者，工作楷，尝为某郡太守。及卫巡抚江苏之日，吴已罢官，因书屏条四幅干之。卫仅受其末幅，告来使曰："是尚可添书一幅，署款赠他人也。"

卫性最俭朴，视钱如命，居恒不费一文。署中宴客之日，终岁寥寥，偶或设筵，则自太太以次，咸延颈举趾，以冀沾余沥而享残肴矣。故撤下食品，有家丁以监之，依次送入上房，毋许他人染指。

一日，太太忽嫌少一鸽蛋，谓必家丁窃食无疑。并言亲在屏后，窥见某官不曾下箸。顷之中丞入，亦如所言。家丁无奈，至露香盟誓，且召圆光者于太太前，依稀指出一人，始得了事。

其男女公子，每日每人例给点心钱，只十二文。夏日中丞早飧，辄购白粥四文，佐以油炸桧两条而已。

文芸阁学士（文廷式），先以举人考取内阁中书。到阁之后，例由侍读带见满汉大学士。此次以考取人多，因定六人为一班。学士无外褂，仅着

文廷式

开气袍以往。某侍读见之以为不可，因代商于其同乡某君，借其外褂，暂时穿用。讵学士体貌魁梧，同乡某君身材瘦小，外褂颇不合体，而领圈又大小悬殊，不得已将领口之钮子不扣。某侍读见之，犹以为未可。学士怫然曰："谁不晓得我这衣裳是借来的？我不能叫人家照着我的领圈去做。"某侍读只得无言而罢。

居未久，学士颇有不耐之意，因命长班代请假。长班以红单帖进，请书履历。学士曰："我的履历，不是写给长班看的。"长班以例为言，请之不已。学士命以巨纸进，举笔书"文廷式告假"五大字毕，掷笔径去。长班即将此纸粘诸内阁壁上，见者皆为咋舌。

文悌为河南开封府时，终日卧床吸烟，不复见客。及两宫西狩，驻

跸境内，文事日繁，惧人之扰之也，因自榜其房门曰："此处停灵，闲人
免进。"

文在西安谒荣禄，着方头靴，其声橐橐。荣曰："你穿上这双靴子，应
该戴顶纱帽，那才像。"文无言而退。

第二次谒荣禄，谓："两宫如决计回銮，卑府当以尸谏，拟跳黄河。"
荣曰："你要寻死，什么地方都可以死，何必跳黄河？"文自后遂不敢登荣
禄之门。

文忭多疑忌，出入必暗藏折铁刀一口，洋枪一柄，藉以防身。

文尝半夜持灯至抚辕求见，出三千金，买其门丁，被锡中丞（锡良）
大加申饬。

文造为图谶，以为应天顺人之证，因数年来，未曾升调，激而为此，
继则喃喃不绝，自称神兵附体，或李天王，或孙大圣，识者忧之。

谭钟麟少掇巍科致高官，而不学无术，与纨绔子无异。时总理衙门已

谭钟麟

设，各国公使要求通商者，日必数起，王大臣患之，廷寄各省督抚妥筹应付之法，以杜窥伺，而防渐微。谭时督两广，请某幕客，示以廷寄，令切实拟稿具奏。客叩命意。谭怒曰："什么命意不命意，照例罢哩。"客无语而退。翌日稿成，无非照题敷衍而已，稿中有"日斯巴尼亚"（国名）字样，谭不解所谓，濡笔将"斯巴尼亚"四字抹去，另于"日"字下注一"本"字，楷书眉批数行，有"东洋即日本岛国也。《唐诗三百首》中有刘禹锡《送释皎然归日本》五言一律，可证明。《唐诗注解》：日本一名东瀛，并无斯巴尼亚之别号"等语。客见批大笑，稔谭刚愎，不敢与较。又恐贻人口实，踌躇得一法：誊稿时，将英、法、德、美、奥、比、日、意八字，连属成文，藉以掩饰。稿上，谭又于"日"字下注一"本"字。客知不可理喻，乃引疾辞馆以去。

谭抚浙，大厨房治具后率多狼藉，外来数狗，大加咀嚼。自是纷纷而至，一日无虑百余头，驱之不去，猖狯声彻于户牖。谭恚甚，命捕狗悉纳槛车中，属中军押往海宁州某处，盖援遣戍之条也。

其处沙田万亩，人烟寥寂，土人以种棉花植靛为生，狗穴居野处，自相配偶，越一年蕃养孳息，纵横遍地，不能得食，则啮种植之物，根株立尽。土人怒，櫌锄雨下，狗皆四散，少焉复合。土人具禀海宁州，以狗荒报。州官某，据实申详。谭仍命中军统营兵一哨，多携火器，迎头痛剿。中军抵其处，约二十日，始一律肃清，略无噍类，相与奏凯而归。

谭督两粤时，广州湾画界事，特委某道任之。某道销差，附陈手折，是所绘地图。地图用经纬线，区分东南西北，备极详晰。讵谭阅讫，遽蹙额曰："某道真真胡闹，我叫他去弄地理的，谁叫他弄起天文来了！"

谭聋瞀疲玩，六疾毕具，凡属员面禀各事，该督听闻未悉，而又惮于再问，则惟以"照例正办"四字，糊涂含混而已。

某日，首县禀见，适其时该督方销病假，首县乃向之屈膝请安。该督以为禀陈公事也，竟以"照例正办"四字答之，左右不禁匿笑。

谭序初制军钧培，以部属简江苏遗缺府，调首府。下车来，厘剔地方积弊，不下数十端。日屼堂皇，风行雷厉，虽失诸苛细，然尽心民事，为人所难能。后累迁至藩司，护抚院。苏人以公既为大员，当弗复留心小事，诋公之举动，一如为首府时。致护理江苏巡抚部院，布政使司布政使之大告示，煌煌然贴满于坑厕边。

会办夏防，巡缉奸宄，本臬司之专责。时臬司某，日以饮酒赋诗为事。公乃独自肩舆，夜出巡行各街道，传地保，责更夫，恒不假手于三首县。或劝公何勤劳至此，公曰："贱性好动不好静，借此乘凉，计亦良得，何劳之有？"

谭以知府荐涉疆圻，一时风厉无比。任苏抚时，自奉甚俭，居恒不着鲜衣。一服物之细，亦异常宝贵。其所持折扇，常用油纸者，民间见之，皆为效法，而油单扇之销场乃大盛。

谭为苏藩时，以风骨自励，严饬门丁，不准需索门包，一面属帐房优给工食。上海县莫令，因公晋省，诣辕谒见，门丁需索如故。莫曰："方伯有通饬公文，是以未备，何以仍索门包？"门丁曰："此我辈衣食饭碗，虽大人有命，亦不能从也。"莫请见后，回寓补送，门丁不可。莫无如何，趋至大堂击鼓。中丞闻声传见，莫入谒礼毕，具陈门丁逼索门包之故。中丞大怒，立将门丁三人，发首县照例惩办。次日阖署家人，全班请假告退。中丞斥去之，乃至幕府陈君处借一家人，以供指挥。

谭碧理提督江南，某年晋宫保衔，极其焜耀。谭喜作擘窠字，仅能书"多福多寿多男子；曰富曰贵曰康宁"，及"穷不到头；富不到底"廿二字。一楹联，一横幅，时时持赠于人。至是乃刻一图章，文为"青宫少保"，有所书，必钤于上。谑者曰："'青宫少保'，可对'碧理小儿'四字。"谭闻之，乃辍而勿用。

谭人既猥琐，性复柔和。每阅操，兵丁有过，间予鞭笞，呼号声一作，则谭泪零如雨矣，时人因有"谭婆婆"之目。

徐惠敏公宗干，有一门人王某，为浙江候补道员。当徐煊赫时，王某逢人辄言："敝老师不置。"迨徐卒，朝廷赐恤甚优，其里人且具公呈，请以徐入祀乡贤，王亦列名，而王竟在安徽巡抚英西林宫保处，力求摘名，谓"如不允，己将控诸礼部"。英无奈，据王呈上奏，将徐入祀乡贤之案撤销。自是非故后三十年，不得禀请入祀乡贤，皆王之肇其始也。

张子青相国未遇时，为杭州某富室教读。会元旦，逐队作吴山游，就日者问前途，拈得一"死"字，大骇，欲弃去。日者叩所占，曰："功名。"日者执字端详良久，因以"已"字之钩抹去，写"癸卯一人"四字，且拱手贺曰："大吉利，癸卯年当大魁天下。"

张友某奇之，即拈"死"字叩婚姻。日者蹙额曰："不佳，不佳。怨偶无心，昙花一现，恐有骑省悼亡之痛。"友固无妇，一笑置之。

明年，张捷南宫，张友亦娶，伉俪甚笃，心恒惴惴，冀其言之不验，未几竟殁。

徐会沣，尝于座间遇新科庶常某，徐固不之识也，因作模棱语曰："贵衙门是（句）……"某曰："晚生没有换过衙门。"徐愕然，又曰："台甫还是那两个字？"某曰："晚生没有改过号。"徐更愕然，又问曰："公馆在老地方吗？"某曰："晚生没有搬过家。"徐始终不知其何如人也。

徐相国郙，得大魁时，相传其祖墓产一赤芝，色若朱砂，而大于斗，始犹不之异也，某年又产一枚，遂获大拜，至今什袭藏之。某太史曾目击，因为予言之如此。

徐合掌而生，故两手皆骈。后以利刃划开之，然无名指与小指仍相连也。庚申（1860）大魁天下，一时有"状元两手四个叉"之谣。

徐尝放某省学政，谓人曰："我恨的是生童们报经解，尤恨的是生童们报《乡党》经解，我就出一个'似不能言者'解，看他如何解法。"

一日徐闻重捕戊戌党人之信，急持刺召其门生某侍御至私第中，大声谓之曰："你还不趁这个当儿，奏请复八股吗？"徐保举经济特科之折上，或有谓其受贿者。某中堂语人曰："颂老保举经济特科折内，总觉广东人太多。"

西太后于坤宁宫，赏王大臣吃肉。派徐，徐未至。西太后谓其有误大典，当以不敬论罪。徐大惧。翌晨，太后驾他出，徐跪迎于途。西太后怒问："徐郙，汝前日何往？"徐奏曰："臣是日辨色而入，行至某某胡同，遇洋人修理使馆之木植车，所载太重，轸断辕绝，阻臣去路。臣令舆人百计推挽之，竟不能起。臣又不能飞越而过，以致误及大典。死罪！死罪！"西太后但微哂而已，不复深究。

第十四卷

　　赵尔巽尚书，摄安徽臬篆。有伪造关防，以象箸若干枚合刻而成。用讫，则各藏其一，行之屡矣，从无破漏。一日忽为赵公捕得，讯供时，皆涕泗横流。赵公心窃怜之，毁其象箸，而派充书局刻匠。时安徽佐杂，多戴五品功牌，翎顶辉煌，习焉不察。赵公笑曰："诸君勿尔，功牌皆吾刻匠之所给也。"众始恍然。

赵尔巽

　　赵巡抚湖南，一日命驾至高等学堂，演说民权自由之理，诸生有驳之者，越宿颁手书一道，洋洋数千言。其中引用华盛顿、拿破仑、卢梭、孟德师鸠、达尔文、斯宾塞尔、赫胥黎、玛志尼、克林威尔、林肯、加富尔、西乡隆盛等人名，填塞满纸。后其幕友告人曰："这位东家，真是聪明，他买了二十六本《新民丛报》，看了半个月，就记得住许多疙里疙瘩的人名，我们可真赶他不上。"

　　赵人极开通，湖北不缠足会总理宋君，入京应选，送章程一份，见而叹赏。翌日以书招之至，与谈一切。赵曰："君来过早，否则当令内人一见，彼固不缠足会中人也。"

赵尝在军机议论国是，谓将来为西北之患者，必某某。将来为东南之患者，必某某。某邸为之瞿然动容。

赵巡抚湖南时，署中使唤，仅蓄女仆二人，在上房执役。浣濯之事，皆夫人躬自为之。其清俭有如此者。

赵任户部尚书时，一日在署，传某司员进见谕话。某既至，候至二小时，赵卒未出，盖忘之矣。某因书一函致赵，内有"俟某到奴隶学堂学习半年，再来当差"一语，众皆为栗栗，赵见之亟自引咎，并托人转圜焉。

赵自授户部尚书之后，气焰之盛，令人难堪。某日司官送稿，偶有一二讹字，阅竟厉声曰："以后需要仔细些！"司官曰："大人申斥谁？"又厉声曰："我申斥你！"司官曰："这稿是书办弄的，与司官什么相干？"言已，拂衣径出，而赵无如何也。

一日召见，西太后谓："你既然不愿意上东三省，就在京城整顿整顿户部也好。"既退，凡与有密切关系者，皆劝其诸事谨慎，勿太占人面子，缘都人士颇有言其近日气概与刚毅由江苏巡抚进京时不相上下者。

赵抚湖南之日，一切政策皆出某太守之手。某太守进京引见，赵见之，即曰："你赶快替我上一荡东三省。"某太守不置可否，数月尚未成行。

赵曾谓其同列某公曰："咱们哥儿从小相好，你知道我于今懊悔一桩什么事？"某公曰："咳！你从前要早些认识几个东洋留学生，何致受那江西老的气呢？"

户部堂官多以午前办公，赵非四句钟不进署，六句钟始能草草了事，司官为之大哗。

两宫亦颇闻赵跋扈之状，尝谕之曰："现在各省军务繁兴，而水旱之灾，无年不有。拨款一事，棘手异常。尔今责在理财，一切须用心筹画，尤宜与同僚和衷商榷，慎勿自行专擅。"云云。赵唯唯而退。

某日留学生某，赵招饮，谈及日俄战事。某谓："两国议和，是不远了。然而吾国政府即派明白大员如公者前往，我恐亦不甚济事。何则？公于日本之感情不甚切。公虽新承宠眷，以署理巡抚而署尚书。然与政府诸大老之感情，亦不甚切。有此两难，公乌能伸手办事，为国家存国粹乎？

为今之计，公宜力主立宪，我国重订宪汰，则将来为国家办事，有一定之章程。庶筹饷有筹饷的办法，练兵有练兵的办法，行政有行政的办法，立法有立法的办法，守旧有守旧的办法，改良有改良的办法。否则公如前往，万一政府所有一切办法均与公不合，则公又势必成第二个增将军矣。公之所有名誉，岂不即行归为众矢之的乎？我以公诚心招饮，不得不一一道破。"所语至此，某即叩辞而出，赵不禁惘然。

陈小石中丞夔龙，原籍江西，其父曾游于庠，至中丞，遂改作贵阳籍，以丙戌（1886）进士签用主事，由主事升郎中，由郎中升内阁侍读学士，复调顺天府府丞，兼府尹，放河南藩司，升漕督，由漕督转河南巡抚，不过十五六年事也。

陈夔龙

陈有女，某年为庸医所杀。陈哭之痛，成诗及联无数，至刊为专集行世。曾得一本，今已失去。标目似《绿昙花集》。

陈在总理衙门，荣禄密告之曰："不出此衙门，不能得意也。"陈悟，托辞而去，不数年擢为漕督矣。

某夜独坐，忽闻屋瓦有声，大呼而起。卫兵尽入，立擒三人以献。鞫之，第云："惟求速死，不必株连，我辈亦无姓名。公以为刺客，我辈即刺客也；公以为革命党，我辈即革命党也。"中丞乃命戮之，饰言某官所获太湖枭匪，其实徐锡麟类也。

陈璧任顺天府府尹时，沈荩供出与其同党。陈惧或被无辜之累也，乃尽其所有，孝敬李莲英，求为解释。或谓沈荩被拘后，庆宽搜其行箧，只《饮冰室文集》一部，中夹陈璧名刺一张，谣言遂从是出。陈首乞昆冈作主，昆冈诿为无力，乃改走李莲英门路。亦不得已之苦衷也。

陈湜老君堂一战，颇形踊跃。陈横戈督阵，炮如雨坠，燃及须眉，而陈屹然不动。后获胜，金服陈之胆大于身。辽阳吃紧，无遣兵往救者，某营官以三千人往，未为敌撼。事后，将军依克唐阿，择尤保奖，部书索招呼费须二万，某营官废然而止。疏上奉批核议，久无消息。庚子义和团之变，想并付咸阳一炬矣。

广西革命陈景华被逮后，越狱而逃，不知去向。有谓陈精拳勇，尝黑夜至一村落，潜入人家菜圃，主闻声惊出，鸣锣号众，邻右纷集，并力攻陈，陈遁去。翌晨事主及邻右谓之曰："使人人能如尔辈之守望相助，则盗贼不足平矣。"各赏银五十两。事主及邻右咸踊跃欢呼不止。

陈剿土匪，至某山，有洞黝然而深。陈曰："此巢穴也，盍破之。"众趑趄不进。陈弃衣冠，爇营为炬，狂呼直入。土匪果惊噪而逃。

梁鼎芬二十四即成进士。官编修日，忽具折参劾李文忠，有"俨如帝制"云云。致干宸怒，奉旨革职。后为潘衍桐学士操所刊辖轩文字选政。

梁鼎芬

年甫三十有二，已蓄长髯。

　　梁，热衷人也。二十七岁时，以参劾李傅相罢官归里，尝自刊一小印曰"苏老泉发愤之日，梁鼎芬归隐之年"。

　　梁主讲广雅书院时，乡人彭某，适以是岁捷南宫，乃在书院附近之南岸，召优演剧。梁闻之大怒，欲拆其棚。彭因诣梁，梁严词责之，并曰："若以唱戏为名，而以开赌为实也。"彭从容曰："如某某街太史第，不设番摊，某即偃旗息鼓而去。"梁不能答，只得听之。

　　梁身极短而蓄长髯，与康有为、陶森甲，可谓鼎足而三矣。尝与某京卿侍南皮游赤壁，在山下前后参差而立，见者谑为三矮奇闻，盖京卿亦侏儒也。

　　梁之顽锢，几与端、刚相埒，见人有着洋布者，必怒骂之。一日，与友作縠埠之游，俄而解衣，则所着之裤亦洋布者。友曰："若亦作法自弊耶？"立褫之，梁大窘。

梁在某书院掌教之时，一生偶穿洋绒马褂，梁大怒，欲褫之。生从容进曰："门生因闻老师已破洋戒，故敢以此衣相见。"梁愈怒，问其何据，生曰："各生赘见，例用银封。今老师洋钱亦收，非破洋戒而何？"梁不能答。

梁尝与同人小饮，述及"有子万事足，无妻一身轻"二语，谓宜改其一字。某孝廉曰："有钱万事足。"梁笑之，因曰："当作'有气万事足'。"众赏之。朱强甫曰："不如'有我万事足'。"梁曰："什么我？"朱曰："'万物皆备于我'之我。"一时服为隽谈。

梁工尺牍，尝见其招友便条曰："万花如绮，春色可人。请野服过我，赏之以酒。"遒词丽藻，可以想见一斑矣。

梁有以数字为一笺者，结尾不书此请某安字样，谓如此则起讫不能联络，实名论也。

梁每作短札，一事一纸。若数十事，则数十纸。且于起讫处，盖用图章。或问之，则侈然曰："我盖备他人之裱为手卷册页耳。"

梁每致书某太史，称以某某翰林。某太史乞人寄声曰："你下次再写某某翰林，我当写某某知府矣。"

梁每与人抵掌谈天下事，往往悲声大作，涕泗横流。尝对两湖书院学生人等演说两宫西狩，泪随声下，至哽咽不能成一字。侍者以手巾献，梁拭已，复以一手整理须髯，纾徐良久，始伸前议。说者谓其哭时，亦颇有局度安详之概。

庚子（1900）秋，在两湖书院，正襟危坐讲堂上，操燕粤音，顾谓生徒曰"你们想想看，皇太后同皇上，两天只吃三个鸡"，尚未说及"蛋"字，已呜咽流涕，语不成声。生徒哄然一笑，梁收涕怫然去。

两湖书院有方塘亩许，其深没顶，尝指谓诸人曰："若两宫不回銮，此我死所也。"

梁自为制军所赏，湖北一省学务，大权遂归其掌握。梁病，学堂监督前往视疾者，络绎不绝。往岁其少子死，学生皆摘缨往吊，徒步送丧。至于派充教习，咨送学生，尤非一无渊源者所能入选。

两湖书院庭树极繁，梁尝夏日在讲堂与诸生剖析经义，万蝉齐噪，声为所掩，第见其两颐翕张而已。诸生有失笑者，梁怒，即戒饬之。

梁之事张南皮也，贿其服役之人。南皮若观一书，服役之人即举其名以告。俄梁进见，南皮与谈此书故事，梁竟能原原本本，故南皮不胜敬服，其实梁在外已浏览一通矣。

梁二子，长名卧薪，次名尝胆。卧薪因病而殇，梁哭之甚恸。某制军曰："卧薪尝胆，今成截上题矣。"梁不觉破涕为笑。

南皮所操者，为云南京话，梁所操者，为广东京话。二人相遇，则必接膝而谈，格磔鞫鞫，间者猝不能辨。

梁尝在黄鹤楼设宴，督抚藩臬司道俱赴焉。酒阑，太守不知何往，遂纷纷散去。诘朝南皮尚书责梁曰："你昨日为什么不送客？"梁曰："大人瞧过《黄鹤楼》的戏没有？周瑜请刘备讨取荆州，刘备跟着赵云就溜了，周瑜何尝在那里送客？"尚书为之大笑。

南皮赴京陛见，僚属在黄鹤楼设筵公饯，梁独设酌伯牙台。尚书与之计议，谓："若不到黄鹤楼，却不过众人情面。若不到伯牙台，人家都道我扫你的脸，这可怎么办呢？"梁曰："宫保，黄鹤楼万不可到的，崔颢诗云'黄鹤一去不复返'，他们是咒宫保不能回任。"尚书爽然若失，乃命驾全伯牙台。

某孝廉尝言逐满。梁一日怂恿之曰："我公何不著为议论，刊示地球上，或借此脱其羁绊，亦事之未可知者也。"孝廉忻然握管，稿成约千余字，梁遽纳之袖，戟手詈之曰："你竟想谋反叛逆，我拿了这篇东西去回老帅，要你的脑袋！"又环顾左右曰："跟我捆起来！"孝廉仓皇遁，星夜渡江，鼓轮而下。

梁饮食极精，在京师时，日与朋辈置酒为乐。数月以后，庖人穷于技矣。一日，梁忽出一马桶，陈诸席上，座中皆掩鼻而逃。及揭盖，则中皆鸡鸭肉鱼各物，梁首先举箸，众亦随之。明日都下喧传马桶请客。

梁于渭字抗雪，改官礼部有年矣。翰林大考，未曾揭晓之前，梁忽出一纸示诸人：第一名文廷式，第二名黄绍箕，第三名梁于渭。人以其颠也，皆笑置之。

日讲起居注官入值，四人而已。一日，有五人焉，大骇，验之，则汉人除文廷式、樊恭煦外，多一梁于渭，迄不知其从何时混入。众恐干处分，夹之侍立，上乃勿觉。既退，咸切责之，梁拊掌狂奔而去。

甲午（1894）中东之役，梁自京师旋里，忽札饬本省藩司，令拨军饷银二十万，已将起义师焉。藩司怒，命发番禺县，某绅以疯告，事乃得寝。

梁又自居为懿亲贵族，时谓某郡王是其叔，时谓某贝勒是其兄。人漫应之，不知者与之辩，皆被殴击。

梁启昌，梁启超之堂兄也，康有为在万木草堂设教时，梁之族人无不执贽于门下者，独昌不从。且曰："康氏不得志则已，得志则祸福并至。印方在手，刀已临头。行见吾弟之为盆成括也！"已而果然。

按：昌少有文名，并具特识。赍志早没，闻者惜之。

梁士诒复试卷上，西太后视其籍贯，戏言曰："此人得毋是梁启超本家否？"盖随口之辞，而军机大臣闻命，以为真也，乃斥之，亦可谓无妄之灾矣。梁取列经济特科后仍被黜之。

张南皮颇为赏识，某尚书驳之曰："这人一定是个维新党。"南皮曰："何以见得这人一定是个维新党？"某尚书曰："你单看他名字，头一个是梁启超的'梁'字，煞尾一个是康祖诒的'诒'字。"（康有为本名康祖诒）南皮大笑，一时遂有"梁头康尾"之谣。

黄制军宗汉，以傲慢著。任浙抚时，藩司为其所辱，归而雉经于大堂之上。至今浙藩署内，其大堂左右，无人敢居。

黄始以钦赐举人捐内阁中书，补缺后将升侍读矣。同治甲戌（1874），忽以第二人及第。朝考时，诗题为"能虚应物心"，通场不知出处。时同阁

梁士诒

顾象山与黄联坐，黄语之曰："此蒋翾咏竹句也。"顾以是竟得朝元。

黄于明年散馆，以"蔚蓝"二字倒书为"蓝蔚"列三等，改为主事。而补其中书缺者，未三年，已授知府矣。

肃慎、端华当国时，抚浙使者黄宗汉，其逆党也。时椿方伯寿以工部主事外放，旋擢浙藩。莅任，往谒宗汉。语次，以手摸其帽顶。方伯愕然。事后首府授意，令厚赂宗汉，方伯婉辞拒之。始悟手摸帽顶者，犹言官职在伊掌握中耳。

江苏学政黄漱兰少司马体芳，命题之巧，为自来衡文者所莫及。其刻诸《山左校士录》及先后登诸各日报者，早已有目共赏。其尤为士林传诵不忘者，如按临太仓州属，考试教职题为"我不敢以夫子之道反害夫子，虽然，今日之事，君事也"。其真婉而多风，谑不伤虐者也。后试松郡，当有金山县学某附生投来请补欠考三届，题为"前日愿见而不可得，士何事，如彼其久也"，与前同一口吻。此等题若不经意者，然神情跃跃纸上，非老师宿儒而能若是乎！于此见四子书虽极熟腐，一经慧心人变化运用，无不可簇簇生新也。

黄督学江苏，命题匪夷所思。录遗时，贡监照例同场，贡题为"有成德者"，监题为"有达材者"。尝有三县童生合考，黄命题曰"有李，国人皆曰可杀"，指某相也；曰"以左是社稷之臣也"指左文襄也；曰"老彭，吾无间然矣"，指彭刚直也。可谓托讽于微矣。

黄某年在湖北，乘舆拜客。见一线铺招牌，上有"太古琴弦"四字，"弦"字未缺末点，有犯清庙讳。归而贻书张香涛，请其严饬该铺，将招牌上"弦"字改过，以示尊王之意。

黄按临某府，得一卷，自始至终，皆书"之"字。时值端阳佳节，与幕中饮酒，因出此卷行令，曰："有见而笑者，罚一巨觞。"众诺之，及揭卷，则无不大笑，而无不大醉。

御史黄昌年，前劾李兴锐，折中缮作李勉霖，奉旨申饬，其实李兴锐号勉林，非勉霖也。以对查拿新党时，某员所开名单内之张之栋，洵是天造地设。

黄奏参两江大小官员一案，业已喧传远近矣。其参某督臣曰："有守无为。"其参某藩司曰："有为无守。"此文章交互法也，不知侍御于何处学来。

黄太史绍箕在南皮处，一日得某学士手书曰："芝生竹冈建侯三侍郎有书致问，请即渡江商同裁答。"太史去，则学士款一手谭之局。太史因问："芝生竹冈建侯何解？"学士曰："此三人之姓合之，则为龙凤白耳。"

黄方伯彭年素博洽，开藩吴郡，学古堂经其手创，嘉惠士林不少。凡轮课书院日，方伯必躬亲其事，从未尝委员散卷。

黄绍箕

方伯邃于小学，一生好书奇字，书"秋"为"秌"。方伯以其眩俗惊愚，心甚鄙其为人。发案置高等，给奖日，生持浮签往领，中丞书一"咊"字与之识，生瞠目不能答。方伯罚其膏火银之半。生唯唯，转请于方伯，方伯笑曰："此'和'字也，犹尔所书之'秋'字耳。"

能继丁日昌之志者，为苏藩黄彭年。署中手植杂花，开时治筵招诸生，饮酒赋诗，尽欢而散。章生钰、胡生玉缙，皆黄所器者。因其言，建学古堂于郡城沧浪亭之北，栽培多士。卒之日，诸生执绋者数百人。

徐琪号花农，曾任广东学政，刊有《粤轺集》，侈言祥异。罗浮仙蝶，琴河赤鲤，以及并蒂之莲，重台之菊，长篇短什，无非贡谀献媚而已。取士以年轻貌美，乃为合格。其老丑者，无不摈斥。去之日，滑稽者作《鸣

266

呼老徐》文一篇，送之行。

岭南多蜮，故男女同川而浴，乃山泽淫气所生，不足怪也。徐督学粤中时，初不知有此，盖官居廨署，不及见耳。旋被言官参劾，待罪神电卫，每饭后闲居，群仆皆出，日暮始返，竟成习惯。则痛笞之曰："若辈亦效势利人，欲弃掷我耶？"然不悛如故。一日午饭后，微伺之，则仆辈相率出城，因尾之同行至郭外，近河滨，见老少男妇，俱解衣入水，拍浮甚乐，弥望不绝，观者如堵，略不羞涩。始知若辈宁受鞭笞，而不肯守舍者，良有以也。自此每饭后，徐必先群仆而出，仆遇之一笑而已。

徐集中有诗纪其事，俞曲园和之，标题《神电卫书所见》。诗长不及备录。

周玉山中丞，奉命往见各国公使，求将天津交还。中丞一见各公使，即涕泗滂沱，历言李文忠与诸位往日交情如何亲厚，今看文忠面上，亦应将天津交还各等语。心中口中，只有文忠，竟将清国置之脑后。倘使各国竟为所动，将天津交还，直是看文忠面上，与清国毫不相干矣，况乎其未必为所动也。曩读《三国演义》，其目录有"死诸葛惊走生仲达"一回，今请戏仿其词曰："死鸿章难骗活公使。"

周每与人谈，辄道其生平事实，谓少时曾在某省垂帘卖卜，已而在曾文正帐下供抄胥之役，迟之又久，始入李文忠幕。抚东时，尝倩名手绘为册页，而亲笔标题于上，居恒出以示人曰："此我之'瞻思塔纪念碑'也。"

其夫人六十生辰，下属有制屏献者，仅录其文，其余馈羊酒者，概从屏绝。署中亦无举动，堂上仅燃双烛，婢仆每人赏面一碗，藉偿叩首之劳。

周有一妹，嫁于冯氏，年二十一即丧所夫，哀痛之余，誓以身殉。已七日不食矣，忽索水洗手，手入水中，而盆中之水立涸，乃知绝粒七日，肠腹既空，毛孔亦开，其水皆吸入毛孔也。转觉大饥，众劝之，以稀粥进，遂得不死。年七十，始卒于高牙大纛之巡抚署中。修短有数，不信然乎！

唐蔚之壮而好学，著作亦极可观。庚子（1900）之秋，联军入寇，于时干戈满地，荆棘盈途。南士刘君，欲粉饰太平，创立诗会。有一课题为《三忠咏》，取蔚之为第一，馈赠颇优。

余晋珊中丞联沅，为侍御时，曾奏请将屈原从祀孔庙。一日湖南巡抚接礼部咨文，内有"相应咨请贵抚，将该先贤籍贯官爵，有无著述，足以裨益圣教，查明咨复"等语。于"先贤"上加一"该"字，官样文章，可发一噱。

道员丁鹗字翘山，前岁充当江苏武备学堂总办，奉派往日本阅操，因搭某邮船遄赴东京。在途中晏起，午餐已过，以未携食物，饥火中烧，奔至厨房，攫柜内所储面包大嚼。庖人执棒驱之，丁踉跄而逃，事后人因加以偷饭鬼之衔。

丁胆怯，在舟中见海浪奔腾，不敢至铁阑边小便，潜取痰盂一个，匿诸床下，乘隙而溲。西崽见之，大加诟谇，丁内愧，只得忍气吞声。

有谒沈子培（沈曾植）者，沈欿歔而道曰："今人步武洋派，设有一屋，位置

沈曾植

大餐台椅，因时制宜，原无不可。但旧有古鼎留存其中，何尝碍事？乃非去之不可，实令人惨目伤心。"闻者唯唯而已。

沈克诚字愚溪，又号愚公，湖南人，文士也。以富有票案，名挂党籍，遂致流落京津，藉笔墨为糊口。后因事被逮，承审者，必欲以前事锻炼成狱。闻已痛责四百板，尚无口供。清季治党人，向无爱书，死非其罪者多矣。

沈曾植与南皮宫保谈八股兴废之飙，沈曰："八股在今日，俨然病者，废之则死矣。病者有病，不过奄奄一息，若死则化为厉鬼，可以祟人。两相比较，孰为可惧？"此说实属异想天开。

都中筵会，同座者，不问科第，即问衙门，颇觉逼人咄咄。孙慕韩星使（孙宝琦）尝遇一某部司官，向之请教贵衙门。孙答以候补，某司官意甚轻之。已而请教贵班，孙答以京堂，司官又惶然而骇，遂送烟壶让坐，备极殷勤。

某年磨勘，孙燮臣（孙家鼐）相国适当此任。以厘正文体为名，实则大肆其吹毛求疵之技。凡日者、俄而、英主、英君等字，悉遭挑剔。一卷用"法良意美"，孙拟用罚停之例，后经某侍郎解围始免。

大学堂规模整肃，皆由张冶秋（张百熙）尚书经营惨淡而成。执事人主事杨楷请在讲堂四壁书"孝弟忠信礼义廉耻"八字，勒石以垂久远，俾学生等有所观摩。

铁城黄香石工诗词，一时有"白香山、黄香石"之目。香石某日，与诸友饮于古佗城北，既毕，刻石其地，题诸人之姓氏，略云："某年某月某日某某等同醉于此"。好事者以石灰涂其"醉"字之旁，不见"酉"字，仅见"卒"字。诸人闻而大怒，遂毁其石，磨其文。

　　徐菊人侍郎世昌，当戊己年间，不过一编修耳。庚子（1900）始开坊为司业，开坊亦非循资格，不五年，位至侍郎、军机大臣、政务处大臣，会办练兵事宜。清季汉大臣中，迁擢之速，无有逾于此者。

　　金邦平至天津谒见直督袁宫保（袁世凯），身坐四人大轿，另有衔牌两对，为之前导。呜呼！盖自有留学生以来，未有如是之光荣者也。

　　徐承煜办理陵工，盛气凌人，大有惟我独尊之概。一日，徐谓众曰："家大人昨得《感怀》一截，弟适抄得原稿，知诸君子长于此道，敬求点铁何如？"时都统崧昆在座，因与徐冰炭，故传观不及。崧目能视远，实

徐世昌

已默识于胸中。迨众颂扬已，崧掀髯曰："鄙人于此，素称门外汉，顷成两句，万难入目。然谚云'诗从放屁起'，大雅其不掩鼻而过乎？"众曰："愿聆佳什。"崧朗吟曰："春衣典尽愁无奈，敢道臣心似水心。"吟已，复逊谢曰："有污尊耳。"众默然无一语，徐面红过耳，逡巡而去，盖两句即徐桐原本也。

第十五卷

　　湘绅中以王益吾祭酒、叶德辉吏部为最顽固。然王督学江苏时，有以西学发为文词者，辄前列之。及归湘中，与人合资营火柴业，大折阅，尽丧其资，遂仇视新学。叶雄于资而无势，因极意结纳于王。王以有势而无资也，亦折节交之，故二人交甚笃。凡有作为，王出其力，叶出其财，由是湘人并畏其人。

叶德辉

　　叶有妹年及笄矣，会有为之媒妁者，某婿贾人也，家于浙水。人极言其富，叶许之。既成婚，其婿挈以归，则家有正室矣，强之为侧室。及女归宁，涕泣言于兄，叶慰解之。而女屡欲觅死，叶乃讼之湘抚。时湘抚为俞廉三中丞，谓之曰："君妹已嫁，木已成舟矣，可奈何？为今之计，惟有令并妻匹嫡耳。"然叶虑并妻之名不可为训。中丞令捐助赈银一千两，而为之出奏，言某某之妻所捐，给"乐善好施"匾额，并令长居湘中，使其婿则往来湘浙，无嫡庶之分，其争乃息。

　　崔磐石观察永安，在翰林时，以京察行将外放。有同年某，欲承其乏，令崔竭力谋之。崔言于崑筱峰中堂，崑适醉，谓："某非保送知府乎？后日为接见堂期，汝可嘱其不必来署。"崔言："某虽得有保送消息，并未引见，尚系编修，到署亦无妨也。"岂不可，且言："此为翰林院弊政，我正极力剔除，汝何必使彼乱我规矩耶？"崔无奈，出为某缕晰言之，并言："君可往求徐荫轩（徐桐）中堂，事当解也。"某往，果获如愿，而转衔崔刺骨。会崔召见，两宫所问为外洋近年交涉，崔奏对称旨。及退，徐问："召见时，奏对何语？"崔详举无遗。徐不悦曰："今而后，我始知崔磐石懂洋务。"若嘲若讽，崔隐忍而已。某竟以是媒孽，致徐以"有玷清班"劾崔，幸崔已授运河道，得以无恙。

黄花农观察，事上之术最工。合省候补道三十余人，无有能出其右者。故津海关道缺出，资格深者，皆不能得，黄独得代理焉。继而直督方欲拜折改代为署，而太夫人忽病殁于署，于是观察一恸几绝，既醒，尤终日书空咄咄，状如疯癫。人皆以为孝子，不知其为忠臣也。旋由同寅从中斡旋，令后任者津贴数万金，始破涕为笑云。

黄总办招商局时，并兼电报局差。凡北京政府与各直省督抚往来之电，黄皆得一一过目，骎骎乎与李文忠利益均沾，盖专用一人以司其事也。故每日上院，中堂如有所询，他人茫然不知者，黄莫不了若指掌，对答如流。其得宠者，盖以此也。

徐致靖拘系天牢，尝聚诸囚之稍识之无者，教之读以为消遣计，咿唔不绝，远闻之，颇似三家村里，决不疑其缧绁也。阅一年许，诸囚竟有粗通翰墨者。一囚蒙释放，本以靴工为业，出监后，竟改行为冬烘学究，可云奇极。

江苏朱臬盲于视，一子甚顽劣，每出辄与无赖伍，朱恚甚。一日握其辫，推置书房内，以手执铜环，命左右取管钥至，手自镭之，窃听无声息，始逡巡去，殊不知其子已越窗遁矣。

其子每他出，朱臬必使其立己前，摸索其头，惧打油松辫也。而身而足，惧其着镶滚衣，而履挖花厚底鞋也，良久始纵之。其子从容至门房内，呼薙工刷前刘海使下，浑身更换已，乃昂然而出。

下元节，虎丘赛会，其子雇某公司巨舫，泊行春桥下，服天青线缎袍，绣竹一竿，深绿色，根灰色，上栖喜鹊一，黑其身，白其腹。不加半臂，亦不束腰带，屹立船头上，见者咸注目视之，而彼坦然无愧色。

徐桐尝语人曰："世界安有许多大国？大约俄罗斯、英吉利、法兰西、日本则真有之，余皆汉奸所诡造，以恫喝朝廷者耳。"徐之所以信有此四国者，因此四国在中国尝发大难故也。昔利玛窦入国，著《职方外纪》，言天下有五大洲，《四库提要》以其言为夸诞。然纪晓岚诸人，生于闭关锁港时代，其识见浅隘，固不足怪，徐桐生于万国交通之日，且不知万国形势何若，宜夫其助拳匪以发大难，而甘受显戮也。

陈冠生殿撰冕，请假南旋日，暮乘锡山灯舫，容与中流，酒酣命笔，书"夕阳箫鼓"，颜诸鹢首。或谓此四字颇有衰飒之意，恐非佳谶。俄殿撰以是岁染疾而亡。

王之春赋，为汪侍御颂年在广和居饭庄所著，首段尚脱一联云"幕友无非桶学，闺门大有窑风。"起句"绳匠胡同"，所对为"帖包门第"，非"石头长巷"也。

庚子（1900）之役，首引拳匪入京者，王龙文也。王以此事获咎，致终其身不能见用于世，然王固恺恻慈祥人也。尝语人曰："拳匪适败耳，若胜，则公等当崇拜我为维新开幕第一功臣矣。"

某年有两王鹏运，一部曹，一内阁中书。部曹王鹏运，喜作狭邪游，以染毒占灭鼻之交。某御史具折参之，中有"面目既经缺陷，声名又复平常"之语。折上，留中不发。冬间适中书王鹏运以京察记名一等，上误会，未蒙圈出。彼都人士以此事制为灯虎，射《四书》一句曰："有鼻之人奚罪焉？"其后中书王鹏运易名鹏寿。部曹王鹏运遇之某处，戏之曰："我殆长君数辈。"盖中书王鹏运原呈内有运字系祖先讳号，故求更正云云。

何铁生太守为侍御时，奏参"东华门三日内监者失慎被盗"云云，翌日竟干严诘，谓："三日并无内监失慎被盗之事，何得妄列弹章？"何覆奏称："臣所言三日内者，忘其日期之故，监者，指东华门守门者。"疏入，朝旨亦遂不报。

御史王乃徵参劾瞿鸿禨不谙交涉，擅作威福，每到外部时，颐指气使，藐视一切云云。折上，西太后见之甚怒，谕曰："此无他，不过我所用之人总不好。"将立召该侍御入对。时某相在侧，因言："御史妄劾人，固极可恨，惟政府事极繁重，诚恐不免疏忽之处。奴才与共事诸臣，惟有'有则改之，无则加勉'，以息众谤，而对圣明而已。"西太后始默然无语。

越日宴见，太后复提及王乃徵事。某相曰："御史参劾政府，此亦无怪。连上数封奏，则今年炭敬便多收数分，不忧无度岁赀矣。"西太后大笑，然犹深恶王不已。

何乃莹随扈西安，后由陕西回顺天府尹任。时外人方列何于罪魁内，索之甚急。一日遇陆凤石总宪，问应否请训，陆踌躇不答，坚叩之，则曰："大名似宜少见《邸钞》为是。"

易佩绅笏山方伯，任苏州藩宪时，丰裁严峻，人皆侧目。有某寒士，前任曾致送干脩，易莅任后，寒士持某当道函来谒，函系请托蝉联致送。易取硃笔书其后曰："一国将军一国令，一朝天子一朝臣。停，停，停！"书毕，掷还之。

高季龢司马邕之，浙之仁和人，书学李北海，得其神似。甲午（1894）以后，改号聋公，自刻私印曰"清人高子"，曰"中原书丐"。拳拳祖国，用心亦良苦矣。嗜鼻烟如命，日进两许，鼻观黝黑类灶突。又精鉴别，原旧做旧，察察自喜。或谓司马曰："公鼻黄黑相间，光怪朗润，当是原旧，定非做旧。"司马笑曰："子言良是，惜我未曾入土，然虽非原旧者，与做旧有异。如子谈锋犀利，面目修整，的是投时妙品。虽经骨董家洗伐，奈终鲜丝毫旧气何？"

前二十年，江浙间有大盗黄金满者，飞行绝迹，来去如风。一日，抚军赴圣庙拈香，见大成殿上新悬之额，字大于斗，其落款则黄金满也。而窗棂尘封如故，不知其何自来，而何自去也，一城为之大骇。

黄常年借宿人家，使其徒党，爇香寸许，握之于手，徒党有倦而思卧者，火灼其肤，以此终夜戒严，得不为捕者所算。其后彭刚直公，招之使降，赏以官职，规行矩步，亦碌碌无能矣。

张樵野侍郎荫桓，别号红棉老人，当全盛时，炙手可热。某侍郎薄其为人，诗以嘲之，颇传诵于世。其句曰："从来槐棘喻三公，谁识红棉位少农？半世英雄标独绝，一条光棍起平空。繁华毕竟归摇落，衣被何曾及困

张荫桓

穷？莫道欲弹弹不得，二徐终日撼长弓。"（二徐指徐少云、徐季和）词甚
质切，自其后观之，则摇落句已成的谶矣。

何化龙曾在大学堂肄业，某助教见其猛进不已，为介绍于肃邸（善耆）
之前，蒙肃邸贴费，派往日本东京，讲求实业。旋以肃邸名片在彼招摇，
自称调查商务委员，颇有受其愚者。肃邸后与犬养（毅）大臣晤面，询何
踪迹，始知一切，卑其品行，因遂置诸不理。

后赴粤，在岑春煊处条陈时事，又自称天津《大公报》执笔人。已而
询知不确，怒其虚诳，发交南海县。何就捕，仰天痛哭，别无一语，见者
嗤之。

广州时敏学堂聘福建黄举人章文为教习。闻黄开学甫数日，即出其大
著数篇，以示同人，大都皆科举资料，世所称为投时利器者也。其尤可笑
者，有《牡丹说》一篇，发端数语，大意谓牡丹乃花中最美艳之品，其所
以能成此特色者，实由玉皇大帝加意制造，以悦世人之眼帘云云。某受而
读之，不觉失笑。堂中董事各学生闻之，均大失所望。未几，黄接闽中来
电促旋里，董事等乃丞馈赆四十金送之归。后某出以告其友人，友人笑曰：
"昔有青莲学士、红杏尚书，今复得此牡丹孝廉，词林又添一典故矣。"

丁长仁太史，广东人也，庚子（1900）之秋，廷命两广总督李鸿章入
京议和，土人恐其去后，变故将作，联合本省诸绅士，往挽留之，丁亦与
焉。李云："时局糜烂已极，予不能不北上矣。"丁卒然答曰："是是是，君
父之难，不可不急。"李默然无语。已而举茶送别，众让之曰："吾等今日
之来，欲留之也，君奈何反驱之耶？"丁大悔，然无及矣。

甲午（1894）中东之役，宋庆退驻摩天岭，是处平沙一抹，烟火寥寥，
非惟无日人踪影，即居民亦鲜。宋拥兵数万，作河上之逍遥，直至马关定
约，宋始率之奏凯而旋。

张南皮阅经济特科卷，见有用"臣尝采风泰西"字样者，张轩髯笑曰："此必宋芸子也。"芸子，育仁号，拔居第五。迨复试，宋又用"臣尝采风泰西"字样，张怫然曰："这就太贱了。"遂摈之。

但湘良任湖南粮道时，一日，有教士前来游历，但在署设筵恭请。席间，教士问："贵处有何出产？"但侈然曰："出玉兰片。"玉兰片，笋干也。其仆在旁拽其袖曰："大人，还有红茶。"

路润生，八股名家也，官翰林时，尝窃取院中所贮图书凡百余种，归自龙门硖，大风卷水，舟为之覆，一切化为乌有。路恒郁郁，以为天之将丧斯文。

浙江巨商胡雪岩，受左文襄特达之知，赏黄褂，加红顶，遭逢之盛，

胡雪岩

几无其匹。后以亏空公款，奉旨查抄，文襄再三为力，脱于文网，未几郁郁而终。冰山易倒，令人浩叹。

胡好骨董，以故门庭若市，真伪杂陈，胡亦不暇鉴别，但择价昂者留之而已。

一日，有客以铜鼎求售，索八百金，且告之曰："此系实价，并不赚钱也。"胡闻之，颇不悦，曰："尔于我处不赚钱，更待何时耶？"遂如数给之，挥之使去，曰："以后可不必来矣。"其豪奢皆类此。

每晨起，取翡翠盘，盛青黄赤白黑诸宝石若干枚，凝神注视之。约一时许，始起而盥濯，谓之养目，洵是奇闻。

胡有妾三十六人，以牙签识其名，每夜抽之，得某妾，乃以某妾侍其寝。厅事间四壁皆设尊罍，略无空隙，皆秦汉物，每值千金。以碗砂捣细涂墙，扪之有棱，可以百年不朽。园内有仙人洞，状如地窖。几榻之类，行行整列。六七月，胡御重衣偃卧其中，不复知世界内尚有炎尘况味。花晨月夕，必令诸妾衣诸色衣，连翩而坐。胡左顾右盼，以为乐事。或言胡尝使诸妾衣红蓝比甲，上书车马炮，有一台高盈丈，画为方罫，诸妾遥遥对峙，胡与夫人据阑干上，以竿指麾之，谓为下活棋，亦可谓别开生面矣。

胡尝衣敝衣过一妓家，妓慢之不为礼。一老妪殷殷讯问，胡感其诚，坐移时而去。明日使馈老妪以蒲包二，启视之，粲粲然金叶也。妓大悔，复使老妪踵其门，请胡命驾，胡默然无一语，但捻须微笑而已。

胡尝过一成衣铺，有女倚门而立，颇苗条，胡注目观之。女觉，乃阖门而入。胡恚，使人说其父，欲纳之为妾。其父靳而不予。许以七千圆，遂成议。择期某日燕宾客，酒罢入洞房，开尊独饮，醉后令女裸卧于床，仆擎巨烛侍其旁，胡回环审视，轩髯大笑曰："汝前日不使我看，今竟何如？"已而匆匆出宿他所。诘旦，遣妪告于女曰："房中所有，悉将取去，可改嫁他人，此间固无从位置也。"女如言，获二万余金，归诸父，遂成巨室。

胡尝观剧，时周凤林初次登台，胡与李长寿遥遥相对，各加重赏。胡命以筐盛银千两，倾之如雨。数十年来，无有能继其后者。

胡败日，预得查抄信，侵晨坐厅事间，召诸妾入。诸妾自房出，则悉扃以钥。已而每人予五百金，麾之使去。其有已加妆饰者，则珠翠等尚可值数千金。其猝不及防者，除五百金外，惟所着衣数袭，余皆一无所有。

胡所居门窗户闼，其屈戌皆以云白铜熔铸而成。查抄后，当事者恐为他人盗去，悉拔之使下，堆废屋中，充梁塞栋。

胡既以助筹军饷受知于左文襄公，财势盛极一时，故各省大吏之以私款托存者，不可胜计。胡以是拥资更豪，乃有活财神之目。迨事败后，官场之索提存款者，亦最先。有亲至者，有委员者，纷纷然坌息而来，聚于一堂。方扰攘间，左文襄忽鸣驺至。先是司帐某知事不了，已先期远飏，故头绪益繁乱，至不可问。文襄乃按簿亲为查询，而诸员至是，皆嗫嚅不敢直对，至有十余万，仅认一二千金者，盖恐干严诘款之来处也。文襄亦将计就计，提笔为之涂改，故不一刻，数百万存款仅以三十余万了之。

胡之败也，亏倒文达公煜存款七十万两，因托德馨料理，言官劾之，谓文何得有如许巨资。朝旨令其明白回奏，后以历任粤海关监督、福州将军等优缺廉俸所入为对，并请报效十万，竟蒙赏收。此项乃议以庆馀堂房屋作抵，其屋估价二十万，尚余十万令胡自取为糊口之资。德之用心，可谓厚矣。

胡豪富之名，更驾潘梅溪而上。败后以天马皮四脚袴，货诸衣市，尚值万余金。肆中截长补短，改为外褂，到省人员多购之。后知其故，竟至无人过问者。

胡第三子名大均，后以知府候补某省，每年必返杭一次，为收雪记招牌租金三千两也。

胡既败，分遣各妾，金珠悉令将去。某年其第三子大均回浙，一妾依然未嫁。闻而探视，无何妾病，即卒于大均处。检其所携之箧，只珠二颗，值银一万两，他物称是，可想见胡平日之豪奢矣。

胡之舆夫相随既久，亦拥巨资，舆夫有家，兼畜婢仆，入夜舆夫返，则金呼曰："老爷回来了，快些烧汤洗脚。"一舆夫而至于如此，真是千古罕闻。

　　有人问:"中国大员出洋,谁为鼻祖?"甲曰:"同治十三年,李鸿章建请议派公使于东西洋各国,礼亲王等奏曰:'凡出使绝域者,莫不极一时之选,如宋之富弼、苏辙等,皆以名臣大儒膺斯职任。兹由臣等查得主事陈兰彬、员外郎李凤苞、编修何如璋、知县徐建寅、道员许钤身、典簿叶源濬、编修许景澄、主事区谔良、同知徐同善等共九员,以备他日遴选之员'云云。又如知县容闳之带同学生留美等,此即中国大员出洋之初渡也。"

叶名琛

　　乙曰:"不然,甲所言诸人,乃同治时始派出,且其位最高者,不过一道员耳,何足尽大员二字之意义?子不记康熙间张鹏翮出使俄国之事乎?"

　　丙曰:"否,否。俄罗斯虽属西洋大国,然张当时遵陆而往,若强称以出洋二字,未免有类于陆地行舟。从前斌椿、志刚、孙家毂等出使海外,亲见各国军政船政,皆视为身心性命之学,加以出使元祖之名,毫无愧色也。"

　　言未毕,忽有某丁大呼曰:"诸公所言,真所谓数典忘祖。试思大清国钦命两广总督部堂叶名琛男爵,乘坐大英国战舰,出发于印度,其爵位果居何等乎？其时代为道光乎？为咸同乎？称之曰中国大员出洋之元祖，宁有未当乎？虽然，更闻直隶袁世凯有往游日本之说，粤督岑春煊有出洋求医之请。如果见之实行，则除李鸿章马关议和，聘俄密约之行，往各国驻扎星使外，以总督而出洋者，亦有三人，叶名琛不得专美于前也。"

松江高侣琴征君翀，别号太痴，文名藉甚，尤精于医。壮年出外幕游，每经当道延入官医局，以仁心济仁术，痊活不知凡几。比承以所著医案见寄，内有一则，其治法实为灵妙绝伦，虽叶天士复生，亦不过尔尔矣。

其言曰：沈家湾乡人季某来就诊，初不自言其病，诊得左右手脉，大小迟数参差不齐。因曰："此脉在法当有鬼祟，尔曾有所见否？"季惊曰："先生真神医也。我于某日垦荒，见枯骨一大堆，心中疑忌，遍体悚然，归家即发寒热，合眼便见有鬼来侵，声言索命。我之来此，彼亦与俱。顷见先生，始不知暂匿何处耳。"余念此疾，殆所谓"疑心生暗鬼"也。因绐之曰："此鬼甚恶，非药可治，必得符箓，方可驱除。"季曰："此间无能书符者，奈何？"余曰："无劳远求，即我便会。因我前在上海，遇张天师亲授，百发百中。"季大喜，许以豆麦奉酬。余即退入书室，觅黄纸不得，乃以紫绿二色东洋纸，就画碟内蘸朱膘，胡乱挥成。出告以服法佩法，郑重其事以付之。

后适天雨，越数日晴，季果以麻袋盛豆麦各一肩，亲来报谢。云："得符后，归途已不复见鬼，真灵符也。"

家人以余忽能书符，始各骇诧，后知其绐，亦各失笑。语云：医者，意也。其斯之谓乎？

老辈中足与李芋仙抗手争一席者，当推何桂笙先生，故时称芋老、桂老，且戏为之语曰："二老者，天下之大老也。"

先生讳镛，别字高昌寒食生，为越郡山阴名宿，怀经济之才，下笔千言，倚马立就。其文得力于《国策》三苏，纵横排奡，气势若长江大河，议论悉关时政之得失。生平所著，不下数千万言。自署曰《一二六存稿》，盖取贾长沙一痛哭，二流涕，六长太息之意，则其文可知矣。

著作之余，尤精音律，善鼓琴，暇辄以弦歌自遣。性坦直，于人无所不容，而尤相见于肝胆，结交遂遍乎海内外。其怜才好客，不亚于芊老。当世士大夫之重之，即亦有过于芊老。

以早年勤学，致目视之短，甚于常人者数倍。其目镜约厚五分许，中央凹处作坎窞形，偶碎之，一时无可得其当，故恒置一副以为备。作文属稿既竟，自校之，窃讶字迹脱去边旁者何其多，渐乃悟半字之在纸，而半字之在鼻也，其光之近如此。

出门徒步，则必以相，人望见其镜，无论识不识，皆指为何先生。

一日，偶独行，遇马车初不觉，迨觉之，而马鼻几与人鼻相碰触。大骇，急以手抵马奋力跳而免。于是赋诗以志幸，名曰《挡马篇》。

尝与座客相周旋，遇王甲既叩其姓字爵里，少选模糊，见一客以为非王甲，遂又问其贵姓，而不知仍王甲也，阖座大笑。由是乃立意必俟他人先与通讯问，而后还叩之。不知者，或疑其傲，殆为是欤！

每饮宴，肴品杂陈，亦不能辨，必由同座指示，或举而奉之，乃敢以大嚼。盖肴中尝有五香鸽一品，此老未知，贸然夹以箸，觉其为大块，即胡乱夹而食之，其大几不能入口，遂又传为笑柄。故嗣后不敢轻于下箸云。

二十年前，名流荟萃沪江，时称极盛。征花载酒，结社题诗，先辈风流，令人神往。而才情品概，尤当以忠州李芊老为最高。其所著有《天瘦阁诗集》，诗在少陵（杜甫）、义山（李商隐）之间。尝有句云："万事向衰无药起，一身放倒任花埋。"可以想见其志趣。

盖此老以名孝廉为曾文正公所知，依其幕府有年。后出为江西某县令，视民如子，卓著循声。然自恃才望，几若庞士元（庞统）之屈于耒阳，色间恒露其抑郁不平之气。

会新调某藩司，夙以严厉著，尤恶有嗜好者，属员不敢撄其锋。顾出身卑贱，素为李所轻。至是晋省谒见，径携烟具，就官厅中喷云吐雾，旁若无人。或阻之不听，入白于某，某怒传见，面加诘责。李益忿曰："鸦片，洋药也。因病饮药，人事之常。先师曾文正，系何等人，乃不禁我，汝一竖子，反欲执此以相绳耶？奇哉！我李士棻岂恋此七品官者？"掷冠而去，遂浪迹于江湖间，其名亦益为士大夫所引重。

屡次游沪，爱爱桃、爱卿姊妹，遇宴会辄招之侑觞，尝自称"二爱仙人"。其重视友朋，不啻性命。挥金钱则如粪土，而于后生小子，奖劝之殷，竟有执手语之涕泣者。或谓之怜才有癖，洵不虚也。以身老多疾，自谓："死便埋我静安寺侧。"其即"放倒任花埋"之意欤！

最奇者，出入青楼，每由仆携一物以相随。偶至某妓家，仆匆匆置之，有事他往。妓佣见物以圆形外罩布套，精致绝伦，疑为茶桶之类，移置妆台。俄而芋老忽呼令速取自带之便桶来，盖时正脾泄，几不可一刻无此君者。妓佣茫无以应，言之再三，始悟高供妆台者即系厥物，急取下之，而北里中已遍传以为笑柄。

第十六卷

南皮张香涛（张之洞）署两江谳客，不期而至者八人。南皮见座无余隙，乃起身出，箕踞胡床上，劝客尽醻，且徐徐下令曰："当与公等一诉衷情也。"众唯唯。既而南皮隐几而卧，鼾然入梦。酒罢，南皮未醒，众不敢散。中有一客，为某宫保哲嗣，素嗜阿芙蓉膏，徘徊厅事间，烟瘾大作，涕泗横流。直至夜尽，南皮始欠伸而起，众兴辞出，已东方欲白矣。

张之洞

南皮尝终日不食，终夜不寝，而无倦容。无论大寒暑在签押房内和衣卧，未尝解带。每观书，则朦胧合眼睡，或一昼夜，或两三时不等。亲随屏息环立，不敢须臾离，彼此轮流休息。侍姬妾辈亦于此时进御，亲随反扃其扉，遥立而已。盖签押房有一门，故与上房通也。

南皮博学强识，口若悬河，或有荐幕友者，无不并蓄兼收，暇时则叩其所学，倾筐犹不能对其十一，多有知难而退者。任某督时，有狂士某，投刺入。命见，见已，遽曰："我某某也，我通测绘学，汝知之否？"南皮授以笔欲面试，以穷其技。狂士一一胪列，了若指掌。南皮大叹赏，乃委充画图局教习。某狂士出谓人曰："此公固易与也。"

南皮有侄捷南宫，某日开贺，座客云涌。席半，各分硃卷一册，多有故作谀词以赞叹者。座有某太史，文章经济卓绝海内，且读而且訾之，未终幅，裂而碎之，掷于地。南皮大惶恐，逡巡人。次日语人："某人的批评，固然不错，但于我面子上下不去耳。"佥服南皮雅量。

一日阅操，南皮骑款段马，马为某营官所献者，老而羸，踽踽行，途中过一山，上坡时，四差弁承马后而拥之登。及下坡时，左右无能为力，马骤然一跃，南皮乃卧于马背，紧握缰绳不敢释，惧其逸也。既至平地，乃徐徐起，见者无不掩口胡卢。

又，南皮尝至某学堂，衣行装，穿马褂、开气袍，忘着衬衣。既至堂，天大风，南皮下立滴水檐，与教习絮絮谈。忽吹开气袍起，中露一银红绉裤，另有蓝缎绣花裤带及香囊等，彰彰在人耳目，南皮急掩之不及，众皆匿笑。

南皮通西学，制造一切，颇能窥其门径。时洋务局总办某观察，固懵然于此道者。一日传见，南皮询以铸一大炮用铁若干磅，观察率然对曰："职道给大人回：大炮五六十磅铁，小炮用二三十磅铁就彀了。"南皮轩髯大笑曰："这点点铁只彀造一个锅子，一个汤罐。"观察赧然出，明日撤其差去。

南皮尝创办一书院，延吴中某孝廉为掌教。孝廉短于视，五步外不能见人影，惟辨其声而已。开院日，南皮率肄业生，行谒师礼。孝廉拗谦甚，下位掖南皮起，突然一撞，声訇訇，则孝廉额击南皮额也。观者哗然，几致不能成礼。

南皮廷试策一道，多至万余字，不依卷格，改写双行，缘是探花及第，并获文名。作五经文，光怪陆离，不可逼视，此是生平绝大本领。训诂之学，不过野狐禅耳。

南皮尝患痔，每坐起，必血殷座上。曾延朱少伯广文疗治，云系受烧酒暖锅之害。盖南皮每饭，必饮老白干斤许，且佐以汤羊肉。北方风高地燥，南皮久居卑湿之区，不知其中弊病，以致一发难收矣。

南皮作字，自以为苏也，其实桀骜不驯，近于北魏。端午桥（端方）学褚，临《砖塔铭》甚有工夫，高于南皮多矣。

南皮生平最擅长者，为乔皇典丽之五经文，其所以掇魏科者，半由于此。或云《江汉炳灵集》八股文皆南皮改本。管中窥豹，可见一斑。

南皮号令不时，是其一生弊病。有出洋学生数辈，已束装待发矣，南皮忽命入见，学生日日诣辕守候，直至一月之久，音信全无。学生大为愤激，因发传单，以声其罪，后得梁鼎芬调停始已。

南皮喜阅书，无论何人往谒，若当卷帙纵横之际，惟有屏诸门外耳。某观察一日自侵晨候起，至掌灯为止，未尝出见。询诸仆从，始知其故，然亦无可如何也。

南皮所建两湖书院，共费十万余金。一湖在讲堂之下，即梁鼎芬所谓"两宫若不回銮，此吾死所"者。一湖在大门之外，双堤夹镜，风景天然。南皮无事，辄骑马而来。冬日戴一红风帽，长髯飘拂如银，见者皆有望若神仙之叹。

南皮善骑，梁鼎芬有时策鞭其后。梁躯肥短，偶然纵辔而行，则以两手紧据判官头，远望之仅见一背隆然高起。南皮一回顾，而笑声作矣。

两湖书院肄业诸生，体操之外，更习行军。尝有五十人至红山试马，马皆劣者，下坡之际，坠者多至四十余人。南皮——为之延医调治，约半载，始次第而瘥，从此肄业生不敢复作据鞍之想矣。

南皮所练童子军，异常矫捷。统领则使其子为之，营官皆其孙也。张彪所部，辄为所窘。后因张彪进谗不已，始行遣散。

于荫霖抚鄂时，尝随南皮骑马至校场大阅。时方盛暑，立于秋阳之下，仅张一伞，虽有亲兵挥扇而闷热殆不能堪。于归遂病，几濒于死。

南皮于下午即进晚餐，已怡然就寝。戌正着衣而起，盥漱毕，即下签押房。伺应者往往苦之，惟轮班交替而已。

张彪初为外戈什，既跑京折两趟，乃升内戈什，其后辗转保至记名总兵。其事南皮也，无微不至。南皮之衣敝矣，张彪制新者叠庋其旁，南皮取着之，亦忘其为他人物也。

南皮尝呼张彪曰："为我购某物，购某物。"张彪诺之而去，从不向帐

张　彪

房索银。既献，南皮又曰："某某物不佳，某某物不佳，为我持去。"张彪乃留备自用。一年之内，此种赔累，累万盈千。

南皮曾患口疮，其势甚殆。尝延上海某医为之诊治，某医按脉之后，低声曰："宫保此病，恐怕有点外邪。"此说一传，而楚人好谣，诬蔑之事起矣，故南皮深憾之。

南皮传见属员，有自朝至暮不能谋一面者，惟于外人则否。外人或约三时而至，则两时半已候于大餐室矣。久坐焦急，屡向材官讯问，极困倦亦不偃仰片刻，其以诚待外人如此。

黄花农极长，南皮极短，谈次，必在室中往来踧躇。黄时时离座，与之应对。二人并立，相距有英尺二尺八寸之多。

南皮不以改革外官为然，竭力反对，电稿有四千三百余字。略谓：天下本无事，庸人自扰之。天下无事，庸人扰之，不过天下多事。今天下多事，而庸人扰之可乎？此皆由于新进喜名图功之过。云云。

南皮不善骑马，而善骑驴。尝于雪后跨黑卫，循行江干，戴风帽，上着一笠，大似画中人。某君比拟韩蕲王，绝口不谈天下事。

南皮疏荐张彪于朝者屡矣，政府诸公，皆置不理。南皮大怒，抵书某邸，洋洋洒洒凡数百言，大旨责其蔽贤。某邸见而笑曰："香涛想是疯了。"

南皮之孙坠马而殒，坠马处，立一纪念碑，碑系梁星海廉访鼎芬所撰，语极沉痛，南皮往往拓以赠人，盖以舐犊之爱犹未忘也。

南皮之长亲某，一日由远道寄书来，假银三百。饬帐房备银如数，而令幕友作复函焉。既成，阅之蹙然曰："太深了。"另觅一人起稿，又曰："太浅了。"将自握管为之，以事冗无暇及此，忽忽已逾三月。俄得电文一纸，则其长亲已以老病而亡，而银犹俨然在也。

湖北督辕文案，有杨令名葆初者。一日代拟致某大员书，有"弟愧学而未能"一句，阅之大怒。谓"此人我所素鄙，岂甘学之，更何至学而未能？杨令太卑视我矣！"遂亟下撤席手谕，后经同幕友环乞，始获蝉联。

南皮咨学务处，请将裁缺湖北巡抚衙门，改为湖北仕学院，手订章程二十条，大致府厅州县入院肄业者，月给薪水银四十两。同通州县入院肄业者，月给薪水银三十两。佐杂班入院肄业者，月给薪水银十八两。课程共分九类：一曰法律，二曰地理，三曰财政，四曰格致，五曰图算，六曰武备，七曰交涉，八曰文牍，九曰方言。共分正科、简易科两项。正科三年卒业，简易科两年卒业。卒业后，破格录用，借以鼓励人才。

南皮议奏改科举为学堂一折，中有"三年之后，如果学堂无效，请仍改科举"云云。张长沙（张百熙）见而诧曰："君亦作此出尔反尔之言耶？宁不畏他人讥笑耶？"南皮曰："吾谋已决，勿溷乃公也。"长沙不语，退将南皮疏稿钞示鹿传霖，于此二语上，附陈所见。鹿阅讫，报书一纸，亦表同情。翌日长沙出鹿书示南皮曰："芝轩之言如此，君其从否？"南皮无奈，乃删二语。事后长沙谓人曰："南皮刚愎，故不得不以权术播弄之也。"

南皮陛辞之日，奏请将上海制造局迁至芜湖，一旦失和，以免为外人占夺。及估工，则需三百万。说者谓："有此三百万，何不另起炉灶之为愈耶？而且一旦失和，上海之制造局外人能占夺之，芜湖之制造局外人独不能占夺之耶？吾恐南皮笨不至此。"

南皮回里时，雅兴勃发，思食苦沫菜，乃作一八十余字之三等紧急长电，达天津某官，历述昔时在天津，有县令曾供此品，其菜如何种样，如何食法云云。无如遍觅不得，某无以应，乃亦发八十余字之三等紧急长电于某大军机，在京居然觅得一握，计费钱十二吊（京中以五十大个钱为一吊），用马封六百里加紧送至。南皮得之大喜。

南皮之调署两江也，密电鹿大军机，问其内廷有无真除之意。复文曰："可望。"南皮喜而之任。已而另简他人，南皮入京责鹿不应诳己，词色甚厉。鹿阳为谢过，而于暗中播弄之，以致南皮置散投闲，几逾一载。鹿亦狡哉！

南皮在京日，郁郁无聊，或有讽之乞退者，南皮攒眉而已。后始知天津原籍，仅剩破屋数椽，其余古董书画，所值无几。此次仅一展墓，而亲戚故旧之告贷者，已不绝于门。南皮苦之，匆匆登桿而去。

南皮在京潦倒可怜，不复如从前意态矣。政府诸公尝曰："他本来是个当书院山长的材料，那里能彀做督抚呢？"或告张，张叹曰："天下纷纷，伊于胡底。我方恐将来欲为文学侍从之臣而不得，诸公此论，亦复何伤？"

南皮入京之后，抑郁无聊。袁世凯慰之曰："近闻军机处将增一人，老世叔何不图之？"张问计，袁曰："明日与老世叔同诣庆王（奕劻），求其保奏，则此事可唾手而得也。"张大喜，明日与袁连镳而往，庆王卒然问曰："香涛你有什么事情没有？"张赧于启齿，乃曰："请王爷安耳。"未几端茶送客，二人怏怏而出。将至中门左近，袁回顾曰："世凯还有话面禀王爷。"庆王曰："既如此，你进来。"张惟目睛眽眽而已。又明日，朝命下，着荣庆在军机大臣学习行走。张闻之，一闷几绝。

政府诸公与张南皮反对者，王文韶一人而已。王素柔和宛转，西太后呼作琉璃蛋，亦可想见其为人矣。前此与南皮以废科举事，意见大为相左。一日，有问："张某可以回任了罢？"王仰天冷笑曰："不叫他去他敢去？"南皮尝谓人曰："不解何事开罪仁和，而彼与我一再为难至于此极。"或告之曰："仁和有存款在某侍郎处，常年生息，某侍郎为公所劾，差既撤，利亦止焉，仁和以是痛心疾首。"南皮曰："劾某侍郎者，老袁之力居多，何能怪我？"或曰："老袁气焰方盛，公已荏弱可欺，仁和舍袁而就公，是其半糊涂处也。"

南皮与仁和在朝房闲话，南皮谓："科举一日不废，则学堂一日不兴。"仁和闻之，须眉倒竖，直斥南皮曰："别的我都不管，我但问你是从科举出身，还是从学堂出身？"南皮不服，仁和怒甚，势将用武，幸为苏拉劝散，否则仁和定以老命相拼云。

南皮抗颜前辈，不肯下人，如李鸿章、刘坤一，皆与之意见参差。庚子（1900）张刘既订东南之约，李在京，惟日往来于联军总统瓦德西之门而已。张遗书诮让之，李告人曰：“香涛做官数十年，犹是书生之见也。”盖谓其不谙大局也。张闻而勃然曰：“少荃议和两三次，乃以前辈自居乎？”时人目为天然对偶。

南皮曾语某比部云：“我办事有一定之宗旨，即‘启沃君心，恪守臣节，力行新政，不背旧章’十六字，终身持之，无敢差异也。”又语人曰：“我此次由湖北到京，一路所遇少年，其言语每好作反对，是亦无可如何者。”

一日昼卧，忽蒙叫起，以俄约故也。服役者撼之不醒，乃为加衣冠，舁诸车内。及至颐和园左近，张始欠伸而醒，询知其故，不觉大笑。谗者摭拾其事，因有“精神委顿”之字样。

南皮在京日久，无所事事，惟定大学堂章程而已。有见其手稿者，谓如此严密，学生其何以堪？此语为某邸所闻，莞尔笑曰：“照这样子，只好关门。”于是外间遂有“张之洞；关了门”之对，盖较“陶然亭”尤为现成也。

南皮在京所定学章，最重经史，故曾于大学堂添设经史学科。向张长沙云：“能解经典之文章，自无离经畔道犯上作乱之弊，方足为异日立身应事之基础。”自返鄂后，亦曾欲于鄂省学堂添课经史。某日，某尚书得其手札云：“现已通饬全省大小学堂，一律添补经史学科，且拟将两湖书院改为经史专门学堂。”云云。

南皮于经史之外，并重词章。尝慨然谓梁鼎芬曰“自新学行而旧学废，训诂词章等等，几如一发千钧，我辈不可不任仔肩”等语。梁鼎芬因拟创一国粹会，盖示己之宗旨与南皮相吻合云。

南皮入京，每召见，必力持废科举之议。迨奉督办京师大学堂之命，议论多与张冶秋（张百熙）尚书不合，于是翻然思异。一日召见，语及科举，奏曰："臣前亦以科举当废，迨今考察学堂，所造人才，多不可恃，不如仍留科举，免滋流弊。"朝廷颇然其说。

尝与袁慰庭（袁世凯）合词同奏，请废科举。有某侍御驳其说云："如谓科举之中鲜经济，张之洞讵非由科举出身？如谓学堂之外无人才，袁世凯何尝由学堂擢用？"枢垣诸大老见之，为之点首者再。

南皮最莫逆者，为张冶秋。时至大学堂，与之商榷。冶秋拙于辞令，遇事唯唯而已。南皮尝谓："冶秋这人，明白是很明白，可惜见了面，没有什么谈头。"

南皮之入都也，行抵汴梁，致一电于瞿、鹿两军机，授意嘱作一奏稿。瞿、鹿得电，即以付诸章京辈。章京知为张物，数人会议，穷数日之力，斟酌尽善，张至呈之。张阅竟，唶曰："此军机笔耶，何恶劣若是？此不能用，须吾自为也。"瞿、鹿大惭。

未几被西苑门骑马之命，又嘱作谢恩折。瞿不之应，鹿以亲谊故不能却，强应之，后以付诸章京。稿既脱，张见之太息曰："吾不虞军机之不通如此，仍须吾自为也。"自是不复有所属矣。

南皮请定学堂冠服程式，并请通饬各省提学使，将学堂内逆书谬说、剪发等弊，随时严行查禁，及删减读经讲经功课，不习国文诸弊，认真考核，以期整肃学制，杜遏乱萌。召见时，因此事奏对良久。

南皮寓京日久，只以饮酒赋诗为事，樊云门时随杖履，亦复乐此不疲。某日南皮又在琉璃厂搜求骨董，曾忆："李文忠于庚子（1900）议和之岁，尝谓人曰：'香涛做官数十年，犹是书生之见。'文忠此语，先得我心。"

当樊增祥未曾赴陕之先，日与南皮诗酒流连，颇极赏心乐事。濒去时，作书留别，有曰："倘或前缘未尽，定重逢问字之车；如其后会难知，誓永立来生之雪。"南皮见而恻然流涕，亦可见师弟情深矣。

自樊增祥之官陕西后，独处无聊。时至龙爪槐、锦秋墩等处闲游，车敝马羸，见者几忘其为封疆大吏也。

樊增祥，张南皮特拔之士也，于结纳李莲英之外，复依附仁和。尝宣言曰："仁和如劾南皮，己当代为主稿，则南皮罪状，可以纤悉无遗矣。"南皮闻而大怒，召之至，顾之冷笑曰："君今日俨然吴中行矣，其如我非张江陵何！"

南皮督粤时，经营广雅书院，糜金巨万，校藏旧学诸书，风雅好事，不减阮文达（阮元）也。一夕，兴发手书一额，并撰七言楹联一副，饬匠火速制成，明日午前必见之于讲堂之上。诸匠皆有难色，一黠匠曰："吾能为也。"明日午前果已告竣。南皮大喜，赏赉有加。未及半年，额与联俱拳曲如梳矣。后知匠先以额木锯分四片，联木锯分十四片，以匠四人环一额而刻之，额凡四片，需匠十六人，联凡十四片，需匠五十六人，然后钉以贯之，漆以涂之，油以泽之，骤视之，固无斧凿痕也。此匠亦深得《战国策》九九八十一万人扛鼎之遗法哉！

广东向有恶习，凡新任督抚到粤，则太平关馈银十万，海关运司各馈五万。督抚署任者到粤，则太平关馈银五万，海关运司各馈二万五。此非私囊之贿赂，盖习惯自然，不啻开销公款矣。南皮到粤时，下车未久，此款累累献至。张佯惊曰："此阿堵物何为者？"后命充作公款。其直情迳行欤？抑矫揉造作欤？是未可知。今粤海关已承旨裁撤，想官场中人，必为之一叹曰："又少五万！"

南皮去粤，其书吏有恩泽难忘，在署中有供奉其长生禄位者。说者谓："魏忠贤亦配享孔子。"张之得食人间烟火，不得谓为优异也。

南皮在金陵日，尝游鸡鸣寺。南皮立高处，左望玄武湖，澄澄如镜，右望台城，则林木丛杂，不能一览无余。南皮不慊于心，因命材官伐树，寺僧伏地哀之曰："树皆百年物，伐之则生机绝矣。"南皮不顾而沉吟曰："其如寥阔何？无已，其盖一三层洋式高楼乎？"寺僧以南皮为其置别业也，喜而谢。胡砚孙观察进曰："以名胜之地而盖洋楼，似乎不古。"南皮深然其说，寺僧又忐忑不已。濒行时，顾胡曰："你替他将就搭几间屋罢，茅蓬都使得。"言毕，匆匆乘舆而去。

南皮偶游吴氏园，俯瞰秦淮河，画船如织。南皮忽动容与中流之兴，急命雇船。材官入曰："某某船为人雇去吃酒，某某船为人雇去打牌。"南皮曰："吃酒呢，还罢了。这打牌的，真可恶。这样的水光山色，领略不尽，连书都可以不看，何况打牌！"材官退，乃另觅一小船。南皮既登，狂喜欲绝。南皮平日惯坐小轮，榜人虽打桨如飞，犹嫌其缓，命戈什二人臂助之。戈什多不谙其法，有失楫者，有湿襦者，船几为覆。

一日，又游玄武湖。玄武湖不通外港，惟以划子往来而已。材官奉南皮命，觅一巨舫，以百余人昇之起，放入湖中。南皮半晌流连，登岸而去，材官相率一哄而散，此舫遂不能复还原处，舟人大为怨望。

西门胡园花木甲于一郡，南皮欲往游之。办差者因张灯悬彩，自朝迄暮，至于四鼓，踪影全无，承值者皆倦而卧矣。东方甫白，南皮携幕友汪荃台至清远堂，徘徊良久，而诸人无知之者。南皮谓汪曰："是游也，可谓清而且远矣。"

南皮又游明故宫，感慨兴亡，流连陈迹，题诗于壁，欷歔而去。后为一断发学生所见，抄示于人，并附会之曰："某句实言革命。"事为南皮所悉，急令垩工涂抹之。

魏午庄尝具东请南皮宴饮，南皮复之曰："近方具疏，笔墨繁劳，不出门已三日矣。"此风一露，阖省大惊。

南皮最恨吸鸦片烟者，粮道胡砚孙适犯此病，而南皮极赏识之。一日接见诸员，痛诋吸鸦片者，末指胡曰："像他吃烟，这才无愧。"胡因自行演说曰："职道起得最早，只抽六口。晚上睡得最迟，亦只抽四口。论理还是不抽的好。"南皮曰："能彀起得早睡得迟，就抽十口烟也不妨事。"言至此，目视黄花农方伯，黄急起立曰："司里也最恨吃烟的。"散衙后，有人谓：黄既作此语，则其不吸烟可知矣。然藩署常熬广土，大约不是姨太太，就是师爷也。

南皮在金陵日，日日束装待发。各营将弁之恭送行旌者，无不疲于奔命。有画策者曰："鼓楼为宫保出入必由之路，盍扎营于此以待之乎？彼必不能插翅而飞也。"众是其言，于是鼓楼前后，皆擐甲执兵之士矣。

南皮至下关时，某国兵轮未曾声炮，张虎臣具告之。南皮见魏午庄曰："这船上的营务狠废弛。"魏唯唯而已。

南皮在金陵与魏午庄仅谋两面耳，一在鸡鸣寺，一在粮道胡砚孙席上，平时由某观察及幕府汪凤瀛传话。南皮终日游行街市，其通马路者，则乘车，其不通马路者，则坐于藤椅上，旁悬短杠，由材官舁之而走。

南皮人极短，着二寸许之厚底靴，口操贵州语。

南皮在下关，拓得古碑一纸，考之为六朝某名人墓志铭，出土甫三月耳。原石也，为某中丞以千金购去，将树之坟园内以备摩挲。

南皮自闻李兴锐出缺之信，喜而不寐，以为两江一席，舍我其谁矣？及朝命以周馥调署，不觉暴怒。其时适在签押房内，掷毁器皿无数。有霁红花瓶一具，南皮尝一日三摩挲者，至此亦成齑粉。

南皮因各国公约暨俄约各事，与合肥李文忠公（李鸿章）意见不合，大有芥蒂。文忠既薨，南皮迟之又久，始送祭幛一幅，中只书一奠字，上款署文忠侯中堂，下款署晚生张之洞拜挽，以示不赞一词之意云。

袁慰庭之从弟某，故漕运总督袁保恒之子也，以同知需次于鄂，久不得差委。会铁良阅兵至鄂，因求向南皮关说。南皮传见时，谓之曰："你几时到省的？我都不晓得。你不是袁某人的儿子吗？你老人家从前同我同寅狠要好，你算是我故人之子，我自然应该招呼你，你又何必找宝臣来说话呢？你下去，我马上就委你差使。"袁谢而出。

次日即委充银元局文案，又饬银元局总办齐太守，问袁薪水敷用否。袁以家累太重，恳求宪恩为词。齐上院复命，南皮踌躇良久曰："这怎么好呢？我记得去年你们局里有两千块钱的红没有分，就把他去罢。"于是袁到局之次日，即领洋二千元而去，一时官场传述以为美谈，咸谓南皮笃念故旧，破格施恩，为向来所未有也。

南皮某日传见桑铁珊、宝子年两观察。即进见，南皮痛斥桑，某某事不称监司之任，并曰："我许久就要说你的，因为人多不便说，今日只有子年在这里，他是熟人不要紧，所以特为告诉你，你要痛改前非才好呢。"旋顾宝，奖励数语，谓其办统捐甚有效验。

时施鹤道缺出，例应以本省候补道禀补。桑、宝两人资格均可望补是缺。既退之后，宝大喜，以为施鹤道舍我莫属矣。数日后往探，则督辕折已拜发，请补者桑，而宝不与焉。宝愤极，逢人辄述是事，以为宫保骗我云。

后 记

本书即《南亭笔记》，作者为晚清著名小说家和报人李伯元。

李宝嘉（1867—1906），字伯元，号南亭亭长，笔名游戏主人、讴歌变俗人、二春居士等，江苏常州武进人。

李伯元于清末的 1906 年去世，距今已有一百多年，其行文风格与今日读者的阅读习惯迥异，为弥补这一缺憾，此次编辑出版，在保证原书面貌的前提下，做了一些调整和补充。一是书名改为较易理解的《李伯元说晚清人物》；二是书中年代，均为中国天干地支纪年，今日读者无从确知其所指，故此加注西元纪年以明确其年代；三是书中人物的称呼，多采用谥号或尊称，如曾国藩称曾文正公，奕䜣称恭邸，不熟悉这些谥号和尊称的读者也会一头雾水，同样以楷体字加以注解，以便阅读。另外，我们还加入了一百余幅相关插图，以增加阅读趣味。

此次整理出版，依据的底本为上海大东亚书局旧版。

因编者水平有限，书中难免错谬，望读者诸君不吝赐教。

团结出版社编辑部

2021 年 5 月